GERHARD JÄGER

ALL DIE NACHT ÜBER UNS

Gefördert von tirol Unser Land

MIX
Papier aus verantwortungsvollen Quellen
FSC® C004378
FSC www.fsc.org

Grafische Gestaltung: Dorothea Löcker, Wien
Umschlagabbildung: © Julian Stratenschulte/dpa/picturedesk.com
Druck und Verarbeitung:
EuroPB, s.r.o., Tschechische Republik
ISBN 978-3-7117-2064-1

Informationen über das aktuelle Programm
des Picus Verlags und Veranstaltungen unter
www.picus.at

GERHARD JÄGER

ALL DIE NACHT ÜBER UNS

ROMAN

PICUS VERLAG WIEN

All jenen, denen die Heimat nicht
geblieben ist und ganz besonders
Dietlinde Bonnlander, deren
Erinnerungen Teil dieses Romans sind.

NEUNZEHN UHR

... und plötzlich flattern Vögel auf, als hätte sie ein Schuss erschreckt.

Der Soldat reißt den Kopf herum, schaut in die Richtung, aus der die Flügelschläge zu hören sind, die Stirn gerunzelt, die Augen zusammengekniffen. Aber da ist nichts zu sehen, die Dämmerung hat die Tiere verschluckt, Stille. Seine Augen suchen das Gelände ab, dieses flache Feld, auf dem er hergekommen ist, erst vor wenigen Minuten, und auf dem seine zwei Kameraden, die er abgelöst hat, verschwunden sind. Lachend und plaudernd gegen alle Vorschriften über das Feld, die paar Hundert Meter bis zu dem kleinen Feldweg, bis zu dem Pritschenwagen, der sie und alle anderen aufnehmen und zurückbringen wird, zurück in das kalte Licht der Glühbirnen in den kahlen Gängen, zurück in die Zimmer mit den Stockbetten, zurück in die Kaserne, die nicht weit von der Grenze steht.

Der Soldat sucht noch einmal beunruhigt das Gelände ab, ein weites Feld, das sich rund um ihn erstreckt. Das Gras schon da und dort in einem herbstlichen Braun, was jetzt in der Dämmerung aber kaum mehr zu erkennen ist. Er denkt an die Vögel. Irgendetwas muss sie aufgescheucht haben, aber seine Kameraden konnten es nicht gewesen sein. Sie waren schon vorher über das Feld gegangen, ihre Stimmen, ihr Lachen hatte sich schon vorher in der Stille verloren, dann hatte er den Motor des Pritschenwagens aufheulen gehört, bevor es wieder still geworden war, still auf diesem weiten Feld, aus dem jetzt die Dämmerung steigt, mehr und mehr, ein schwarzer Schleier, den sich die Welt vors Gesicht hält.

Die Vögel beunruhigen ihn. Er kennt sich nicht aus mit ihnen, weiß nicht, welche Gründe es geben kann, dass ein ganzer Schwarm sich erschreckt in der Dämmerung in die Lüfte schwingt, aber, so sagt er sich, es könnte ein Fuchs gewesen sein, vielleicht ein Hirsch oder ein anderes größeres Tier, auch Wildschweine gibt es in der Gegend, hat man sie gewarnt. Vielleicht sind die Vögel von einem solchen Tier erschreckt worden, vielleicht ist in diesem Moment auch nur instinktiv etwas durch den Schwarm gegangen, eine Botschaft, die nur Vögel wahrnehmen können, nichts, was für Menschen zu verstehen ist. Es kann viele Gründe geben, wieso diese Vögel weggeflogen sind, es muss nicht das sein, weswegen er hier ist, weswegen seine Kameraden hier sind, Tag für Tag, Nacht für Nacht, die Augen der Gemeinschaft, die Stunde um Stunde weit aufgerissen in die Dunkelheit starren, auf der Suche nach Bewegung im Bewegungslosen, auf der Suche nach Schatten im Finsteren, auf der Suche nach dem, was nicht hier sein darf.

Er könnte den Scheinwerfer einschalten, den mit einem großen Akku betriebenen Scheinwerfer, hier auf seinem Wachturm, könnte den Lichtkegel über das Feld jagen, Löcher in die Dämmerung schießen, aber das will er nicht. Jedes Mal hat er dabei das beängstigende Gefühl, weniger die Welt zu sehen, als der Welt zu zeigen, wo er ist: dort, wo dieser Lichtstrahl seinen Anfang nimmt, dort auf diesem Turm, vier Meter hoch. Hunderte solcher Türme sind aufgestellt worden, so weit auseinander, dass man nur am Tag und auf einer ebenen Fläche mit dem Fernglas den nächsten ausmachen kann. Aus Metall sind sie gemacht, so, dass sie in wenigen Minuten abgepackt und verladen und irgendwo anders aufgestellt werden können, dort, wo es die Weltgeschichte erfordert.

Der Soldat stiert noch eine Weile in die Dunkelheit, aber da ist nichts mehr zu sehen, nichts mehr zu hören, nur diese undurchdringliche Dämmerung auf allen Seiten, die die Grenze zwischen Himmel und Erde in einem dunklen Grau verschwinden lässt. Er setzt sich auf die schmale Bank auf seinem Turm, auch sie aus Metall. In der Hand das Gewehr, das er mit dem Kolben nach unten zwischen seine Beine auf den Boden stellt. Dieses Gewehr in seiner Hand befremdet ihn immer noch, der kalte Stahl des Laufes scheint ihm unberechenbar. Selbst nach all den Jahren hat er sich daran nicht gewöhnt. Er ist nie ein Waffennarr gewesen, hat auch keine Waffe zu Hause, im Gegensatz zu vielen seiner Kameraden, und trotzdem, hier im Einsatz tut es gut, das Gewehr in der Hand halten zu können. Man ist nicht allein damit. Und die Nacht ist lang, das weiß er von den vorangegangenen Einsätzen, und sie ist nicht nur lang, sie ist auch voller Schatten und Geräusche, vor allem wenn man so wie er auf all diese Schatten und Geräusche achten sollte. Achten mit dem Gewehr in der Hand, das nun schwerer wiegt, seit die Lage sich geändert hat, die Worte spitzer, die Sätze schärfer, die Stimmung angespannter, die Befehle andere sind. Seit die Menschen am Abend die Schlüssel zweimal im Schloss umdrehen, seit die Verkaufszahlen von Alarmanlagen und Überwachungskameras explodiert sind, seitdem ist das Gewehr nicht mehr nur Begleitung im Beruf, das man früher mehr wie einen Teil der Uniform mit sich geführt hat, eine Art Berufsfolklore, jetzt hat das Gewehr eine andere Dimension bekommen, ist eine reale Möglichkeit geworden.

Auch sein Vater hat das Schloss an der Haustür austauschen und verbessern lassen, mit einem verlegenen »musste ja irgendwann sein«, und nachdem er gesehen hatte, dass diese

Erklärung nicht die gewünschte Wirkung hatte, fügte er noch entschuldigend hinzu: »Das alte Schloss hat geklemmt.« Der Soldat war erschrocken über die Aussagen seines Vaters, der doch sonst immer zum Beschwichtigen neigte, so als ob man alles sprachlich relativieren und verkleinern könnte, damit es nicht mehr gefährlich ist. Es war eine lange Stille entstanden zwischen ihnen beiden, dann hatte der Vater den Blick gesenkt, hatte resigniert mit den Schultern gezuckt, war die Stiege hinaufgegangen und im Wohnzimmer verschwunden.

Der Soldat verscheucht seine Gedanken, nimmt den Rucksack vom Boden auf und stellt ihn neben sich auf die Bank. Es ist sein eigener Rucksack, nicht der Rucksack, der ihm und seinen Kameraden zur Verfügung gestellt worden ist von der Gemeinschaft, die sie hierher an die Grenze geschickt hat. Er hat seinen eigenen Rucksack dabei, der mehr noch als die Ausrüstung seine Erinnerungen für ihn herumträgt. Er kann ihn nicht anschauen, ohne dass seine Gedanken auf Reisen gehen, ohne dass er das Gesicht seines Vaters vor sich sieht, männlich um Fassung bemüht, weil er nicht verstehen kann, was man als junger Mann meint, wenn man sagt, man will die Welt sehen, weil doch die Welt, vielmehr die Ecke der Welt, in die man hineingeboren wurde, in der man lebt, ja mehr noch, zu leben hat, weil doch diese kleine Ecke der Welt genug Welt ist für ein ganzes Leben. Er ist trotzdem losgezogen, mit diesem Rucksack auf dem Rücken, hat sich beurlauben lassen und ist in die Welt hinaus, anstatt sich um seine Wurzeln in der kleinen Ecke der Heimat zu kümmern und sich dort gemütlich einzurichten, in einer Wohnung, im Beruf, in einem Verein und was es sonst noch alles gibt, um die Zeit herumzubringen. Er ist losgezogen mit dem verbitterten Gesicht seines Vaters und den kaum verborgenen Tränen seiner Mutter im Rücken.

Dann die große Fremdheit, anders kann er das nicht beschreiben, damals nicht, heute nicht. Das Flugzeug setzte ihn aus in den staubig-brüllenden Straßen der Hauptstadt jenes Landes, das man wohl nur kennt, weil sich dort die Welt am weitesten ins Weltall vorwagt. In den ersten Tagen verlor er sich in dem unübersichtlichen Netz der Straßen, ging durch enge, lehmige Gassen, die aus dem Mittelalter heraus unversehens in die Neuzeit mündeten, überquerte die großen Straßen, die angefüllt waren mit Dreck, Gestank, mit dem Geschrei der Hupen, mit alten rostigen Autos, überfüllten Bussen mit Menschentrauben auf den Stoßstangen und den Dächern, mit Motorrädern auf denen ganze Familien Platz fanden, die Frauen hinten beide Beine auf einer Seite, ein Kleinkind in den Armen, mit den lästigen Rikschafahrern, die um die nächste Fuhre kämpften, die in ihm den Weißen sahen, den Reichen, der, ohne es zu ahnen, das Doppelte, Dreifache, Vierfache des Üblichen zahlte und mit seinen Dollars den Traum vom goldenen Westen in ihre TBC-zerfressenen Lungen brannte.

Lange war er geblieben in diesem seltsamen Land, war wochenlang mit seinem Rucksack auf dem Weg gewesen, durch die Berge, diese in den Himmel aufragenden Riesen, war auf dem Weg gewesen in einer Gegend ohne Strom und ohne Straßen, in der ihn die untergehende Sonne ins Bett schickte und die aufgehende Sonne wieder herausholte, und hatte erst nach vielen Wochen das Gefühl bekommen, langsam anzukommen, langsam wieder bei sich zu sein. Trotzdem war in ihm diese Verwirrung geblieben, dieses ungeheure Gefühl des Losgelöst-Seins, des Außer-sich-Seins, und er hatte sogar angefangen, seinen Vater zu verstehen, zumindest sich mit dem Gedanken auseinanderzusetzen, dass sein Vater recht haben könnte. Vielleicht ist die Welt so übermächtig selbst in ihrer kleinsten Ecke, dass es wirklich müßig ist, in die Welt hinauszufahren, um sie zu entdecken.

Als er schließlich zurückflog nach langen Wochen in diesem Land, langen Wochen, in denen das Leben ganz anders war, sich anders anfühlte als daheim, als er zurückflog durch den Himmel, durch die Nacht, durch die Zeit, die dem Flug nicht folgen konnte und die man händisch beim Ankommen auf der Armbanduhr richtigstellen musste, als er schließlich landete auf einem Flughafen in dem Land, das er bis dahin bedenkenlos und jederzeit als Heimat bezeichnet hätte, als er aus der Halle heraustrat und mit Erstaunen und Erschrecken feststellte, dass ihn jetzt die ehemals vertraute Welt so fremd begrüßte, befiel ihn eine Panik und er machte kehrt, stürzte zurück in die Halle und war nur eine Stunde später wieder zwischen Himmel und Erde in einem Last-minute-Flug, der ihn in den Süden brachte und in einer anderen Stadt aussteigen ließ. Betäubt von diesem Rasen durch Zeit und Raum fand er sich wieder in einer Stadt am Meer mit staubigen Straßen und verdreckten Palmen zwischen den Tischen und Stühlen der kleinen Cafés, in denen er sich niederließ, ziellos, ratlos, und den Einheimischen zuhörte, dieser Sprache, von der er zumindest einige Brocken verstand. Die Tatsache, dass er sich ausgerechnet in dieser Stadt wiederfand, war für ihn nichts anderes als ein Zufall, etwas, was er nicht erklären konnte. Sie sah das freilich anders: Es war dein Instinkt, wie sie später immer lachend erklärte, dein Herz hat dich geführt, sagte sie mehr als einmal, wenn sie über diese frühe Weichenstellung in ihrem gemeinsamen Leben redeten, verträumt in den ersten Monaten und Jahren, später nüchterner, aber doch noch mit einem Rest des Zaubers, der diesem Erlebnis innewohnte.

Er aber, damals in dieser Stadt im Süden, er war nur ungeheuer befremdet von allem. Wieder flüchtete er in das Gehen, irgendwo außerhalb, irgendwo in einem kleinen Dorf, und begann dort stundenlang und tagelang die kleinen Trampelpfade in den Hügeln über dem Meer entlangzugehen, ohne Sinn, ohne Ziel, einfach nur gehen, gehen und gehen. So folgte er diesen trockenen Mäandern, während bei jedem Schritt kleine Staubpilze zwischen seinen Schuhen nach oben stiegen und der Schweiß von seiner Stirn tropfte, in seinen Augen brannte, weshalb er sich bald in einem kleinen Geschäft in dem Dorf einen Hut kaufte, den er in den nächsten Tagen zwischen sich und das unbarmherzige Gestirn über ihm schob, unablässig gehend auf seinen Wegen durch diese namenlosen Hügel und Weinberge, durch die flimmernde Luft, durch den Regen seiner Schweißtropfen, auf der Flucht vor etwas, was er kaum benennen konnte, auf der Flucht vor dieser ungeheuren Fremdheit, die sich in ihm breitgemacht hatte.

Und dann dieser Tag, dieser eine besondere Tag, der doch so gleich begann wie all die anderen Tage zuvor, mit Stimmengewirr im Morgengrauen, Motorenlärm auf der Gasse vor seiner kleinen Unterkunft, mit der schweigenden Wirtin, die ihm sein Frühstück auf den Tisch stellte, mit der Sonne, die ihm wenig später, als er durch die Tür ins Freie trat, schon in diesen frühen Stunden mit ungeheurer Wucht ins Gesicht prallte. Alles war so wie die Tage zuvor. Er schlenderte durch das Dorf und kam sich einmal mehr vor wie jemand, der nirgendwo dazugehörte. Dieser ganz besondere Tag, begann so normal und gleichgültig wie all die anderen Tage begonnen hatten. Aber in ihm war schon das Potenzial angelegt, etwas ganz Besonderes zu werden, ein Datum, das man ein Leben lang nicht mehr vergisst, das seinen Stammplatz bekommt in den Legenden, mit denen man das eigene Leben umrankt, dieser Tag, an dem du deinem Glück in die Arme gefallen bist, wie sie später lachend erklärte.

Die Erinnerung an diesen Satz bringt ein Lächeln auf seine Lippen, hier auf seinem Turm, den kühlen Herbst im Gesicht. Er zieht den Kragen enger, überlegt sich, die Decke aus dem Rucksack zu nehmen, aber er entscheidet sich anders. Noch zu früh, die Nacht ist noch lang und der Wetterbericht hat starken Wind, Regen und Gewitter gemeldet, es wird kalt werden. Er weiß von vorangegangenen Nächten, dass es sehr unangenehm werden kann, vor allem wenn Wind und Regen von vorne oder von der Seite kommen, weil dann das kleine Dach auf dem Turm nichts mehr nützt und man dem Regen fast schutzlos ausgeliefert ist.

Er wirft einen Blick nach oben in den Himmel und trotz der Dämmerung, die schon fast in Finsternis übergegangen ist, sieht er schemenhaft die Wolken über sich. Er muss sich wirklich auf Regen einstellen, möglicherweise sogar viel Regen. Ein prüfender Griff in den Rucksack und er spürt beruhigt zwischen seinen Fingern das kalte Material des Regenüberzugs. Es hat in den letzten Wochen schon öfters geregnet, aber diese Nacht soll, vor allem in der zweiten Hälfte, fast durchgehend Regen fallen, Starkregen.

Anders war es gewesen im Süden in diesem kleinen Dorf. Nur ein einziges Mal schoben sich Wolkentürme vor die Sonne und ein heftiger Platzregen ging nieder. Er war unter dem vorspringenden Dach eines Hauses, das ihn geschützt hätte, hervorgetreten, mitten in den Regen hinaus, die Hände nach vorne gehalten, die Handflächen nach oben gedreht und das Gesicht mit geschlossenen Augen zum Himmel gewandt. Die unzähligen Tropfen, die auf seinem Gesicht zerplatzten, sorgten zu seiner großen Überraschung kaum für Abkühlung. Nur wenige Minuten später war der Spuk vorbei und die Sonne verbrannte so unbarmherzig wie zuvor das Land. Seine Kleider dampften an seinem Körper.

Es war der einzige Regen gewesen in der langen Kette dieser Tage, dieser immer gleichen Tage, die ihn durch die Hügel geführt hatten, die ihn bis zu dem Tag geführt hatten, der ein ganz spezieller werden sollte. Am späteren Nachmittag war er aufgebrochen mit dem Hut auf dem Kopf und dem Rucksack, der jetzt auf dem Turm neben ihm steht, dieser Rucksack damals beladen mit zwei Flaschen Wasser. So war er losgezogen, blind und ohne Richtung so wie all die Tage zuvor. Und wie die Tage zuvor führten ihn seine Schritte in die Hügel, folgten aber einem Pfad, den er noch nie gegangen war, der sich an der Küste hielt und bald durch steiles, abschüssiges Gelände führte. Er genoss diesen Weg, der manchmal sogar schattige Plätze aufwies und der mit einer großartigen Aussicht verbunden war. Unter ihm, manchmal nur wenige Meter, manchmal in schwindelerregender Tiefe, das riesige Wasser, eine blaue Zunge, die die Küste umspielte, stürmisch, war man nur wenige Meter entfernt, gelassen, wenn man von weit oben hinabschaute. Ein ständiger Wind kam vom Meer her, was die Hitze erträglicher machte, er fühlte sich wohl wie schon lange nicht mehr. Seine Schritte trugen ihn mehr und mehr in den Raum hinein und mehr und mehr, so kam es ihm vor, aus seinem Gefühl der Fremdheit heraus, ja, er hatte sogar den seltsamen Gedanken, dass er zum ersten Mal seit Langem wieder mit dabei war, wenn sein Körper spazieren ging.

Er erinnert sich, dass er lachen musste bei diesem Gedanken, dass er den Kopf schüttelte über sich selber, sich hinsetzte auf diesem Weg, während das Lachen aus ihm herausperlte. Als er schließlich aufstand, ruhig geworden, stand die Sonne tief, ein roter Ball am Horizont, und ihm war klar, dass er es nicht mehr schaffen würde, noch bei Tageslicht in das Dorf zurückzukehren. Aber das beunruhigte ihn nicht wirklich. Er ging den Weg zurück, ein Lied pfeifend, später lautstark in die vom Himmel herabfallende Nacht singend. Je dunkler es wurde, desto lauter sang er, irgendwann schrie er übermütig seinen

Gesang dem stärker werdenden Wind ins Gesicht, hinein in die Dunkelheit, und so ging sein Singen nahtlos über in diesen entsetzten Schrei, als ein Stein unter seinem Fuß nachgab und er, zuerst verwundert, dann erschrocken merkte, dass er keinen Halt mehr hatte und seitlich neben dem Weg abrutschte. Er versuchte nach etwas zu greifen, was ihn halten könnte, aber da war nur Sand, loses Geröll, nichts, was seinen Sturz bremsen konnte und auch nichts mehr unter seinen Füßen, ein Moment, in dem ihn blankes Entsetzen durchflutete, und er stürzte in die Nacht.

Die Nacht breitet sich mehr und mehr aus rund um den Turm und verstellt den Blicken des Soldaten den Weg. Er ist aufgestanden, lehnt an der Brüstung und starrt nachdenklich in die Dunkelheit. Etwa dreißig Meter vor ihm, nicht mehr zu sehen in der Finsternis, muss der Maschendrahtzaun sein, mehr als drei Meter hoch, der oberste Abschnitt leicht nach außen geneigt, überhängend, um ein Überklettern nahezu unmöglich zu machen. Das Material soll ein Spezialmaterial sein, das nicht einmal mit einer professionellen Drahtschere oder Zange zu knacken sei. Der Soldat hat den Verdacht, dass man damit nur alle beruhigen will, all die Menschen in den Dörfern und Städten, die angefangen haben, in der Dämmerung besorgt in ihre Gärten hinauszuschauen, und später, wenn die Dunkelheit undurchdringlich geworden ist, die Augen vom Lichtkegel einer Straßenlaterne zum nächsten schicken, Zigtausende Augenpaare auf Patrouille, dass man diese Menschen mit den Geschichten über diesen Zaun beruhigen will, genauso wie man die beruhigen will, die Nacht für Nacht da oben stehen, auf diesen Türmen, die aneinandergereiht sind, wie auf eine unsichtbare Schnur gespannt. Sie haben den Zaun ein paar Mal unter die Lupe genommen, er und sein Kamerad bei der letzten Schicht am Tag. Das Drahtgeflecht ist so dünn, dass es kaum vorstellbar ist, dass man es mit einem entsprechenden Werkzeug nicht durchschneiden könnte.

Der Soldat verscheucht die Gedanken an den Zaun, er denkt wieder an die Vögel, die sicher einen Grund hatten, sich in die einbrechende Nacht zu schwingen, und obwohl er weiß, dass es sinnlos ist, starrt er angestrengt in die Dunkelheit hinein, unbeweglich, minutenlang, bis ihn die Augen schmerzen.

Die Dunkelheit hat ihn immer schon fasziniert. Schon als Kind legte er sich mit all den Schatten an, die die Nächte für die angeregte Fantasie eines Buben bereithielten. Sein Zimmer war im Erdgeschoss, und irgendwann hatte er mit kleinen Mutproben angefangen. Im dunklen Zimmer mitten in der Nacht das Fenster öffnen, am offenen Fenster stehen mit weit aufgerissenen Augen, die vergeblich versuchten, das Dunkel zu durchdringen. Später war er auf die Fensterbank gestiegen, war dort gestanden, ohne sich festzuhalten. Und dann die Nacht, als er es zum ersten Mal wagte und hinaus in den Garten sprang, barfuß und nur in einem dünnen Leibchen. Er kann sich heute noch an dieses Entsetzen erinnern, das ihn durchfuhr, als seine nackten Füße auf dem Gras landeten, und schon Sekunden später war er durch das Fenster zurückgeklettert, hatte es in Panik geschlossen, gerade noch rechtzeitig vor den kalten Händen der Nacht, die gierig nach ihm griffen. Zitternd und schwer atmend vergrub er sich unter der Decke, aber schon in diesem Augenblick war der Gedanke da, es wieder zu tun, der Nacht noch einmal die Stirn zu bieten. Wenige Tage später sprang er wieder hinaus und er hatte sich vorgenommen, bis zehn zu zählen, bevor er in sein Schlafzimmer kletterte. Später zählte er bis zwanzig, bis hundert, dann zählte er im Sitzen, das nächste Mal legte er sich ins Gras und zählte und schließlich rannte er quer durch den Garten bis zum Zaun des Nachbarn und zurück.

Der Soldat lächelt bei der Erinnerung an diese kleinen Mutproben. Er hat nie jemandem davon erzählt, auch nicht ihr. Sie sind in seinem Inneren abgelegt, und sie haben einen Zauber, dem er sich oft in seinen Gedanken hingibt.

Ein Knacken links von ihm lässt ihn herumfahren. Wieder der angestrengte Blick in die Dunkelheit, wieder vergeblich, er konzentriert sich auf sein Gehör, aber umsonst, da ist nichts, es ist, als ob die Dunkelheit auch plötzlich alle Geräusche verschlucken würde. Er atmet tief durch, seine Hand geht wie unbewusst zur Seite, umfasst den schlanken Lauf des Gewehres, das neben ihm lehnt. Langsam hebt er es hoch, legt es vor sich quer auf die Brüstung. Er weiß, dass es geladen ist, und trotzdem überprüft er es, mit langsamen und vorsichtigen Bewegungen, um sich ja nicht durch ein Geräusch zu verraten. Wütend schüttelt er den Kopf. Der Gedanke, sich nicht verraten zu wollen, beinhaltet die Annahme, dass jemand da ist, da, dort, irgendwo in der Nacht, irgendwo im Reich der Schatten, jemand, der ein leises Klacken seines Gewehres hören könnte, wenn er nachschaut, ob es geladen ist. Aber da ist niemand, sagt er sich, und dann spricht er es sogar aus: »Da ist niemand.« Seine Stimme ist heiser und leise und das ärgert ihn und er hebt zornig das Gewehr hoch, legt an, richtet es auf ein Ziel, das es nicht gibt, den Finger am Abzug, die Nacht vor dem Gesicht. Diese Position bringt ihn zurück in sein Kinderzimmer, zurück in diese so großen und übermächtigen Nächte, die man nur als Kind so erleben kann. Er erinnert sich an das Grauen, das ihn damals durchzuckte, als ihm zum ersten Mal der Gedanke kam, in der Nacht nicht nur durch den eigenen Garten zu rennen, sondern auch den Zaun zum Garten des Nachbarn zu übersteigen und dort durch den Garten zu gehen, der bis zum Waldrand führte. Tagelang beschäftigte ihn dieses Vorhaben, stundenlang lag er wach in den Nächten und war doch nicht stark genug, das Fenster zu öffnen und den

Sprung zu wagen. Erst als er ein paar Tage später von einem Schulfreund ein Spielzeuggewehr geliehen bekam, ein Gewehr, das erschreckend echt aussah und auf vehemente Kritik seiner Mutter stieß, erst da wagte er es, sprang hinaus in die Nacht, in die dunkle, riesige Nacht, hinaus unter das ungeheure Sternenzelt, hinaus in die Finsternis, in der sie doch alle hausten, die Geister und Dämonen, die Drachen und Hexen, all die Fratzen, die sich ein Kind nur vorstellen konnte. Da hinaus sprang er, und mit dem Gewehr in den Händen rannte er durch den Garten, kletterte über den Zaun des Nachbarn, rannte auch durch diesen Garten bis zum Waldrand, wo er sich zwang, auch das schon lange geplant, in unzähligen Nachtstunden als Planspiel durchgedacht, einen Baum zu berühren, abzuklatschen wie bei einem Spiel, der Beweis, dass er es wirklich bis zum Wald geschafft hatte. So stand er da mit dem Gewehr im Anschlag und starrte in den Wald hinein, ein paar Sekunden, vielleicht eine halbe Minute, vielleicht auch eine Minute, aber schließlich war seine Beherrschung zu Ende, länger hielt er es nicht aus, länger konnte er die Geister, Monster und Drachen seiner Kindheit nicht in Schach halten. Als alle Dämme in ihm brachen, hetzte er zurück, durch den Garten des Nachbarn, durch den eigenen Garten, das Gewehr in der Hand.

Am nächsten Tag gab er es seinem Freund zurück, was seine Mutter sehr stolz auf ihn machte. Sie wusste allerdings nicht, wieso er das tat. Er wollte einfach nichts mehr damit zu tun haben, war immer noch erschrocken, dass es dieses Spielzeuggewehr geschafft hatte, ihm den Mut für dieses Abenteuer zu geben.

Jetzt, auf diesem Turm auf ein imaginäres Ziel in der Dunkelheit starrend, das Gewehr im Anschlag, ein richtiges Gewehr im Anschlag, jetzt erinnert er sich lebhaft an das Gefühl, das er hatte, vor dem dunklen Wald stehend, dieses Kribbeln im

Bauch, das höher stieg und höher und ihn schließlich einen Schritt zurück machen ließ, noch einen und noch einen und dann war alles nur noch Entsetzen, Panik, Flucht, alle heulenden und augenrollenden Monster waren ihm auf den Fersen. Selbst als er im Bett lag, die Bettdecke hochgezogen bis zum Kinn, ging sein Atem noch gehetzt und er brauchte lange, bis er endlich einschlafen konnte.

Es gab ein Foto von ihm aus dieser Zeit, aufgenommen ein paar Tage nachdem er mit dem Gewehr seines Freundes in der Nacht bis zum Waldrand gerannt war: Er stand auf dem Rasen im Garten, hatte den Kopf etwas schief gelegt und schaute mit einem misstrauischen Blick in die Kamera. Er konnte sich an die Szene genau erinnern, einer seiner Onkel hatte das Foto gemacht, ein Onkel, den er an diesem Tag zum ersten Mal gesehen hatte und der ihm Angst einflößte. Es war der Bruder seiner Mutter, der irgendwo weit weg wohnte und zu Besuch gekommen war. Ein riesiger Mensch, unförmig in allen Bereichen, ein immer geröteter Kopf, Hände, die so groß wie Teller waren, ein Bauch, der einem entgegenwallte und das darüber gestraffte Hemd zwischen den Knöpfen auseinanderzog, dazu eine Stimme, die ihn an ein Donnern erinnerte.

»Mein Bruder«, sagte seine Mutter knapp und fast ein wenig peinlich berührt, als dieser Riese unter der Tür stand und sie ihn vorstellte. Er gab ihm die Hand, nachdem ihn seine Mutter dazu aufgefordert hatte, zaghaft und ängstlich, und bekam einen Händedruck, den er lange nicht vergessen sollte. Und genau dieser Onkel zückte Stunden später im Garten seine Kamera und richtete sie auf ihn. Er empfand diese Situation als unangenehm, fast als bedrohlich, und dieser Eindruck entsteht auch, wenn man den Buben auf dem Foto, den Buben mit dem dunklen Haarschopf, der er damals gewesen ist, genau anschaut.

Das Foto steht heute noch auf der Kommode im Wohnzimmer seiner Eltern. Als er seine Mutter einmal fragte, wieso gerade dieses Foto da stehen würde, sagte sie: »Ich habe sonst kein Foto, das mein Bruder gemacht hat.« Er fand diese Antwort seltsam, da es sonst in der ganzen Wohnung nichts gab, was an ihren Bruder erinnerte, es gab nur diesen einen Besuch, zwei Tage in einem längst vergangenen Sommer, danach existierte dieser dröhnende Riese nur noch durch das Foto, das er gemacht hatte.

Seine Mutter, die überhaupt sehr schweigsam und in sich gekehrt war, erzählte nicht viel von sich und ihrer Vergangenheit. Er wusste nur, dass ihre Eltern gestorben waren, bevor sie in die Schule kam, und dass sie bei Verwandten wohnte, während ihr Bruder in einer ganz anderen Stadt von Menschen aufgezogen wurde, die sie nicht kannte. Mehr erzählte sie nie, zumindest nicht von sich aus, lieber als zu reden betete sie. Sie hatte sich in einer Nische im Gang so etwas wie einen Altar gerichtet, ein anderer Name dafür fiel ihm nicht ein, damals als Kind nicht und heute nicht, wenn er als erwachsener Mann daran vorbeigeht, ohne diese seltsame Stätte noch wirklich wahrzunehmen. Sie nannte es »meine Kapelle«, aber er fand diesen Ausdruck schon als Kind seltsam und zu hochtrabend für diese kleine Ecke, in der eine Marienstatue und ein paar Kerzen standen, in der ein Rosenkranz lag und davor ein kantiges Holzscheit, aus einem Balken geschnitten, das sie benutzte, um darauf zu knien. Sein Vater bot öfters an, ihr etwas Angenehmeres zum Knien zu machen, aber sie lehnte ab. In dieser, ihrer Kapelle, verbrachte sie viel Zeit, aber sie nutzte sie auch für kurze Abstecher, wenn ihre Wege durch das Haus daran vorbeiführten. Dann blieb sie kurz stehen, kniete nieder, schlug ein Kreuz mit gesenktem Kopf, bevor sie aufstand und weiter ging.

Die in der Nische kniende Mutter ist ein Bild, das er nie vergessen hat. Vertraut, immer wieder gesehen, immer wieder beobachtet, scheu ein paar Meter dahinter stehend, keine Bewegung, keinen Ton wagend, denn es war streng verboten, die Betende zu stören. Nie ist ihm die Mutter nie fremder gewesen als in diesen Momenten, den Kopf gesenkt, den gerade durchgedrückten Rücken ihm zudrehend, unnahbar, fern, aus einer anderen Welt. Wie erlöst war er jedes Mal, wenn sie eine Hand hob, um damit ein Kreuz zu machen, eine Bewegung, die ihm lieb wurde, weil er, der kleine, leise hinter ihr stehende Bub, wusste, dass die Mutter nun gleich aufstehen, noch kurz die Falten an ihrem Rock glattstreifen, sich dann umdrehen und aufblicken würde, auf in diese Welt, in der er war, er, der kleine, sehnsüchtig auf seine Mutter wartende Bub, und dann, jedes Mal wenn sie ihn sah, verzog sich ihr Gesicht zu einem Lächeln und er durfte losrennen und ihre Arme breiteten sich aus und fingen ihn auf, warm und sicher.

Der Soldat lächelt bei der Erinnerung, das Gewehr immer noch im Anschlag. Er entspannt sich, stellt die Waffe vorsichtig auf den Boden und setzt sich auf die Bank. Ein kurzer Blick auf das schwach beleuchtete Ziffernblatt seiner Uhr und er weiß, dass es eine lange Nacht werden wird, eine sehr lange Nacht. Noch nicht einmal eine Stunde ist vergangen, seit er hergekommen und auf den Turm gestiegen ist, seit er gehört hat, wie die Kollegen lachend über das Feld gegangen und mit dem Pritschenwagen davongefahren sind, noch keine Stunde ist vergangen, seit die Vögel in die Dunkelheit aufgeflogen sind, als hätte sie ein Schuss erschreckt.

ZWANZIG UHR

Ein Brüllen reißt durch die Nacht. Es kommt von der linken Seite, nicht weit weg vom Turm. Der Soldat hebt kurz den Kopf, bleibt aber ruhig und entspannt auf der kleinen Bank sitzen. Nur zu gut kennt er dieses Brüllen. Aber nicht alle kennen es, nicht alle wissen, was dahintersteckt. Ein Grinsen zeichnet sich ab auf seinem Gesicht, denn letzte Woche, als er die Nacht mit einem jungen Präsenzdiener aus der Hauptstadt hier verbringen musste, war das alles anders gewesen. Schon auf dem Weg hierher, über die Wiese, über die die Dämmerung sich langsam gelegt hatte, war ihm der Bursche mit seinen Sprüchen auf die Nerven gegangen. Auch die Tatsache, dass er das Gewehr nicht über die Schulter gehängt hatte, sondern wie bei einem Einsatz in beiden Händen hielt, schussbereit, befremdete ihn. »Die neuen Befehle«, grinste der Bursche, so als ob er seine Gedanken gehört hätte, »echt was los hier beim Heer.«

Der Soldat gab keine Antwort, ging weiter über das dunkle Feld auf den Turm zu, an dessen Fuß schon die beiden Kollegen warteten, die tagsüber Dienst gehabt hatten. Es gab die üblichen dünnen Scherze, »drei haben wir erwischt, wir haben sie gleich eingegraben dort drüben«, dann verschwanden sie über das Feld, hin zu dem Weg, wo der Pritschenwagen wartete und sie und die anderen zurückbrachte.

Der junge Bursche war schon hinaufgeklettert auf den Turm,

und als der Soldat ihm folgte und ebenfalls oben auf die Plattform trat, sah er ihn mit dem Feldstecher die Gegend absuchen. Er fühlte sich seltsam abgestoßen von diesem Jungen und seinem Gehabe, das mehr an einen Abenteuerurlaub erinnerte als an den Ernst ihrer Aufgabe. So setzte er sich auf die Bank und war froh, dass sein Begleiter sich wenigstens an die Dienstvorschrift hielt und schweigend das tat, was man wohl von ihm verlangte: Er behielt die Gegend im Auge, schwenkte mit dem Feldstecher von der einen Seite auf die andere, suchte den Zaun ab, das Feld, die Dunkelheit, suchte irgendetwas, was nicht hierhergehörte, was nicht hier sein durfte, auf das er sein Gewehr richten könnte, richten müsste.

Der Soldat saß schweigend hinter ihm auf der Bank und beschloss, das Beste daraus zu machen. Wenn schon der andere alles im Aug hatte, konnte er sich seinen Gedanken hingeben. Und da war einiges, was ihn beschäftigte. Er war am Wochenende zu Hause gewesen, zu Hause bei seinen Eltern, die nicht weit von der Grenze entfernt in einem kleinen Dorf wohnen, zusammen mit der Großmutter, der Mutter seines Vaters. Zu Hause, das war ein Haus mit einem Garten und einem kleinen Swimmingpool, den er zusammen mit seinem Vater vor etwa zehn Jahren gebaut hat, leider, aber daran will er jetzt nicht denken.

Er hatte das Wochenende dienstfrei gehabt, war in seiner kleinen Wohnung unter dem Dach gewesen, in der leeren Wohnung, die einmal so vertraut gewesen war und jetzt nur noch Kälte ausstrahlte und er hatte sich, wieder einmal wie so oft, vorgenommen, endlich auszuziehen, endlich eine eigene Wohnung zu suchen, endlich neu anzufangen. Er hatte einmal darüber mit seiner Mutter gesprochen, und obwohl sie laut protestiert und den Kopf geschüttelt hatte, glaubt er, dass letztlich alle froh wären, wenn er gehen würde, seine Mutter, sein Vater, seine Großmutter. Schließlich sehen sie alle, wenn sie ihm ins Gesicht sehen, immer die gleichen Bilder, immer die gleichen Schrecken, die sie nicht schlafen lassen und wenn, dann folgen ihnen diese Bilder in den Schlaf und werfen sich als Träume über sie. Es gibt einen Punkt, so denkt er sich, an dem es gar keine andere Möglichkeit gibt, als die Menschen zu verlassen, mit denen man eine gemeinsame Geschichte hat, weil diese gemeinsame Geschichte zu einem Albtraum geworden ist und nur zurückgelassen werden kann, wenn man auch die Menschen, die etwas damit zu tun haben, zurücklässt, ihre Blicke, ihre fragenden, suchenden Blicke, die sein Gesicht abtasten bei jeder Begegnung, auf der Suche nach einem Lächeln in seinen Zügen, auf der Suche nach einer Leichtigkeit in seinen Bewegungen, auf der Suche nach einem Zeichen, dass alles wieder gut ist, dass es ihm wieder gut geht, auf der Suche nach Erlösung.

So hatte er dieses Wochenende verbracht, wie unzählige andere zuvor, ohne recht zu wissen, was er tun könnte, tun sollte, war viele Stunden in der kleinen Wohnung unter dem Dach gewesen, manche Stunden im Freien, unterwegs auf den kleinen Feldwegen, die hier überall das Land durchschnitten, Schritt für Schritt für Schritt. Das Gehen, das ziellose Gehen, war seit vielen Jahren zu einer Art Lebensinhalt für ihn geworden, weil es leichter auszuhalten ist, in Bewegung zu sein, als ruhig irgendwo zu sitzen. Nur vor dem Fernseher, da kann er abschalten, das geht, das lenkt genügend ab, um den Stillstand des eigenen Körpers auszuhalten. So sitzt er an den Abenden meistens vor dem Fernseher, manchmal alleine in der kleinen, leeren Wohnung unter dem Dach, manchmal im ersten Stock im Wohnzimmer seiner Eltern, manchmal mit dem Vater, der die meiste Zeit seines Lebens vor dem Fernseher verbringt, manchmal alleine.

An diesem Samstagabend waren seine Eltern weggegangen, er war alleine mit der Großmutter, die stumm auf ihrem Polstersessel saß und so wie er auf den Fernseher starrte. Und dann kamen diese Bilder, ohne Vorwarnung, denn das blaue Wasser am Strand einer Insel, Palmen und beschwingte Musik, braun gebrannte Körper, die sich im Rhythmus wiegten und für eine Süßigkeit Werbung machten – all das konnte nicht als Vorwarnung für das dienen, was kam: die weit aufgerissenen dunklen Augen eines kleinen Jungen, der einen Daumen in seinem Mund hatte, während die Tränen über sein Gesicht liefen, so wie die Bilder über den Bildschirm, die Bilder aus diesem Lager: Menschen, bis zu den Knöcheln im Dreck zwischen Zelten, Menschen mit gesenkten Köpfen, Menschen mit leeren Augen, Menschen, die zu Schatten geworden waren und nur müde in die Kameras blickten. Er hielt den Atem an, so verstörte ihn das, was da auf ihn eindrang. Plötzlich andere Bilder: schreiende Menschen, Dutzende, Hunderte, eine Ansammlung von verzerrten Grimassen, die Hände zum Himmel erhoben, zu Fäusten geballt. Davor in einer Linie Soldaten mit Gewehren, und dann passierte das, was seitdem in allen Medien ist, in aller Munde, dann krachten die Schüsse. Bewegung entstand in der schreienden Masse, Chaos, Panik, Flucht. Irgendwo lagen Körper, irgendwo schrien Menschen, dann drängten sich andere Gesichter ins Bild, ernste Gesichter, ernste Männer mit sauberen Händen, dunklen Anzügen und ordentlich gebundenen Krawatten, mit angemessenen Worten und Gesten, mit Worten wie »Tragödie«, »eskaliert«, aber auch »Grenzen schützen«, »letztes Mittel«, »notwendig«, und mitten in all dieser grauenhaften Symphonie, die aus dem Fernseher auf ihn eindrang, sprang plötzlich die Großmutter aus ihrem Polstersessel auf in einer schnellen Bewegung, die er ihr niemals zugetraut hätte. Sie drehte sich um, weg vom Fernseher, und für einen kurzen Moment begegneten sich ihre Blicke. Ihr Gesicht in diesem Augenblick hat sich in sein Inneres eingebrannt, das hat er mitgenommen in den Tagen danach, in den Nächten danach, auch als er mit diesem Burschen letzte Woche auf den Turm gehen musste, um die ganze lange Nacht Wache zu halten, auch da war dieses Gesicht seiner Großmutter in seinem Inneren dabei: ihre aufgerissenen Augen, ihre zusammengepressten Lippen, Tränen auf den Wangen. Sie ging an ihm vorbei, den Blick zu Boden gesenkt, vorbei in diesem Wohnzimmer in diesem Haus in diesem kleinen Dorf, das nicht weit von der Grenze entfernt ist und in dem sein Vater vor Wochen schon die Schlösser ausgetauscht hatte.

Die Tür fiel zu, er war alleine im Wohnzimmer und sah, dass der Fernseher schon wieder eine andere Welt anzubieten hatte, einen Hund, braun, groß, mit seidig glänzendem Fell, der in Zeitlupe über einen Bach sprang und mitten in der Luft stehen blieb, während eine Schrift nach oben lief, zusammen mit einer Schachtel Hundefutter, und von rechts oben rot glitzernde Sterne über den Bildschirm rieselten.

Der Soldat sprang auf, nahm die Fernbedienung und schaltete ab. Die plötzliche Ruhe erschreckte ihn. Er ging ein paar Schritte zum Fenster, schaute hinaus in die hereinbrechende Dunkelheit und fühlte sich unangenehm an seinen Vater erinnert, der seit Wochen, Monaten, jeden Abend aus den Fenstern schaute, die Gegend beobachtete, den Garten im Auge behielt. Diese Gedanken ärgerten ihn und er verließ fluchtartig das Wohnzimmer, stieg mit hastigen Schritten hinauf in die kleine Wohnung, in die leere Wohnung unter dem Dach, das Gesicht seiner Großmutter in Gedanken mit nach oben nehmend, dieses Gesicht, das jetzt wieder in all seinem Entsetzen in seinem Inneren vor ihm stand, wie ein seltsamer Lampion, so vertraut, so fremd. Und in diesem Moment riss dieses Brüllen durch seine Gedanken und holte ihn auf den nächtlichen Turm zurück, auf dem sein junger Begleiter zusammenzuckte, sich instinktiv hinter die Brüstung duckte, den Feldstecher ablegte, das Gewehr packte, anlegte und in die Dunkelheit hinauszielte. »Was ist das?«, flüsterte er und wieder ein Brüllen und noch eines von der anderen Seite. Der Präsenzdiener wirbelte herum, richtete das Gewehr auf die andere Seite, blind in die Dunkelheit hinein, sein Atem ging stoßweise: »Wir brauchen Verstärkung!« Der Junge griff nach unten, griff nach dem Funkgerät. In diesem Augenblick stand der Soldat auf, legte ihm die Hand auf die Schulter. »Lass nur«, sagte er mit einem Grinsen, das sein Begleiter nicht sehen konnte, »die schnappen wir uns allein!«

Der Junge erhob sich aus seiner gebückten Haltung und starrte dem Soldaten ungläubig ins Gesicht. »Allein?«, stotterte er und suchte im Gesicht des Älteren nach etwas, was er als Ironie oder Anzeichen eines Scherzes hätte deuten können. Der Soldat wandte sich schnell ab, griff nach seinem Gewehr und stieg die Leiter vom Turm hinunter. Unten angekommen kniete er mit einem Bein nieder, das Gewehr im Anschlag, den Lauf in das Dunkel gerichtet, und wartete auf den Jungen, der schwer atmend neben ihm in dieselbe Position ging. Der Soldat konnte sich ein Lachen nur mühsam verkneifen, blickte zu dem Jungen. »Ich geb dir Feuerschutz.«

»Feuerschutz?«, stammelte der Präsenzdiener und zuckte zusammen, als neuerlich ein Brüllen durch die Dunkelheit brach. »Los!«, sagte der Soldat, »ungefähr fünfzig Meter, dann gibst du mir Feuerschutz, dann komm ich nach!«

»Fünfzig?«, flüsterte der Junge.

Der Soldat nickte stumm und der Junge ließ sich auf den Bauch nieder und robbte in die Dunkelheit, bis ihn die Nacht verschluckte. Wieder ein Brüllen, der Soldat entspannte sich, erhob sich aus seiner unbequemen Position, griff in seine Jackentasche und zog sich ein Päckchen Zigaretten heraus. Er grinste, nahm sich eine Zigarette, zündete sie mit einem Feuerzeug, das ebenfalls in der halbleeren Schachtel steckte, an und blies genüsslich den Rauch in die Nacht. Er wartete eine Weile, stellte sich den Jungen vor, auf dem Bauch liegend, angestrengt in die Dunkelheit starrend, das Gewehr mit verschwitzten Händen in die Nacht, die alles verschlingende Nacht, gerichtet. Vielleicht schaute er auch zurück, sah hinter sich das Glimmen der Zigarette und konnte es nicht fassen, was der ältere Begleiter da machte. Vielleicht hatte er auch schon die geforderten fünfzig Meter zurückgelegt, kniete auf dem Boden, das Gewehr im Anschlag, bereit, seinem Kameraden Feuerschutz zu geben, wenn dieser endlich kommen würde.

Wieder ein Brüllen, gefolgt von einem anderen, diesmal etwas näher. Der Soldat konnte sich bildhaft vorstellen, wie der Junge das Gewehr noch fester an die Schulter drückte, mit dem Lauf nach links und rechts schwenkte, bereit, auf alles zu schießen, was sich aus der Nacht lösen würde. Es war genug, er wollte nicht riskieren, dass der Junge anfing, auf imaginäre Schatten zu schießen, und so schlenderte er, die Zigarette in der Hand, langsam in die Dunkelheit hinein.

»Na, alles in Ordnung?« Seine Stimme war laut und er hörte ein zaghaftes, ungläubiges »Ja« als Antwort. Er fand den Jungen, auf dem Bauch liegend, den Kopf nach oben, ihm zugewandt.

»Die Zigarette … Feuerschutz …«, stammelte der Bursche, noch immer bemüht, möglichst leise zu sprechen. Der Soldat lachte auf, reichte dem Schatten am Boden die Hand, und als dieser sie ergriff, zog er den verdutzten Präsenzdiener in die Höhe. »Keine Angst, sind nur Hirsche, Brunft, immer im Herbst.«

Das ungläubige Gesicht des jungen Soldaten sagte ihm, dass er keine Ahnung hatte, wovon er redete.

»Das sind Hirsche. Hirsche, verstehst du?«

»Dieses Gebrüll? Hirsche?«

»Ja, die röhren, ist immer so im Herbst.«

»Röhren?«

»Röhren, so nennt man das, wenn die schreien«, antwortete der Soldat und versuchte seiner Stimme einen beruhigenden Ton zu geben. Doch der junge Bursche war noch nicht beruhigt, hielt das Gewehr immer noch mit beiden Händen, schussbereit, und sein Blick wanderte unruhig hin und her, auch wenn es nichts zu sehen gab.

»Also, alles in Ordnung«, sagte der Soldat, griff vorsichtig nach dem Gewehr seines Begleiters und hob den Lauf sanft nach oben. Der Bursche zögerte einen Moment, bevor er sich das Gewehr über die Schulter hängte, nicht ohne noch einmal einen Blick in die Runde zu werfen.

»Hirsche?«, fragte er noch einmal.

»Hirsche«, bestätigte der Soldat, »die schreien, weil sie Mädel suchen.«

Immer noch schien der Bursche nicht überzeugt und starrte ihm unsicher ins Gesicht.

»Ist dir nicht auch manchmal zum Schreien, wenn du Mädel suchst?«, fragte der Soldat in einem Versuch, die Stimmung zu entspannen. Der Bursche tat ihm aber nicht den Gefallen, immer noch schien er ratlos und hin und her gerissen. Der Soldat bekam Mitleid mit ihm, legte ihm mit einer väterlichen Geste den Arm um die Schulter und führte ihn zurück zum Turm.

Er muss lächeln, wenn er an diesen Abend, diese Nacht mit dem jungen Burschen zurückdenkt. Er steht kurz auf, lehnt sich auf das Geländer und schaut in die Nacht hinein. Es ist heute nur ein einziges Mal ein Brunftschrei zu hören gewesen, dieser eine Schrei, der ihm sofort die Erinnerung an die Nacht mit dem jungen Burschen gebracht hat. Diese Nacht, die doch eine entspannte und fröhliche Nacht wurde, nachdem der Bursche wirklich kapiert hatte, dass das Brüllen nicht von Bedeutung war, und nachdem er auch bewiesen hatte, dass er Humor hatte und über sich selber lachen konnte. Sie begannen miteinander zu reden und landeten beim Thema Angst. Der Junge erzählte dem Soldaten von einem Erlebnis in seiner Kindheit, als er versehentlich in einem dunklen Keller eingesperrt wurde und stundenlang darauf wartete, gefunden zu werden. Er habe sich vor lauter Angst nicht einmal getraut, um Hilfe zu rufen, aus Angst, irgendjemand, irgendetwas in dem dunklen Keller durch das Schreien auf sich aufmerksam zu machen – ohne dass er auch nur im Ansatz hätte benennen können, was außer ihm noch in dem Keller hätte sein können. »Aber die Dunkelheit gibt dir alle Möglichkeiten«, sagte er und der Soldat fand dies einen bemerkenswerten Satz für einen jungen Burschen.

Er war nahe daran, seinem Begleiter von seinen Kindheitserlebnissen zu erzählen, wie er aus dem Fenster seines Schlafzimmers gesprungen war und seine Ausflüge durch den Garten immer weiter ausgedehnt hatte, aber er beherrschte sich und behielt dieses Erlebnis für sich, so wie er es bisher immer für sich behalten hatte. Immer, auch ihr hat er nie etwas davon erzählt, selbst an Abenden, an denen sie viel redeten, auch über ihre Vergangenheit, seine Vergangenheit, all das, was zwei Liebende entdecken können, wenn sie dem anderen in dessen Leben folgen, zurück in die Jugend, zurück in die Kindheit. Er hat diese Abende geliebt, einfach da zu liegen mit einem Glas Rotwein in der Hand, ihren Körper neben sich zu spüren und ihr zuzuhören, wenn sie erzählte von ihrer Kindheit in der großen Stadt, in die sie mit ihren Eltern gezogen war, und in der der große rote Bus, der immer vor ihrem Haus stehen blieb, in ihrer Fantasie ein Drache war, ein feuerspuckender Drache, vor dem die Kinder schreiend davonliefen, wenn er in die Straße einbog. Und sie erzählte ihm von dem geheimen

Abteil im Keller, in dem die Kinder sich versteckten und einander Geschichten erzählten, sie erzählte ihm von dem kleinen Buben, der in einer Wohnung im Erdgeschoss wohnte und der ihnen immer wieder blaue Flecken an seinen Armen und Beinen zeigte und stolz erklärte, dass er sie im Kampf erlitten habe, gegen einen Einbrecher, gegen einen bösen Mann, gegen einen hungrigen Riesen, weil er seinen Vater verteidigt habe, diesen grimmig dreinschauenden Mann, der ihnen allen Angst einjagte. Und dieser Bub, dessen Namen sie vergessen hatte, war eine Zeit lang der große Star der Kinder, und jeden Tag wurden seine blauen Flecken bewundert, die er angeblich im Kampf erlitten hatte. Sie erzählte ihm vom Gymnasium, in das sie schließlich ging, von ihrer ersten Liebe, von stundenlangem Sitzen auf kalten Parkbänken, von dem Schauer, der durch den Körper ging, wenn sich der andere mit seinem Blick in ihrem Blick verfing. »Das ist anders geworden«, sagte sie plötzlich mit einem ernsten Ton in der Stimme, der ihn beunruhigte. Sie stand auf und ging zum Fenster, er antwortete nicht, beobachtete sie nur. »Die Dosis wird immer höher im Leben.«

»Die Dosis?«, fragte er, »was meinst du damit?«

»Früher, also in der Jugend, da ist es dir doch durch und durch gegangen, wenn dich ein Junge nur angeschaut hat, und heute?«

»Heute«, sagte er gedehnt, während er langsam vom Sofa aufstand, das Weinglas in der Hand, »heute kann das nur mehr ein ganz bestimmter Junge.«

Sie schaute ihm mit zusammengezogenen Augenbrauen entgegen, einen dieser vielen Ausdrücke an ihr, die er so liebte. »Heute muss ich dich anschauen, damit es dir durch und durch …«

Jetzt verstand sie, lachte auf. »Scheusal!«, schmollte sie, wich seinen Armen aus, ging schnell durch das Zimmer und verschwand im Bad. Er hörte, wie sie den Schlüssel umdrehte und gleich darauf, wie die Dusche aufgedreht wurde. Lächelnd setzte er sich auf das Sofa, mit seinem Weinglas, mit seinem Gefühl für diese Frau, die ihm so nahe gekommen war wie sonst niemand zuvor. Er löschte das Licht der kleinen Stehlampe, die hinter dem Sofa auf einer Ablage stand, und genoss die Dunkelheit, die nun im Zimmer lag, während sie unter der Dusche stand und leise zu singen begonnen hatte. Genüsslich trank er den Wein aus, legte sich hin, und in seinen Gedanken öffnete sich die Badezimmertür, schwebte sie wie eine Verheißung auf das Sofa zu, beugte sich vor und die Tropfen aus ihren nassen Haaren fielen auf sein Gesicht. Die Dunkelheit gab seinen Gedanken viele Möglichkeiten, sich etwas auszumalen, dort auf seinem Sofa, dort in der kleinen Wohnung unter dem Dach, die damals noch so voller Leben war, dort in dem Haus in dem Dorf nicht weit von der Grenze.

»Die Dunkelheit gibt dir alle Möglichkeiten«, sagt er jetzt leise zu sich selber, in dieser Nacht alleine auf dem Turm an der Grenze, alleine. Der Junge hatte recht mit diesem Satz. Der Soldat aber weiß, dass es nicht nur die Dunkelheit ist, dass auch Augenblicke mitten am Tag, im grellen Mittagslicht alle Möglichkeiten bieten und Angst auslösen können, in einem Ausmaß, das man sich vorher gar nicht vorstellen konnte. Er sieht sie wieder, so wie er sie oft sieht, wie sie ihn oft heimsuchen in seinen Gedanken und Erinnerungen, die beiden Polizisten, er sieht, wie sie aus dem Auto stiegen vor dem Haus in dem kleinen Dorf nicht weit von der Grenze, vor dem Haus mit dem Garten und dem Swimmingpool, vor dem Haus, in dem sie mit seinen Eltern und seiner Großmutter gewohnt haben, vor dem Haus, in dem er immer noch wohnt. Da standen sie, die beiden Polizisten, unschlüssig, zögernd, in der prallen Sonne dieses Sommertags. Er sah sie, weil er am Fenster stand und hinausblickte. Nicht zufällig, er wartete auf sie, auf seine große Liebe, wollte die Tür aufschließen, sie in die Arme nehmen, sagen, dass es ihm leid tut. Aber er wartete nicht auf diese beiden Polizisten, die miteinander redeten, dann auf das Gartentor zu gingen. Einer der beiden öffnete das Tor, wollte dem anderen den Vortritt geben, aber der zögerte, und das war der Moment, in dem ihm am Fenster stehend eine eiskalte Hand ans Herz griff, in dem er anfing, den Kopf zu schütteln, so als könnte er die Gedanken, die schon in seinem Kopf kreisten, mit einem Schütteln verjagen, so wie man lästige Fliegen kurz damit verscheuchen kann.

Die beiden Polizisten kamen langsam über den Kiesweg auf das Haus zu und die Angst in ihm wurde größer, größer und größer. In seinem Kopf formulierten sich fieberhaft Möglichkeiten, die der Grund dafür sein konnten, dass an einem schönen Sommertag, an einem heißen Mittag zwei Polizisten zu ihnen nach Hause kamen, sein Kopf suchte nach Erklärungen für diese Situation, andere Erklärungen, nicht diese eine, die ihm die Luft nahm. Sekunden später waren die beiden aus seinem Blickwinkel verschwunden. Er stand am Fenster, hielt den Atem an, wartete auf das Klingeln, das nicht kam, das dann doch kam. Wie von einem unsichtbaren Band gezogen setzte er sich in Bewegung, die Stiege hinab, den kurzen Weg durch den Gang, das Heben der Hand an die Türschnalle genau in dem Moment, als die Klingel ein zweites Mal ertönte, scharf und schrill in die Ruhe dieses Tages einschnitt, in sein Leben schnitt, denn nun hatte er die Tür geöffnet und sah die beiden Polizisten da stehen, ihn nach seinem Namen fragen, ihn fragen, ob sie eintreten durften. Er nickte nicht, drehte sich wortlos um, ging voran in die Küche, setzte sich dort an den Tisch, vor dem die beiden Polizisten sich aufstellten, und plötzlich ein Brüllen, ganz nah unter ihm. Der Soldat wird aus seinen Erinnerungen gerissen und späht angestrengt nach unten, um vielleicht eine Bewegung im Dunkeln wahrzunehmen. Sekundenlang hält er den Atem an, bewegt sich nicht, will sich nicht verraten. Doch alles ist ruhig. Der Soldat wartet eine Weile, aber kein weiteres Brüllen, keine Schritte im Dunkeln, auch kein Schnauben und keine schweren Atemgeräusche, die man manchmal hören kann, wenn die Tiere wirklich nah genug herankommen.

Vorsichtig setzt der Soldat sich auf die Bank. Er ist froh, dass ihn der Hirsch aus seinen Erinnerungen gerissen hat, aus diesen Erinnerungen zumindest, und er sieht sie, die beiden Polizisten, sieht sie noch, wie sie über den Kiesweg wieder zurückgingen, der derselbe Kiesweg war wie zuvor, durch diese Mittagshitze, die dieselbe Mittagshitze war wie zuvor, durch das Gartentor, das dasselbe Gartentor war wie zuvor, auch wenn ihm, betäubt unter der Tür stehend, klar war, dass nichts mehr so war wie zuvor, nichts mehr, nie mehr.

Der Soldat schüttelt seine Erinnerung ab, steht auf, lehnt sich über die Brüstung, horcht hinein in das Dunkel, hofft auf ein Lebenszeichen der Natur, irgendetwas, das ihm seine Gedanken nimmt, das die Bilder und die Schreie in seinem Inneren übertönen kann. Und er hat Glück: Plötzlich ist links vom Turm wieder ein Brunftschrei zu hören. Sehr nahe nun und gleich darauf ertönt ein zweiter von der rechten Seite des Turmes und der Soldat weiß, dass da zwei Hirsche vollgepumpt mit Testosteron im Dunkeln stehen und vermutlich bald aufeinander losgehen werden. Er kann sie nicht sehen, aber hören. Das Brüllen wird lauter, heftiger, erfolgt in kürzeren Abständen und er hört, wie die Tiere herumrennen, einander näher kommen und endlich ist es so weit: Er hört das Krachen, als die beiden mit ihren Geweihen zusammenstoßen, mit dem einen Ziel, den Rivalen zu verdrängen, zu besiegen. Als Lohn winkt ein ganzes Rudel, das irgendwo in der Dunkelheit äst, als Lohn winkt die Weitergabe der eigenen Gene, Rausch und Unsterblichkeit für den Stärkeren.

Das Schauspiel dauert einige Minuten und dann hört der Soldat, wie einer der Hirsche wegrennt, und wieder ist Ruhe in dieser Nacht, Ruhe auf diesem Feld, Ruhe an dem Zaun, Ruhe an der Grenze. Er setzt sich auf die Bank, und erst in diesem Moment fällt ihm ein, dass er im Rucksack ein Nachtsichtgerät hat, mit dem er den Kampf der beiden Tiere vielleicht sogar hätte sehen können. Andererseits hat er das schon oft gesehen. Der Bruder seines Vaters ist Jäger und hat sie immer wieder mitgenommen auf die Brunft. Auch als kleiner Junge ist er schon zwischen den beiden Männern, zwischen seinem Vater und seinem Onkel, auf dem Hochsitz gesessen, vor Kälte zitternd, vor Angst zitternd und trotzdem zu stolz, um auf den Schoß seines Vaters zu klettern. Die Männer, gebannt von dem Schauspiel, schienen ihn vergessen zu haben und er war froh, als es endlich stockdunkel geworden und nichts mehr zu sehen war und die Männer mit ihm zusammen vom Hochsitz stiegen und in Richtung Auto gingen. Sie plauderten miteinander, und ein Satz seines Onkels, der beide Männer zum Lachen brachte, blieb ihm im Gedächtnis, ohne dass er ihn damals verstanden hätte.

»Ein Hirsch müsste man sein«, sagte der Onkel gut gelaunt, »einen Monat lang das ganze Rudel und dann das ganze Jahr einen seligen Frieden vor die Weiber.«

Er hatte ihr diesen Satz erzählt, nachdem sie nach all den langen Jahren des Pendelns endlich zu ihm gezogen war, in das Haus seiner Eltern, in die kleine Wohnung unter dem Dach, die er liebevoll hergerichtet hatte. Sie hatte wohl verstanden, dass er niemals in dieser großen Stadt im Norden leben könnte, dass sie ihn verstummen lässt, wann immer er dort ist, und so wagte sie schließlich den Schritt und zog zu ihm. In diesem ersten Herbst wollte er ihr zeigen, was sie in der Großstadt niemals sehen würde: die Brunft. Als sie aus dem Auto stiegen, am Waldrand in der Dämmerung, die sich schon langsam über die Felder legte, begann er ihr zu erzählen, flüsternd, von den Hirschen, von ihrem Verhalten, ihrem Röhren, während er sie an der Hand hielt und einen schmalen Pfad in den Wald hinein führte. Es war eine herrliche Herbstnacht, ein paar Wolken, dazwischen aber immer wieder das Silber des Mondes, der fast voll war und mit seinem Licht für gute Sicht sorgte. Dann, auf diesem Weg hinein in den Wald, sagte er ihr diesen Spruch seines Onkels. Sie blieb stehen und schaute ihm mit einem Grinsen ins Gesicht.

»Das würde dir so passen!«, schmunzelte sie, und bevor er etwas antworten konnte, legte sie die Arme um seinen Hals, kam mit ihren Lippen sehr nah an seine. »Hör zu, mein Lieber, ich bin dein Rudel! Du hast nur ein Problem: Ich bin das ganze Jahr da!«

Er lachte, öffnete den Mund und imitierte das Röhren eines Hirsches, was ihm schon als Kind sein Onkel beigebracht hatte. Und während sich ihr Gesicht zu einem Lachen verzog, kam plötzlich ein anderes Röhren aus dem Wald, aus dem Dunkel hinter ihnen. Sie klammerte sich erschreckt an ihn, atemlos warteten sie und wagten nicht, sich zu rühren. Aber sie erholte sich schnell von ihrem Schrecken und sofort kam wieder ihre verspielte Ader zum Vorschein, die er mehr als alles andere liebte.

»Du hast Konkurrenz«, gurrte sie in sein Ohr. »Du musst den anderen erst ausschalten, wenn du mich willst ...« Sie kicherte.

»Es gibt starke Hirsche und es gibt kluge«, flüsterte er, während er sie an den Schultern packte, umdrehte und ihr mit sanftem Druck bedeutete, niederzugehen. Er kniete hinter sie, öffnete den Reißverschluss ihrer Hose, zerrte die Hose nach unten, bevor er das gleiche bei sich tat.

»Ist das klug?«, flüsterte sie, »willst du nicht zuerst kämpfen?«

»Ich bin mehr der Taktiker, meine Liebe«, sagte er heiser und erregt.

»Hilfe!«, rief sie mit gespielter Empörung.

»Sinnlos«, keuchte er, »der traut sich nicht.« Und dann drang er in sie ein, stieß einen Brunftschrei aus, einen und noch einen und noch einen, und sein Gebrüll und ihr Lachen und ihre gemeinsame Lust und der Mond, der mit seinen Silberfingern in ihren Haaren wühlte, bis sie lachend nebeneinander auf dem Waldboden lagen, eng umschlungen. Sie blieben liegen, solange es die Kälte erlaubte, dann erhoben sie sich, schweigend, aber mit einem Lächeln im Gesicht. Erst auf dem Rückweg auf dem kleinen Pfad, der in der Dunkelheit kaum mehr zu erkennen war, den sie mehr als einmal mit ihren tastenden Schritten verloren, sodass Büsche und Sträucher mit ihren Ästen nach ihnen griffen, erst dann waren wieder Hirsche zu hören, mehrere, ziemlich in der Nähe, und er spürte, wie sie seine Hand fester fasste, wie dieses urtümliche Gebrüll auch sie nicht kalt ließ, wie auch sie diese Faszination spürte, die so manche in die dunklen herbstlichen Wälder treibt.

Dann im Auto, ihr Lächeln, ihre Hand sanft auf seiner Wange, ihre Lippen und ihre Stimme, leise und verheißungsvoll: »Du darfst jetzt dein Rudel nach Hause bringen.« Er lachte und startete den Motor, wendete und fuhr mit ihr in die Nacht hinein, den Weg bis zu ihnen nach Hause, wo schon alles dunkel war. Den Schlüssel ins Schloss, die Stiege hinauf in ihre Wohnung, wo sie sofort miteinander ins Bett gingen, die Fenster aufgerissen, in der Ferne das vereinzelte Röhren einiger Hirsche, der Mond schüttete sein Silber aus und alle Lust will Ewigkeit.

Neun Monate später kam ihr Sohn auf die Welt, neun Monate später änderte sich alles, zum ersten Mal. Das war Jahre bevor die Welt unterging.

EINUNDZWANZIG UHR

Ein heller Fleck zuerst, nur ein etwas hellerer Fleck am schwarzen Himmel: vage, unbestimmt und doch ändert das schon die ganze Nacht, verliert die Schwärze an Schwarz, die Dunkelheit an Dunkel, wird die Nacht etwas freundlicher, belebter, denn da ist plötzlich die Ahnung eines Schattens und dort die Möglichkeit von etwas Lebendigem, genug, um schlagartig die Augen wieder zu beschäftigen. Der Soldat ist aufgestanden, lehnt am Geländer der kleinen Plattform und schaut hinauf zur Wolkendecke. Noch ist sie nicht aufgerissen, noch hat der Mond einen dicken Schleier vor dem Gesicht, aber schon die von hinten beleuchteten Wolken sorgen für etwas Licht am Boden. Der Soldat fühlt sich augenblicklich besser, geht in die Hocke, greift nach seinem Rucksack und nimmt aus der Außentasche eine Packung Zigaretten. Es ist zwar streng verboten, auf der Wache zu rauchen, aber das ist ihm egal, wer soll ihn schon erwischen. Außerdem ist es auch gegen die Vorschrift, alleine Dienst machen zu müssen. Aber es gibt keine andere Möglichkeit, Dutzende Kameraden liegen im Bett, eine frühe Grippewelle, und als ihm der Kommandant mitteilte, dass er diese Nacht alleine gehen müsse, was, wie der Kommandant selber sagte, zwar gegen die Vorschrift sei, aber Vorschriften seien etwas für ruhige Zeiten, nicht für Zeiten wie diese, da hat er nur mit den Schultern gezuckt, denn es war ihm egal, mehr noch, fast lieber, diese Nächte alleine verbringen zu können als mit jemandem, den er nicht kannte, der vielleicht die ganze Nacht redete und redete und redete. Der Soldat aber mochte diese stillen Stunden auf dem Turm, auf dem er jetzt ganz gegen die Vorschrift eine Zigarette herausnimmt, sie anzündet und den Rauch des ersten Zuges genüsslich nach oben in den dunklen Himmel bläst.

Er hat nie geraucht, früher, aber dann, nachdem alles anders geworden war, nichts mehr sicher, nichts mehr vertraut, nachdem Begriffe und Dinge, auf die man sich jahrelang hatte verlassen können, auf die man ein Leben baute, Begriffe wie Heimat, Geborgenheit, Zukunft, Du, als sie alle zu hohlen Worten geworden waren, ohne Leben, ohne Bedeutung, da hatte er angefangen zu rauchen. Nicht aus einer besonderen Lust auf Tabak, sondern nur weil er sich plötzlich an allem festhielt, woran ein Mann sich festhalten kann, wenn er nichts mehr hat, das ihn hält: Zigaretten, Alkohol, Frauen.

So wie an jenem Abend in der Hauptstadt, als er aus dem Bahnhofsgebäude rannte, zutiefst verstört. Ein nasser Abend, der Regen wie feine Schnüre zwischen Himmel und Erde gespannt, schwarz glänzender Asphalt, die Lichter der Großstadt verschwammen in den Pfützen wie ein zu nasses Aquarell. Menschen mit Schirmen hasteten an ihm vorbei und dazwischen seine Schritte, die keine Richtung hatten, die einfach nur gingen und gingen und gingen, bis sie von einem »Na, hast Zeit?« gestoppt wurden. Er blieb überrascht stehen, sah die Frau vor sich, mit dem Rücken an die Wand gelehnt, sah ihre schwarzen Stiefel, die bis über das Knie reichten und unten mit dem nassen Asphalt verschwammen. Sah ihr Gesicht, den zu stark geschminkten Mund, der aber freundlich lächelte.

Er zuckte mit den Schultern, verwirrt, »eigentlich muss ich …«, stotterte er und erntete ein helles Lachen. »Eigentlich müssen die meisten etwas anderes«, sagte sie und hängte sich bei ihm ein, »eigentlich kommen alle nur zufällig hier vorbei, eigentlich tut keiner von ihnen so etwas.« Ihre Hand hob sich und strich ihm eine regennasse Haarsträhne aus der Stirn. Ihre Nähe verwirrte ihn, ihre Augen, die prüfend sein Gesicht absuchten, noch mehr.

»Du bist ein anständiger Mensch«, sagte sie plötzlich ernst und ließ mit ihrem Tonfall offen, ob das eine Feststellung oder eine Frage war. »Bei dir«, sprach sie leise und legte ihm ihren Zeigefinger auf die Lippen, »muss man anders vorgehen.«

Er schüttelte verwirrt den Kopf, was ihr ein neuerliches Lachen entlockte. »Mir ist verdammt kalt«, sagte sie, »und du würdest einer Dame einen Gefallen tun, wenn du mit reingehst. Könnt' ich mich aufwärmen. Und dir ...« Sie kam noch einen Schritt näher, so nahe, dass sich ihre Körper berührten, »würde ein bisschen Wärme auch guttun, bist viel zu traurig für dein Alter.« Sie drückte ihr Becken noch stärker an ihn, während ihre Hände seine Hüften umfassten und verhinderten, dass er nach hinten ausweichen konnte. Er schluckte, merkte, wie ihn diese Situation überforderte, spürte ihren warmen Körper, spürte, wie sich etwas in seinem Unterleib regte und hatte gleichzeitig ihre Stimme im Ohr, ihren Satz, »bist viel zu traurig für dein Alter«, und das, vielleicht mehr noch als das Kribbeln in seinem Körper, gab den Ausschlag.

Sie schien das zu merken: »Das erste Mal ... so?«

Er nickte und setzte sich widerstandslos in Bewegung, als sie ihn durch eine schmale Tür in eine rauchige Bar führte. Erst langsam gewöhnten sich seine Augen an das Halbdunkel, nahmen die Konturen Gestalt an, sahen die beiden Männer an der Bar, den Barkeeper dahinter, der, als sie näher traten, eine Schublade öffnete, einen Schlüssel herausnahm und ihn auf den Tresen legte.

»Bezahlst du?«, flüsterte sie nahe an seinem Ohr, sehr nahe, sodass ein Schaudern durch seinen Körper fuhr. Er zückte die Geldtasche und legte mit fahrigen Fingern die vom Barkeeper genannte Summe vor sich hin.

»Was zu trinken wäre noch schön.« Wieder die Stimme an seiner Seite, wieder ihr Mund an seinem Ohr, wieder der Barkeeper, der eine große Flasche Sekt vor ihn stellte, wieder der Mund, der den Preis nannte, wieder seine Finger, die das Geld abzählten und auf den Tresen legten. Sie schnappte sich den Schlüssel und den Sekt, löste sich von ihm und ging, ohne sich nach ihm umzusehen, voran. Er folgte ihr langsam, unsicher, verschämt, aber die beiden Herren an der Bar und der Barkeeper beobachteten ihn nicht weiter.

Der Raum war klein: ein Bett, ein Waschbecken, am Boden eine Küchenrolle. Rote Vorhänge, zugezogen, gedämpftes Licht. Er blieb unsicher in der Mitte stehen, aber sie führte ihn zum Bett und als er sich setzte, drückte sie seinen Oberkörper nach hinten und legte sich neben ihn.

»Willst du jetzt was trinken oder später?«

»Später«, hörte er sich sagen und sie lachte leise auf.

»Na, und was magst denn gerne?« Sie richtete sich auf, begann ihre Bluse aufzuknöpfen und zählte ihm mit einer sachlichen Stimme auf, was es alles gab und was es kostete und als sie fertig war, schaute sie neugierig auf ihn und fügte noch hinzu: »Natürlich alles mit Gummi.«

»Ja, klar …«, antwortete er, und als er nicht weiterredete, sagte sie, und ihre Stimme klang amüsiert wegen seiner Hilflosigkeit: »Also was jetzt?«

Er räusperte sich, zuckte im Liegen mit den Schultern und sagte: »Einfach ganz normal!«

Sie lachte herzhaft auf: »Einmal ganz normal zum Sondertarif für Anfänger, das macht …« Mit einer theatralischen Bewegung hob sie ihre Hände vors Gesicht, begann spielerisch die Finger einer Hand abzuzählen, so als ob sie rechnen würde, und nannte einen Preis. Er schaute sie fragend an, nicht verstehend, was ihr wieder ein Lachen entlockte. »Da draußen, da hast du nur das Zimmer bezahlt. Jetzt geht's um mich!«

Er verstand, zog die Geldtasche aus seiner Hose, begann Geld herauszuzählen und drückte es ihr in die Hand. Sie legte es mit einer schnellen Bewegung nach hinten auf eine Ablage, stand auf, zog ihre schwarzen Stiefel aus, langsam und scheinbar selbstvergessen, und während seine Augen von ihr Besitz nahmen, streifte sie den Rest an Kleidung ab, kniete sich neben ihn auf das Bett und ihre Hände waren an seinem Gürtel, an seinem Reißverschluss, seine Hose rutschte nach unten und es wurde warm, wurde heiß.

Der Soldat schreit auf, schüttelt erschrocken seine Hand, während der Stummel der Zigarette, eine winzige rote Sternschnuppe, vom Turm nach unten fällt. Er war so in seinen Gedanken gewesen, dass er die Zigarette komplett vergessen hatte. Ein Lächeln breitet sich aus über seinem Gesicht. So ist das, denkt er, so ist das mit den Frauen, die schaffen es, dass du alles vergisst.

Auch in diesen Stunden in der Hauptstadt, in dieser Stunde bei der Frau in der kleinen Kammer und in den Stunden danach an der Bar, hatte er alles vergessen, die Leere seines Lebens, seiner Welt, die ungeheure Szene am Bahnhof, die ihn in die Nacht hinausgetrieben hatte, er hatte alles vergessen, war nur dagesessen an der Bar, stumm, so wie die beiden anderen Herren, hatte sein Bier getrunken, hatte ihr zugeschaut, wie sie ein paar Minuten nach ihm aus dem Zimmer kam, die Sektflasche, die sie nicht angerührt hatten, in der Hand. Sie stellte die Flasche vor dem Barkeeper auf die Theke, dieser ließ sie sofort verschwinden. Irritiert schaute sie ihn an und erst jetzt bemerkte sie, dass er noch an der Bar saß und gesehen hatte, dass dieser

Sekt, den er schon bezahlt hatte, darauf wartete, ein zweites Mal verkauft zu werden. Sie reagierte sofort, kam mit zwei schnellen Schritten auf ihn zu, legte ihm beide Hände um den Hals, kam ihm mit dem Mund sehr nahe und flüsterte: »Das war richtig schön mit dir, kommst wieder einmal?«

»Klar«, antwortete er unbeholfen und sie lachte auf, griff nach seinem Bierglas, leckte mit ihrer Zunge etwas Schaum vom Rand des Glases, nicht ohne ihn aus den Augen zu lassen. Mit einem tiefen Blick in seine Augen drückte sie ihm einen Kuss auf die Wange, zwinkerte ihm zu und ging hinaus in die Nacht. Er saß da, betäubt, müde und doch seltsam aufgekratzt, trank sein Bier, sah zu, wie sie mit dem nächsten Kunden hereinkam, dessen Hände gar nicht auf die Kammer warteten und schon beim Daraufzugehen ihren Hintern bewohnten. Er nahm noch einen Schluck und noch einen Schluck und merkte, dass ein Lied lief, das er kannte, eines seiner Lieblingslieder, und er hörte die Zeile »… just a come-on from the whores on Seventh Avenue …«. Plötzlich war ihm klar, wie oft er diesen Text mitgesungen hatte, ohne seine Bedeutung zu erfassen, »… I do declare, there were times when I was so lonesome I took some comfort there …«

Der Soldat summt leise diese Melodie, alleine auf seinem Turm, alleine in seiner Nacht, alleine mit seinen Erinnerungen, dann stoppt er das Summen, fängt an zu singen, leise: »I am just a poor boy …« Er hat keine Ahnung, ob es in den Dienstvorschriften einen Paragrafen gibt, der das Singen auf der Wache verbietet, ein Gedanke, der ihm ein Lächeln über das Gesicht huschen lässt, während seine Stimme leise dieses Lied in die Nacht hinaussingt, dieses Lied, das er so oft gesungen hat, auch mit ihr in dem Lokal in dieser Großstadt Hunderte Kilometer im Norden. Es war das zweite oder das dritte Mal gewesen, dass er sie dort besucht hatte, in dieser Stadt, die ihn immer völlig verwirrte, die ihm zu groß war, zu unförmig, zu maßlos in allem, die ihm immer das Gefühl von Verlorenheit gab, ein Gefühl, das er vergaß, sobald er in ihren Armen lag, in dieser kleinen Wohnung hoch über der Straße, die die ganze Nacht nicht ruhig wurde. Damals, bei diesem zweiten oder dritten Mal, als er sie besucht hatte, war sowieso alles anders gewesen. Er war mit der üblichen Freude und angespannten Erwartung am Bahnhof ausgestiegen, sie waren einander wie üblich am Bahnsteig in die Arme gefallen, wie üblich hatte sie ihn durch die Halle in die U-Bahn geführt, heim in ihre Wohnung, in der das Essen schon hergerichtet war. Und doch, irgendetwas war anders, irgendetwas, was er nicht benennen konnte, was nur seltsam fremd plötzlich zwischen ihm und dieser Frau stand, die seit Monaten sein Denken und sein Fühlen beherrschte, seitdem er seinem Glück, wie sie immer sagte, in die Arme gefallen war, damals in diesem fremden heißen Süden. Aber jetzt, in dieser großen Stadt im Norden war die Stimmung seltsam, die Gespräche schleppend, das Lachen künstlich, jede Leichtigkeit dahin und sie schienen beide zu spüren, dass etwas nicht passte. Schließlich stand sie entschlossen auf, packte ihn am Arm und sagte: »Komm, wir müssen etwas tun.«

Das hat er an ihr immer bewundert: diese Fähigkeit, sich mit solch diffusen Stimmungen anzulegen, die bei ihm nur Lähmung und Ratlosigkeit auslösten. Sie führte ihn aus der Wohnung, ein paar Straßen durch die unruhige Nacht und in eine Bar mit einer großen Tanzfläche und Musik aus den Siebzigern und Achtzigern. Als die ersten Töne dieses Liedes erklangen, zog sie ihn an der Hand auf die Tanzfläche, legte ihm die Arme um den Hals und sang in sein Ohr »you are just my poor boy …«. Und er lachte und sie lachte und sie schauten einander in die Augen und plötzlich war sie weg, diese seltsame Stimmung, diese Befangenheit, dieser unendliche Weltenraum zwischen ihnen, und sie sangen dieses Lied mit, Aug in Aug, Lippen an Lippen, Körper an Körper: »Lai la lai, lai la lai lai lai lai lai ...«

Dieses Lied, das er jetzt leise singt, auf seinem Turm unter der schwarzen Decke der Wolken, die plötzlich aufgerissen wird, und dann steht er da: groß, rund, leuchtend, der Mond. Der Soldat ist gefangen von dem Schauspiel, von der Helligkeit, die plötzlich die Nacht verändert, er sieht das Feld vor sich, er sieht den großen Zaun im Mondlicht glitzern und er hört auf zu singen und starrt gebannt auf die silberne Scheibe.

»Die ganze Familie mondsüchtig!« Eine Stimme in seiner Erinnerung. Er legt die Stirn in Falten, angestrengt, und dann weiß er es: Seine Mutter hat diesen Satz gesagt, an einem Abend, als sein Vater und er und die Großmutter am Fenster standen und einen riesigen Vollmond betrachteten, der schweigend und majestätisch am Horizont stand. Die Mutter hatte das mit einem Lächeln gesagt, kopfschüttelnd, und er erinnert sich, dass sie gelacht haben dort am Fenster, die Großmutter, er, der Vater und die Mutter, und es war plötzlich eine wunderbar harmonische Stimmung, während der Mond größer wurde und größer. Die Mutter löschte das Licht, sodass nur noch der Glanz des Mondes auf dem Teppich lag. Schließlich saßen sie da, die Mutter, die Großmutter, er, schweigend, nur der Vater stand noch am Fenster, unbeweglich, und schaute hinaus in die Nacht. Damals noch in Ruhe und Frieden, nicht so, wie er in letzter Zeit in die Dämmerung hinausschaut, mit unruhigen Augen Schatten sucht, die nicht hierhergehören, und sich dabei doch immer den Anschein gibt, irgendetwas Alltägliches zu tun, Normalität zu bewahren: »Wolken ziehen auf, könnte Regen geben«, »die Straßenlaterne flackert, muss ich der Gemeinde melden«, »ich glaub, ich hab da einen Fuchs gesehen«.

Aber damals, damals mit dieser riesigen Scheibe am Horizont, war alles noch entspannt und ruhig und gut und seine

Mutter bezeichnete ihre ganze Familie als mondsüchtig. Vielleicht hat sie recht gehabt, denkt sich der Soldat, der Mond war schon immer etwas, was die Aufmerksamkeit seines Vaters auf sich zog – und auch die Aufmerksamkeit seiner Großmutter, wie er sich jetzt erinnert. Die alte Frau ist gerne bei Vollmond auf der kleinen Gartenbank gesessen oder mit ihren bedächtigen Schritten durch den Garten gegangen. Immer hatte sie etwas zu schreiben dabei: ein kleines Heft, ein paar lose Blätter, Briefpapier, einen Kugelschreiber. Solange er sich erinnern kann, ist das so gewesen. Jetzt auf diesem Turm ist er erstaunt, wie selbstverständlich ihm das all die Jahre vorgekommen ist. Großmutter und Schreibzeug, Schreibzeug und Großmutter, das gehörte zusammen. Wahrscheinlich konnte er sich als Junge eine Großmutter ohne Schreibzeug gar nicht vorstellen. Jedenfalls war dieses Bild so vertraut, dass er es nie infrage stellte.

Doch das stimmt nicht ganz, wie er sich jetzt erinnert, einmal, da hat er sie gefragt, nach ihrem Schreiben und damit nach ihrem Leben, einmal im Garten, und es war, und bei diesem Gedanken huscht ein Lächeln über sein Gesicht, es war eine Vollmondnacht gewesen. Ein längst vergangener Sommer, ein Sommer, der mit großer Hitze über dem Land, über den Häusern, über den Menschen gelegen war, und dieser Abend, an dem der Mond rund und feist am Himmel stand. Er war ein kleiner Bub gewesen, hatte nicht schlafen können und war die Stiege hinunter und durch die offene Haustür ins Freie gegangen. Seine Großmutter saß auf der Gartenbank, vor ihr auf dem wackligen kleinen Gartentisch lagen ein paar lose Blätter, sie schrieb. Er erinnert sich an dieses Bild, an die Faszination, die er als kleiner Junge bei diesem Anblick empfunden hatte: die vorgebeugte Silhouette seiner Großmutter, die winzigen Bewegungen ihrer Hand und hinter ihr, groß, mächtig, unheimlich der riesige Mond. Sie hob den Kopf, sah ihn und lächelte erstaunt. Er ging zu ihr, setzte sich auf die Bank und als er da neben seiner Großmutter saß, kam die Mutter zur Tür heraus, sah ihn und blieb überrascht stehen. Er war gefasst auf ein strenges Wort, darauf, dass er sofort aufstehen müsste, um ins Bett zu gehen, aber da lag plötzlich beruhigend eine Hand auf seiner Schulter, die Hand seiner Großmutter, und die Mutter nickte leicht, drehte sich um und verschwand im Haus. Das war für ihn, diesen kleinen Buben mit dem dunklen Haarschopf, eine Ungeheuerlichkeit. Plötzlich fühlte er ein Band zwischen sich und seiner Großmutter, das er nie zuvor wahrgenommen hatte. Sie saßen noch eine Weile da, stumm, ihre Hand hatte seine Schulter verlassen und doch spürte er dort noch die Wärme. Irgendwann war es Zeit zu reden und sein Mund öffnete sich, formulierte all die Fragen, die eigentlich schon viel früher und dann auch wieder viel später zu formulieren gewesen wären.

»Was schreibst du, Oma?«

»Briefe.«

»An wen?«

»An Menschen.«

»Welche Menschen?«

Ein kurzes Zögern bei der alten Frau, dann antwortete sie leise. »Menschen, die es nicht mehr gibt.«

Der kleine Bub schaute erstaunt auf die Großmutter.

»Wenn es sie nicht mehr gibt, woher weißt du dann, wo du die Briefe hinschicken musst?«

Die Großmutter lächelte und tat etwas, was sie sonst nie tat. Sie hob ihre Hand, ihre zitternde Hand, legte sie dem Jungen auf den Kopf und ihr Zeigefinger fuhr zärtlich über seine Wange. Die Großmutter lehnte sich zurück, lehnte ihren Kopf an die Hausmauer, an der die Gartenbank stand, darüber der Mond, unheimlich und riesig.

»Oma, wo wohnen diese Menschen?«

»In meiner Erinnerung.«

»Kann man dahin Briefe schreiben?«

»Ja.«

Jetzt verstummte der Junge, dachte nach, versuchte das Gesagte zu verstehen, den Blick fest auf den Mond gerichtet.

»Warum gibt es diese Menschen nicht mehr?«

Die Großmutter antwortete nicht, aber plötzlich bemerkte der Junge, dass ihre Hand tastend nach seiner Hand griff, sie packte und nicht mehr losließ. Es war ein eigenartiger Moment für ihn: mitten in der Nacht, Hand in Hand mit seiner Großmutter, Aug in Aug mit einem riesigen Mond, ein leiser Wind, das Zirpen der Grillen, das ihm erst jetzt bewusst wurde, ein Augenblick, der völlig aus seinem alltäglichen Erleben herausgerissen war. Und da war noch etwas, was er damals als Junge nicht beschreiben konnte, weil ein Junge in diesem Alter keine Worte für so etwas hat, keine Worte für das, was die alte Frau ausstrahlte, was diesen Raum zwischen ihnen beiden füllte, was er, wäre er älter gewesen, vielleicht mit Betroffenheit, Traurigkeit, Einsamkeit umschrieben hätte. So saß er einfach nur da, seine kleine Hand in der ihren, das Gesicht dem Mond zugewandt, dem großen, gleichgültigen Mond. Als ihm die Stille zu lange wurde, stellte er die Frage noch einmal. »Warum gibt es diese Menschen nicht mehr?«

Die Großmutter antwortete nicht, aber ihre Brust hob sich mit einem schweren Seufzer und ihre Hand griff noch ein wenig fester zu, umklammerte seine kleine Hand. Er blickte zur Seite, die Großmutter hatte den Kopf zurück an die Wand gelehnt, die Augen geschlossen. Der Mond, die Grillen, der warme Wind. Endlich ließ die Großmutter seine Hand los, legte den Arm um seine Schulter und drückte ihn an sich. Der Junge wusste nicht, ob ihm das angenehm war oder nicht, er roch den Geruch der alten Frau, war seltsam befremdet von der Situation und froh, als sie ihn losließ, den Arm von seiner Schulter nahm und erneut seine Hand ergriff.

»Ich erzähl dir eine Geschichte«, sagte sie und ihre Stimme war ein Raunen in dem nächtlichen Wind, der durch den Garten lief.

»Über die Menschen, die es nicht mehr gibt?«, fragte der Junge.

»Über die Menschen, die es nicht mehr gibt«, bestätigte die Großmutter und verstummte. Seine Hand in ihrer Hand, der Mond, der Wind, die Grillen, Briefe an Menschen, die es nicht mehr gab – wenn der Soldat auf seinem Turm daran zurückdenkt, spürt er die Magie dieses Augenblicks, spürt er, wie ergriffen er damals als Junge war.

Seine Großmutter ließ sich Zeit, viel Zeit, viel zu viel Zeit für einen kleinen Jungen, der auf eine Geschichte wartete, eine Geschichte von Menschen, die es nicht mehr gab.

»Die Geschichte …?«, fragte er irgendwann, zaghaft, eingeschüchtert von der Stille, von der Stimmung, vom Mond.

Endlich fing die Großmutter an, ihre Stimme ein Rascheln im Wind, ihr Gesicht mit Silberpapier überzogen.

»Wir lebten damals in einem Land ganz weit oben. Ein schönes Land mit Wiesen und Hügeln und Bächen und Kühen und Pferden und da war auch ein kleiner Teich mit Fischen … und einer war ganz rot, ein Goldfisch, weiß gar nicht, wie er da hinein … und natürlich gab es dort auch den Mond, so wie hier: Schau, riesengroß war er und kugelrund. Alles war gut. Doch dann … dann kam ein Mann mit einem kleinen Schnurrbart und er wurde …« Sie verstummte und schien nach Worten zu suchen. »… König, ja, genau, er wurde König in unserem Land. Zuerst glaubten die Menschen, dass es ein guter König … aber sie täuschten sich. Der König mit dem kleinen Schnurrbart wurde immer gieriger. Es reichte ihm nicht, nur bei uns König … er wollte auch bei unseren Nachbarn … überall, er wollte überall König … und dann hat er angefangen, unsere Nachbarn … überfallen. Also da ist er mit unseren Soldaten … und die hatten alle ein Schießgewehr, zum Nachbarn. Aber der Nachbar hatte auch Soldaten und die hatten auch ein Schießgewehr und dann haben sie geschossen, unsere Soldaten und die anderen Soldaten und viele Menschen sind … viele Menschen … auch mein Onkel und mein Großvater sind … und das Schießen hat nicht aufgehört und immer mehr Soldaten haben immer mehr geschossen und immer mehr Menschen …«

Die Großmutter stoppte und atmete schwer. Der Junge bemerkte, wie angespannt sie war, bemerkte, wie hart und zischend manche Worte aus ihrem Mund kamen und er begriff, dass das eine besondere Geschichte war, eine außergewöhnliche Geschichte. Er saß da, gebannt, wartete darauf, dass die Großmutter weitererzählte. Und über allem stand der Mond, riesengroß und kugelrund.

»Ganz weit im Osten, da gab es einen anderen König, der hatte einen großen Schnurrbart und er war auch ein böser König. Und er hatte sogar einen großen roten Drachen. Der schlief, schlief tief und fest. Doch als die Soldaten unseres Königs auch in dieses Land … also mit ihren Schießgewehren und damit schossen und Lärm … da weckte der andere König seinen Drachen, seinen großen roten Drachen. Und der hat Feuer gespuckt und viele unserer armen Soldaten … aber nicht nur die Soldaten, auch Frauen und Kinder und alte Menschen und die Tiere … alle … nur nicht die beiden Könige, der mit dem kleinen und der mit dem großen Schnurrbart, denn die waren ja … also in ihren … in ihrem Schloss in Sicherheit und die hatten genug zu essen und ein feines warmes Bett zum Schlafen … und wir hatten das nicht … haben Hunger gehabt und kalt in der Nacht, so kalt …«

Ein tiefer Seufzer kam aus der Brust der Großmutter, bevor sie weitererzählte: »Und der fürchterliche rote Drache ist losgezogen und ist immer näher, näher und näher, bis er schließlich bei uns …«

Der Junge schauderte, war froh um die Hand der Großmutter, die seine Hand umklammert hielt. Er starrte in den Garten, wagte nicht, mit einer Frage die Stille zu durchbrechen, so als könnte alles, die kleinste Bewegung, das leiseste Wort, den Drachen wecken, den großen roten Drachen, der doch jetzt auf dem Weg zu seiner Großmutter war. Sein Blick irrte durch den mondbeschienenen Garten, stets darauf gefasst, das Unmögliche zu sehen, etwas Rotes in dem Silberlicht, einen Drachen, der nicht nur zu seiner Großmutter gekommen war, sondern jetzt auch zu ihnen, zu ihnen in diesen Garten, in diese Nacht, in ihr Leben.

»Wir mussten fliehen. Aus unserem Haus, weg von unseren Feldern und unseren Tieren. Mein Vater hat die kleinen Pferde …« Sie verstummte und atmete tief durch, bevor sie weiterredete, »also die kleinen Baby-Pferde erschossen … sie wären doch sonst verhungert, wir mussten doch die großen … sie haben die Wagen gezogen … was hätte er sonst …?« Die Großmutter schluchzte auf und wischte sich mit der Hand über die Augen. Ihre Schultern bebten, und als sie weiterredete, konnte er sie kaum verstehen. »… und wir sind gegangen und gerannt und überall war Feuer und vom Himmel ist Feuer und so viele sind geblieben, für immer dort geblieben, so viele gibt es nicht mehr.«

Wieder verstummte die Großmutter, wieder ihr schwerer Atem, warmer Wind blätterte in den Bäumen, Mond auf den Feldern und den kleinen Waldstücken, die hier bis an das Dorf heranrückten. »Dann ist unser böser König gestorben. Aber das hat uns nicht … hat uns nicht … nichts genützt. Denn jetzt hatte der andere böse König unser Land, der König mit dem großen Schnurrbart, und der gab es nicht mehr her … unser Land … nie mehr …« Der Junge merkte, dass die Großmutter zu zittern begann und ihm war klar, dass sie weinte, hemmungslos weinte. So wie bei allen Kindern löste das bei ihm Befremdung und Angst aus. Erwachsene sind groß und stark, man will sie nicht weinen sehen, woran kann man sich denn dann noch festhalten? Festhalten, wenn doch die Nacht voll ist mit dunklen Schatten und roten Drachen, die Menschen vertreiben und verbrennen.

Der Soldat schaut zum Himmel auf seinem Turm in der Nacht, schaut zum Mond, der jetzt zur Hälfte von Wolken verdeckt ist. Aber nur kurz, dann reißt die Wolkendecke wieder auf, die runde Scheibe ist zu sehen, gelassen, gleichgültig. Der Soldat ist nachdenklich, wundert sich, wieso diese Geschichte mit dem roten Drachen, die Geschichte von der Vertreibung seiner Großmutter, nie mehr ein Thema gewesen ist, zumindest kann er sich nicht daran erinnern. Er weiß auch nicht mehr, wie und wann er an diesem Abend ins Bett gekommen ist, ob er gut geschlafen hat oder schlecht, ob er geträumt hat von Drachen und von Feuern, er kann sich nicht erinnern. Er kann sich auch nicht mehr erinnern, dass sie dieses Thema noch einmal angesprochen haben, weder er noch sie, die Großmutter. Vielleicht wollten sie es beide so, vielleicht wollte er als Junge instinktiv nichts mehr hören von dieser Geschichte und von diesem roten Drachen und von den Menschen, die es nicht mehr gibt, weil er ganz tief in seinem Inneren spürte, dass dies eine besondere Geschichte war, und vielleicht wollte auch seine Großmutter ihm nicht mehr davon erzählen, hatte vielleicht ein schlechtes Gewissen, ihm das zugemutet zu haben, hatte vielleicht Angst, dass der rote Drache in seine Nächte kam, in seinen Schlaf, in seine Träume, und war froh, dass er nie mehr diesen Abend erwähnte. So blieb diese Geschichte im Verborgenen, der rote Drache schlief – bis gestern Abend. Schlagartig erinnert er sich, steht es plötzlich vor ihm auf diesem Turm, das Gesicht seiner Großmutter, verzagt und mit einem Ausdruck, den er jetzt nur als flehentlich bezeichnen kann. Es war ein milder Abend gewesen, gestern, bevor, so hatte es der Wetterbericht gesagt, eine Schlechtwetterfront über das Land hereinbrechen würde, und dieses Wort, hereinbrechen, berührte ihn unangenehm, es gab so vieles, was in diesen Tagen über das Land und über das Leben hereinbrechen konnte.

Er hatte seinen Rucksack genommen, in den seine Mutter wie immer, wenn er sich aufmachte, um nach seinen freien Tagen in die Kaserne einzurücken, alles mögliche gepackt hatte, von dem sie und wahrscheinlich die meisten Mütter überzeugt sind, dass es der Sohn in den nächsten Tagen brauchen würde: Kekse, Traubenzucker, ein paar Äpfel aus dem eigenen Garten, und seit die Zeiten anders geworden sind, die Stimmung gespannter, das Gerede lauter, das Flüstern erregter, seitdem hat sie sich angewöhnt, ihm immer auch eine Schachtel mit Pflaster in den Rucksack zu legen. So stand er an der Tür, zog seine Schuhe an, schulterte den Rucksack, bereit, loszugehen, die kleine Straße im Dorf entlang, bis zu dem kaum sichtbaren Pfad, der über die Felder und kleinen verstreut daliegenden Wälder bis zur Kaserne führte, ein Fußweg von einer Dreiviertelstunde, ein Weg, den er mochte.

Der Abschied zu Hause berührte ihn immer unangenehm. Er wusste, dass seine Mutter danach in ihre Nische ging und niederkniete, um für ihn zu beten, er wusste, dass sein Vater am Fenster stand und ihm seine Augen wie zwei Hunde folgten, bis er in der Dunkelheit verschwand, und so war er immer froh, endlich gehen zu können, endlich aus dem Haus zu sein, die Gebete seiner Mutter und die Augen seines Vaters abgeschüttelt zu haben. Doch gestern Abend, als er aus der Tür treten wollte, so wie Hunderte Male zuvor, stand sie plötzlich vor ihm, die kleine, alte Frau, die Großmutter, und sah ihm mit einem flehentlichen Ausdruck ins Gesicht. Sie hatte etwas in den Händen, drückte es in Brusthöhe an sich und er erkannte, dass es ein Heft war. Unsicher streckte sie die Hände aus und reichte es ihm. Ihre Unsicherheit berührte ihn auf eine seltsame Art.

»Was ist …?«, fragte er verwirrt.

Und dann flüsterte sie es, leise, aber eindringlich. »Der rote Drache … erinnerst du dich?«

Er nickte, immer noch verwirrt, das Heft ratlos in seinen Händen haltend.

»Aber was soll ich …?«

»Es soll dich erinnern.«

»Erinnern?«

»… wenn sie kommen!«

Und in diesem Moment sahen sie einander in die Augen, für einen kurzen Augenblick, und doch schien es ihm wie eine Ewigkeit. Der Satz »… wenn sie kommen!« dröhnte in seinem Kopf.

»Erinnern«, sagte sie und ihre Stimme war heiser, »nicht jeder hat das Glück, dass ihm die Heimat bleibt.«

Mit diesem Satz trat sie auf die Seite, gab den Weg frei und er ging durch die Tür, durch den Garten, durch die kleine Dorfstraße, über den schmalen Pfad, und ihre Worte verfolgten ihn, bis er vor sich die Kaserne erkannte. Er stoppte ab, nahm den Rucksack von den Schultern und verstaute das kleine Heft, das er den ganzen Weg gedankenverloren in seinen Händen gehalten hatte und das er jetzt auf seinem Turm aus dem Rucksack holt, vorsichtig vor sich auf das Geländer legt und aufschlägt. Über ihm der Mond, dessen Licht die in einer strengen, aber gut leserlichen Schrift vollgeschriebenen Seiten hell aufleuchten lässt. Er ist auf eine seltsame Art angespannt und seine Augen fangen an, den Spuren, die die Großmutter mit Buchstaben über das Papier gelegt hat, zu folgen, langsam und bedächtig, hinauf nach Norden, zurück in die Zeit, der Mond über ihm.

ZWEIUNDZWANZIG UHR

Der 3. März 1945 war ein Sonnabend, einer der ersten warmen Tage in Hinterpommern. Der Schnee war schon restlos geschmolzen und ein zeitiges Frühjahr wurde erwartet, was die Landwirte in normalen Jahren besonders erfreut, weil eine frühe Bestellung eine der Voraussetzungen für eine gute Ernte ist. Mit einem normalen Jahr hatten wir es aber nicht zu tun, wie inzwischen jeder weiß, weshalb Freude über dieses frühe Frühjahr nicht aufkommen konnte.

Dieser Tag verlief so, wie alle anderen Tage zuvor. Am späten Nachmittag kamen die Trecks auf den Hof gefahren und erbaten für die Menschen ein Nachtlager und ein Unterkommen für ihre Pferde. Darauf waren wir schon seit zwei Monaten eingestellt und Organisation und Versorgung verliefen reibungslos und selbstverständlich. Wir waren noch im Besitz eines Hauses und warmer Öfen und hatten die Möglichkeit, bereitzustellen, was Menschen auf der Flucht am dringendsten benötigen, ein gutes Lager für die Nacht, eine warme Mahlzeit und, ebenso dringend erforderlich, warmes Wasser für Körperpflege und kleine Wäsche.

Der Abend des 3. März war der letzte, an dem wir, privilegiert, noch bieten konnten, was uns selbst später meistens vorenthalten wurde. Ich will Dir berichten, wie es im Hause zuging, in dem schon seit Wochen die großen Flügeltüren vom Esszimmer zum Herrenzimmer geschlossen waren, weil Letzteres leergeräumt, der

Fußboden dicht an dicht mit Matratzen belegt, zum Massenschlafquartier umfunktioniert worden war. Menschen, die einander nie vorher gesehen hatten, lagen in diesem Raum Körper an Körper, viel zu müde, um sich noch über irgendetwas aufzuregen, was normalerweise ihr Wohlbefinden beeinträchtigt hätte. Für sie alle galt alleine, dass es da warm und trocken und ein Matratzenlager schon so etwas wie eine Luxusherberge war. Alle Betten und Sofas im Haus waren zusätzlich ohnehin belegt. Ausruhen war für die Menschen von der Landstraße überlebenswichtig geworden und wir verstanden erst, als wir selbst auf ihr dahinzogen, warum unsere Übernachtungsgäste für das Gebotene so dankbar gewesen sind. Aber da möchte ich hier nicht vorgreifen. Du wirst es später lesen können und kannst dann selbst Schlüsse ziehen.

Der Soldat blickt nachdenklich auf, schaut in die Nacht hinaus, zum Mond, der bleich und träge über dem Land hängt. Er fragt sich, wann seine Großmutter das geschrieben hat und wen sie meint mit diesem »Du«. Ihn? Meint sie ihn damit? Hat sie wirklich dieses Heft mit ihren Erinnerungen für ihn geschrieben? Und wann? Erst in den letzten Wochen und Monaten, als dieses Thema so groß geworden ist, erst als klar war, dass er auf diesen Türmen Wache halten musste? Oder hat sie es vielleicht damals geschrieben, damals nach dieser Vollmondnacht im Garten, als sie ihm die Geschichte von den beiden Königen erzählt hatte, dem König mit dem kleinen Schnurrbart und dem König mit dem großen Schnurrbart? Hatte sie damals begonnen, diese Erinnerungen niederzuschreiben, damit er als Erwachsener einmal lesen konnte, was es mit der Geschichte von dem roten Drachen auf sich hatte?

Der Soldat hat keine Antworten auf diese Fragen. Aber für wen auch immer sie ihre Erinnerungen niedergeschrieben hat, gestern Abend hat sie ihm das Heft in die Hände gedrückt, als

Erinnerung, wie sie es nannte, wenn die kommen, die nicht das Glück hatten, dass ihnen die Heimat geblieben ist. Diese Formulierung berührt ihn, er schaut minutenlang auf den Zaun, der da und dort im Mondlicht glitzert. Würden sie kommen heute Nacht? Menschen, denen die Heimat nicht geblieben ist. Langsam löst er seinen Blick vom Zaun, von Feld und Mond, und seine Augen kehren zurück zu den Worten seiner Großmutter.

Die Flügeltüren in das Wohnzimmer unserer Mutter waren jetzt ebenfalls geschlossen. Nicht nur weil hier der Ofen geheizt war und seine Wärme erhalten werden musste, sondern auch um der Familie ein letztes Eckchen zu erhalten, in das sie sich in diesem gänzlich offenen Haus zurückziehen konnte. Erst später, selbst unterwegs, lernten wir den wesentlichen Unterschied kennen zwischen der Bereitschaft unserer Familie und allen zum Haushalt gehörenden Personen, sich vollständig in den Dienst dieser Sache, also der durchziehenden Flüchtlinge zu stellen, und Gutsherrschaften, die noch immer im Paradies zu leben meinten und davon überzeugt waren, dass das auch zukünftig so bleibt.

Der große Tisch im Esszimmer blieb ständig auf seine ganze Länge ausgezogen stehen und hier nahmen ab dem späteren Nachmittag die Flüchtlinge Platz, um von der Eintopfsuppe zu essen, die sich jeder in der für ihn passenden Menge aus dem großen Kessel holen konnte. Die meisten Menschen waren uns natürlich unbekannt und viele kannten sich auch untereinander nicht, was aber ganz bedeutungslos war. Jeder Esser spülte Besteck und Teller in der Küche selbst ab und stellte beides für den nächsten Hungrigen wieder hin. Diese kleine Hilfeleistung, die allerdings die Abwicklung sehr erleichterte, wurde gerne erbracht.

Am Sonnabend, dem 3. März 1945, waren wir also noch die Leute, die da hingehörten und versammelten uns an diesem

Abend im Wohnzimmer unserer Mutter. Da der Strom fehlte, beleuchteten einige Kerzenstummel notdürftig das Zimmer und der Rotweinpunsch, den an diesem traurigen Abend zu trinken man sich vorgenommen hatte, wurde bei außerordentlich dürftigen Lichtverhältnissen in die Becher gefüllt, was sicherlich nicht ohne Folgen geblieben ist. Sie prosteten einander zu, fröhlich sicher nicht, aber es war doch so üblich. Was sonst konnte man an diesem Abend noch tun, war die Frage, die sich die Versammelten stellten, nachdem für die Flüchtlinge gesorgt war, als Vermutungen darüber anzustellen, ob der Strom wohl noch einmal wiederkommen würde, oder ob das pommersche Elektrizitätswerk in Massow schon im Frontbereich lag.

Der Nachtwächter hatte an den Fensterladen geklopft und gesagt, es brennt ringsherum am Horizont, was bewirkte, dass der Punsch im Stich gelassen wurde und wir alle in den Garten gingen oder auf den Wäscheplatz hinter dem Schweinestall, von wo aus man einen freien Blick über das Land hatte. Tatsächlich, nach Südosten war der ganze Himmel feuerrot gefärbt und meinem Vater entrang sich bei dem Anblick der Seufzer, »wo mag nur unser lieber Junge sein«? Dann die Verwandten aus der Neumark, die tags zuvor angerufen hatten und gesagt, sie seien mit ihrem Treck auch auf der Flucht und auf dem Weg zu uns. Um ihnen weiterzuhelfen, weil sie ja auch nur Frauen alleine unterwegs waren, fuhr mein Vater ihnen dreißig Kilometer entgegen, wie er meinte, bis an die Kreisgrenze. Leider war das Unternehmen vergeblich, er fand sie nämlich nicht. Jetzt bei dem Feuerschein im Südosten, genau in der Ecke, in der er sie vermuten musste, machte er sich ebenso große Sorgen um sie wie um meinen Bruder.

Zurückgekehrt in das Haus – jeder hatte auf dem Rückweg sorgenvollen Gedanken nachgehangen – wurde in der tristen Stimmung dieses Abends der ganze übrige Rotwein verbraucht. Da meine Schwester Gunhild und ich ihn nur mit sehr viel Wasser verdünnt trinken durften – wir waren ja erst zwölf und vierzehn Jahre alt –, blieben wir nüchtern und staunten einmal über die sich langsam verändernden Erwachsenen einschließlich unserer Eltern …

Wieder taucht der Soldat auf aus den Erinnerungen seiner Großmutter, überrascht von dem, was er gelesen hat. Einen Bruder? Eine Schwester? Er denkt kurz nach über das, was er von seiner Großmutter weiß und er muss sich eingestehen, dass es nichts ist. Er weiß nichts über ihre Familie, ihren Vater, ihre Mutter, ihre Geschwister, nichts. Dieser Gedanke beschämt ihn und er sieht die alte, kleine Frau vor sich, wie sie ihm gestern Abend dieses Heft in die Hand gedrückt hat. Er sieht ihre flehentlichen Augen vor sich und er weiß, dass er mit ihr reden wird, wenn er das nächste Mal einen freien Tag hat, er wird sich zu ihr an den Tisch sitzen und er wird sie fragen, alles fragen. Das nimmt er sich vor, in dieser Nacht, bevor er weiterliest.

Wir blieben also in der weinseligen Runde, bis plötzlich kurz vor Mitternacht der Strom zurückkam und das ganze Haus hell erleuchtete, weil alle Lichtschalter irgendwann probeweise betätigt worden waren. Jetzt hatten wir Schwestern endlich etwas zu tun, wir gingen von einem Raum in den anderen und schalteten die Lampen aus. Auch in dem Massenquartier, weil die müden Leute gar nicht bemerkten, dass sie bei heller Beleuchtung schliefen. Problemlos, wenn man von dem körperlichen Zustand der Einzelnen absah, konnte nun jeder sein Bett finden. Wir schliefen auf Notlagern in den Zimmern der Eltern und lachten heimlich über unseren Vater, der so stürmisch seine Gardine hatte schließen wollen, dass sie mit der Stange zusammen auf ihn niederfiel und es ihm schwer machte, sich in seinem Zustand aus dem Stoff zu befreien. Je mehr er sich drehte und wendete, desto dichter wickelte sich die Gardine um ihn herum. Schließlich befreite ihn unsere Mutter aus seiner misslichen Lage und wir konnten zu Bett gehen.

Das Telefon am Sonntagmorgen, dem 4. März, um acht Uhr früh, weckte uns alle auf, weil es auf dem Nachttisch am Bett unserer Mutter stand. Die Kreisleitung ließ wissen, dass wir den Aufbruch vorbereiten dürften. Damals hieß das militärisch, wir bekamen den Packbefehl.

Diese Nachricht schlug ein wie eine Bombe. Zu spüren, dass das Schicksal der Flüchtlinge uns auch ereilen könnte, ist nicht vergleichbar mit der Tatsache, dass die Stunde da ist.

Erstaunt stellten wir fest, dass alle unsere Schlafgäste uns schon verlassen hatten. Sie hatten die Veränderung mitbekommen, die seit dem Morgengrauen das Dorf erfasst hatte, das nicht mehr unterbrochene Rollgeräusch der Flüchtlingswagen auf der Dorfstraße nämlich, das nun auch von uns deutlich wahrgenommen wurde. Die erfahrenen Treckleute hatten erkannt, dass sie sich auf den Weg machen mussten, wenn sie in die Endlosschlange irgendwann hineinkommen wollten.

Vorab werfe ich einen Blick auf meinen Tagebucheintrag und beschreibe das Wetter dieses Sonntags. Es war bedeckt, ein bisschen nebelig, aber eigentlich warm. Die Vögel sangen, wie jeden Tag, sie waren zu der Zeit an ihr Hochzeitsritual gebunden, was wussten sie vom Krieg. Wir wanderten durch die Allee, links an Tischler Stark vorbei, rechts vorne an der Ecke stand das Stallgebäude der sogenannten alten Schule und da war die Haltestelle, an der wir täglich in den Bus gestiegen waren. Vor nicht langer Zeit war das zum letzten Mal passiert, da waren wir noch normale Schulkinder. Und heute betrachteten wir die kriegsbedingten Zustände auf der Straße, jetzt aus der Nähe. Tatsächlich, ein Treckfahrzeug reihte sich an das andere, kein Ende der Schlange war zu sehen aus Richtung Süden, aus der sie alle ins Dorf hineinkamen.

Alles war anders an diesem Morgen und war so plötzlich gekommen. Wie konnte das passieren, wie konnte das Dorf über Nacht zu einem des permanenten Durchzugs werden, gestern Abend war doch alles noch ruhig gewesen. Es war wie eine große Ostseewelle, die plötzlich auf den Strand rollt, ohne dass man weiß, wo sie hergekommen ist. Wir fühlten uns hilflos, und im gegenseitigen Einverständnis drehten wir auf dem Absatz um und gingen zurück zu unserem Haus.

Bei uns aber türmte sich auf dem großen Esstisch erst einmal die Bekleidung der Familie, Strümpfe und Pullover für groß und klein, warme Wintersachen. Planvoll kam es uns nicht vor, als wir von der Dorfstraße kamen, und planvoll ist es auch nicht gewesen. Natürlich bedeutete Landstraße bei Tag und Nacht im März Kälte. Sich da auch noch vorzustellen, dass einmal wieder ein Sommer kommt, war nicht möglich. Und dass wir auch dann Sommerkleidung hätten einpacken sollen, wenn wir damals auch noch geglaubt haben können, nach den Kriegshandlungen zurückzukommen, wäre dennoch auch deshalb gut gewesen, weil das Haus ja hätte abbrennen können während der Kämpfe. An dem Tag aber gab es keinen Gedanken an einen fernen Sommer und in der Fremde dann kein einziges Kleidungsstück für die warme Jahreszeit. Das allerdings war für Flüchtlinge im Sommer 1945 der Normalzustand. Am 4. März 1945 reichte nichts bis zum kommenden Sommer, das Leben ging erst einmal bis morgen. Die Parole der Nazis, Tag für Tag wiederholt, hieß »Durchhalten oder Untergehen«, wie sollten da zwei Mädchen wie wir eine Vorstellung von einem Leben nach so einer Flucht haben, wie sie uns jetzt offensichtlich bevorstand? Das Wort, seit vielen Wochen täglich gehört, hatten wir dennoch nie auf uns übertragen können. Die Leute, die da gekommen und weitergezogen waren, waren eben weitergezogen, wohin, hatte ich mir bis zu diesem Sonntag nie überlegt. Ich hatte wohl gedacht, sie müssen alle irgendwo Verwandte haben, weil sie so zielstrebig auf ihrem Weg nach Westen waren. Dass die Flucht eine Einbahnstraße für Millionen Menschen werden würde, konnten am 4. März 1945 nicht einmal Erwachsene voraussehen, wie viel weniger da Gunhild und ich. Nein, kein Deutscher hatte die Vorstellung, dass ein verlorener Krieg sechzehn Millionen Deutsche die Heimat kosten würde und dass zu der Zeit, als wir packten, die Planung der »Befreier« zur Entleerung des deutschen Ostens von allen Bewohnern schon fertiggestellt war.

Nach der Verabschiedung all der Menschen, die zum Teil mehrere Jahre bei uns gewesen waren, wurde die entstandene Leere allen schmerzlich bewusst, wie nach einer Beerdigung. Kein Kindergetrappel mehr auf der Treppe und es blieb nur die Arbeit, mit der der Rest des Sonntags bis zum Abend ausgefüllt war. Zu tun gab es wahrlich genug. Wieder war der Himmel rot, jetzt nicht nur im Südosten, sondern auch im Osten und wie es uns schien sehr viel näher dran als am Abend zuvor. Jeder dachte es, aber keiner sprach es aus. Wieder waren wir ohne Strom, weshalb irgendwann nicht mehr weitergearbeitet werden konnte. Kein Flüchtling mehr im Haus, niemand wollte bei uns schlafen. Wir hatten es tatsächlich für uns, was nur noch Bedrückung hervorrief statt Freude, weil jeder ahnte, dass es unsere letzte Nacht zu Hause war. Wo war nur Dietrich, mein Bruder, das war die sorgenvollste Frage an dem Abend. Sein Einsatzort lag südöstlich von uns im Nachbarkreis Greifenberg. War da eines der Feuer? Für Gespräche über unsere Angst und Bedrückung waren wir zu müde und konnten dennoch nicht sofort schlafen, weil man jetzt, in der Stille der Nacht, das dumpfe Grollen der näher kommenden Front hören konnte, das sich von den rollenden Treckfahrzeugen auf der Straße deutlich unterschied …

Ein Schatten fällt auf das kleine Heft, das er vor sich auf der Brüstung liegen hat, ein Schatten, der die Buchstaben verschwinden, die Wörter und Sätze ihre Konturen verlieren lässt. Der Soldat hebt den Kopf, blickt überrascht zum nächtlichen Himmel, auf dem sich eine Wolke vor den Mond geschoben hat. Es ist nicht nur dunkler geworden, schlagartig, sondern, so hat er das Gefühl, auch kälter. Eine Windbö streift über sein Gesicht, er fröstelt und setzt sich auf die Bank. Einige Minuten sitzt er regungslos da, schaut in die dunkle Nacht hinein, spürt den Wind, der stärker geworden ist, und denkt an die Großmutter, diese Frau, die mit ihm und seinen Eltern in einem Haus wohnt und gewohnt hat, seitdem er auf die Welt gekommen ist. Er denkt an diese alte Frau, die in seiner Erinnerung immer eine alte Frau gewesen ist, immer gleich, diese Frau, die ihm, dem kleinen Buben, im Mondlicht die Geschichte von dem roten Drachen erzählt hat und den Menschen, die es nicht mehr gibt. Diese Frau, die sich auch um seinen Sohn gekümmert hat, seinen kleinen Sohn, ihn gewickelt und herumgetragen hat, durch den Garten, durch das Dorf, durch Wiesen und Felder, leise alte Kinderlieder summend, die eine beruhigende Wirkung auf den Kleinen hatten, auch dann, wenn er davor lange geschrien hatte und scheinbar durch nichts zu beruhigen gewesen war. Er war immer froh gewesen, wenn sie ihm in einer solchen Situation zu Hilfe gekommen war, das schreiende Baby hatte in ihm jedes Mal das Gefühl von Hilflosigkeit ausgelöst und er war immer überrascht gewesen, wie schnell sich der Kleine in den Armen der Großmutter beruhigte.

Und auch wenn diese Frau all die Jahrzehnte in seiner Nähe war, ist ihm klar, dass sie eine Unbekannte geblieben ist. Natürlich ist ihm ihre äußerliche Gestalt vertraut: ihre Art zu gehen, ihre Art zu essen, ihre Art zu schauen, ihre Art zu schreiben, aber darüber hinaus? Er muss sich eingestehen, in der kühler werdenden Nacht auf dem Turm sitzend, dass er diese Frau nicht wirklich kennt. Auch nicht, nachdem er ein paar Seiten aus ihren Erinnerungen gelesen hat.

Aber manche Bilder in seinem Inneren, die irgendwo abgelegt waren als bedeutungslos, als unwichtig, tauchen jetzt auf und scheinen plötzlich einen ganz anderen Sinn zu ergeben. Er erinnert sich an einen anderen Fernsehabend mit der Großmutter, sie in ihrem Polstersessel, dort, wo sie immer saß. Was genau im Fernsehen lief, kann er nicht mehr sagen, aber plötzlich kam ein Bericht über einen Künstler, der mit einem speziellen Verfahren und mit knalligen Neonfarben Porträts von berühmten Persönlichkeiten herstellte, indem er nur mit wenigen Strichen die entscheidenden Merkmale von jedem Gesicht andeutete. Der Soldat war fasziniert, wie wenig notwendig war, um ein bestimmtes Gesicht sofort erkennbar zu machen: eine pinkfarbene Marilyn Monroe, ein blauer Mick Jagger, ein knallroter Che Guevara und dann, in einem giftig-grünen Neon gehalten, Adolf Hitler. Das war der Moment, als die Großmutter aufsprang, mit aufgerissenen Augen auf das grüne Gesicht des Führers starrte, sich hastig umwandte, ein Kreuz über Stirn, Mund und Brust schlug und mit einem Ausdruck im Gesicht, den er nicht deuten und benennen konnte, der aber am ehesten mit Entsetzen zu beschreiben war, an ihm vorbei aus der Stube ging.

Der Soldat hängt diesen Erinnerungen nach, die ihm nun, nachdem er einen Teil des Berichtes der Großmutter gelesen hat, begreiflicher vorkommen, wichtig und nicht mehr belanglos. Er fragt sich, was für ein Leben das ist, das seine Großmutter gelebt hat all die Jahre, still, unscheinbar, die eigene Existenz immer am Rande haltend, voll mit Erinnerungen, quälenden Erinnerungen, die Tage angefüllt mit Vergangenheit, allzu viel Vergangenheit, sodass eine Gegenwart, ein Leben kaum mehr Platz hatte. Und er denkt an die unzähligen Briefe, die sie im Laufe ihres Lebens geschrieben hat, diese Briefe an die Menschen, die es nicht mehr gibt.

In ganz anderem Licht scheint nun auch eine andere Situation. Ein gutes Jahr ist es her, dass die Gerüchte, die heiser geflüstert schon seit Wochen die Runde im Dorf gemacht hatten, bestätigt wurden, bestätigt von Artikeln in Zeitungen, die im einzigen Wirtshaus des Dorfes herumgereicht und heftig diskutiert wurden, bestätigt von Berichten im Fernsehen. Es war jetzt offiziell, dass das seit Jahren leer stehende Hotel Windrad, das am Dorfplatz direkt neben der Kirche stand und mehr und mehr verwahrloste, zu einem »Schandfleck« des Dorfes wurde, wie öfters von lokalen Politikern beklagt wurde, ohne dass jemand eine Idee hatte, was man mit diesem Gebäude machen sollte, als also offiziell war, dass dieses Hotel Windrad eine Notunterkunft für vierzig Personen werden sollte. In diesen Tagen, so hatte der Soldat das Gefühl, änderte sich in dem Dorf alles, änderte sich das Dorf selber, ohne dass diese Änderung leicht in Worte zu fassen gewesen wäre.

Natürlich war man schon lange mit diesem Thema konfrontiert, aber es waren alles nur Bilder gewesen, Bilder, die aus den Fernsehern in die Häuser drangen, in die Stuben, unangenehm, aufdringlich, diese Bilder, die die Gespräche verstummen ließen für ein oder zwei Minuten, in denen die Menschen den Atem anhielten und froh waren, wenn andere Bilder nachfolgten, die besser zu einem gemütlichen Abend vor dem Fernseher passten. Natürlich war man auch in diesem kleinen Dorf schon längst mit der großen Welt konfrontiert, die Welt, die da und dort in Aufruhr geraten war, aus den Fugen geriet, aufplatzte wie eine Pestbeule und Menschenmassen in Bewegung setzte. Natürlich hatte man das mitbekommen, war unangenehm berührt von diesen Eindrücken, die einen manchmal auch bis in den

Schlaf verfolgten. Natürlich waren da Mitleid und Zorn und Entsetzen, aber das alles passierte in der Welt, draußen in der weiten Welt, nicht hier bei ihnen in diesem kleinen Dorf nicht weit von der Grenze. Hier war alles ruhig, sicher, der Himmel vertraut, ebenso wie der Wind, der sich in den Sommermonaten meist an den frühen Nachmittagen erhebt. Hier kennt man die Wiesen und die Felder und die Wälder und die dunklen Wolken, die im Herbst über das hingeduckte Land ziehen und den Regen bringen. Das alles war vertraut, das alles war Heimat und das alles schien nun plötzlich mit dieser Ankündigung ins Wanken zu kommen. Das Dorf war in eine seltsame Erregung gefallen, die Stimmen gehetzter, die Blicke unruhiger, die Gesten ausladender, das Lachen unnatürlicher und das alte Hotel, das man sonst meist gar nicht mehr wahrgenommen hatte, wurde nun mit scheuen Blicken gemustert, im Vorbeigehen, die Schritte vielleicht eine Spur schneller als sonst. Angeblich, so wurde gemunkelt, gab es Geheimgespräche in der Gemeinde mit dem Ziel, eine Gesellschaft zu gründen, das Hotel, das einem Privaten gehörte, zu kaufen und wiederzueröffnen. Touristen in das Dorf zu bringen, ein Projekt, das eine willkommene Erwartungshaltung in das Dorf bringen würde, ein Anschein von Aufbruch, nicht aber diese Verunsicherung, die jetzt herrschte.

Und die Großmutter? Er kann sich nicht erinnern, dass sie sich einmal in dieser Zeit zu Wort gemeldet hätte, aber war sie nicht noch mehr ein Schatten? War sie nicht noch mehr am Rand? Unscheinbar, fast nicht wahrzunehmen? Er versuchte sich an sie zu erinnern, irgendetwas im letzten Jahr, und dann fiel ihm eine Begebenheit ein. An einem Abend hatte sie ihr Schattendasein durchbrochen und war an der Tür gestanden, angezogen, einen Schirm in der Hand, denn es waren dunkle Wolken aufgezogen.

»Ich geh da hin«, sagte sie und schaute ihm ins Gesicht. Er wusste sofort, was sie damit meinte, jeder im Dorf wusste, was an diesem Abend im Pfarrsaal angesetzt war. Ihre Augen ruhten auf seinem Gesicht und es war diese ungeheure Traurigkeit und Hilflosigkeit in ihrem Blick, die ihn berührte.

»Ich komm mit«, sagte er leise und er sah ein dankbares Lächeln auf ihrem Gesicht. Zusammen gingen sie durch das Dorf, ein kühler werdender Wind, erste Tropfen, die Straßen menschenleer. Im Pfarrsaal hatte man ein Treffen organisiert, mit den ersten Bewohnern des Hotels Windrad, ein Treffen mit dem Versuch, wie es in der Einladung hieß, die an jeden Haushalt geschickt wurde, »einander kennenzulernen«. Sie erreichten den Pfarrsaal, gleich neben der Kirche, schräg gegenüber dem Hotel, das zu einer Notunterkunft geworden war, ohne auch nur einem Menschen auf den abendlichen Straßen des Dorfes begegnet zu sein.

Zu der Veranstaltung waren nur etwa dreißig Dorfbewohner gekommen, die sich in dem Saal fast völlig verloren. Er kann sich noch erinnern, wie trostlos ihm diese Situation vorgekommen war und er erinnert sich an den seltsamen Klang einer Frauenstimme, die in einer fremden Sprache von Angst und Tod, Heimat und Flucht erzählte, immer wieder unterbrochen von dem Übersetzer. Er hätte sich gewünscht, dass es keine Übersetzung gäbe, dass er einfach dieser etwas heiseren Stimme zuhören könnte, diesem kehligen Singsang, ohne die Bilder in sein Inneres lassen zu müssen, die durch die Übersetzung sichtbar wurden. Seine Großmutter saß den ganzen Abend, den ganzen langen trostlosen Abend neben ihm, aufrecht, den Rücken durchgedrückt, die Hände im Schoß gefaltet. Der Applaus am Ende klang falsch, was gab es auch zu applaudieren, und er dachte, dass man für einen solchen Abend etwas Neues erfinden müsste.

Mehr noch als alles andere befremdete ihn aber der fast leere Saal. Wie anders war das gewesen vor ein paar Monaten, als eine Informationsveranstaltung angesetzt gewesen war, um über die geplante Notunterkunft zu berichten, an einem heißen, schwülen Sommerabend, als zum ersten Mal in der Geschichte des Dorfes der Pfarrsaal zu klein war, um all die Menschen und ihre Sorgen und Bedenken und Ängste aufzunehmen.

Er kann sich nicht erinnern, ob seine Großmutter und er auf dem Rückweg vom Pfarrsaal etwas geredet haben oder nicht. Er weiß noch, dass es leicht angefangen hatte zu regnen, dass er der Großmutter den Schirm aus der Hand genommen und ihn aufgespannt, dass sie sich bei ihm eingehängt hatte und dass sie so durch die Nacht gingen, durch ein scheinbar schlafendes Dorf, ein Dorf jedoch, das ihn plötzlich beunruhigte, ohne dass er wusste wieso. Das ist alles, woran er sich erinnern kann. Vielleicht haben sie geredet, aber er glaubt es nicht, viel wahrscheinlicher erscheint es ihm, dass sie schweigend durch die Nacht gegangen sind, die Großmutter bei ihm eingehängt, was ihn seltsam berührte. Aber eines weiß er, an eines kann er sich erinnern: Als sie bei der Haustür angekommen waren, drehte sich die alte Frau zu ihm, schaute auf in sein Gesicht und sagte leise: »Danke.«

Dieses »Danke« klingt nach in ihm in der stillen Nacht auf seinem Turm, finster, Wolken vor dem Mond. So sitzt er da auf der Bank, das Heft in der Hand. Zu dunkel, um weiterzulesen. Er könnte natürlich die kleine Taschenlampe aus dem Rucksack nehmen oder einfach den Scheinwerfer einschalten und ihn nicht über die Felder in die Nacht hinaus jagen, sondern ihn auf das Heft seiner Großmutter richten, auf die Buchstaben und Wörter und Sätze, die ihn nach Hinterpommern geführt haben. Er hat keine Ahnung, wo das liegt, irgendwo im Norden, denkt er sich, irgendwo im Osten, vermutet er, auf jeden Fall ein schlechter Platz, um geboren zu werden in der ersten Hälfte des zwanzigsten Jahrhunderts. Ja, vielleicht sollte er den Scheinwerfer einschalten und in die Nacht hineinlesen, nein, hineinschreien, was es bedeutet, wenn man zwischen den beiden größten Schlächtern der Menschheitsgeschichte geboren wird, zwischen Hitler und Stalin, und so schon als Kind zwischen die Mühlsteine der Weltgeschichte gerät.

Wie anders hatte er aufwachsen können. Und doch, auch wenn man das Leben auf sicherem Boden starten konnte, konnte es einem entzogen werden, von einem Tag auf den anderen, konnten Dinge passieren, die alles veränderten, konnten Polizisten an einem heißen Sommertag vor dem Haus stehen und dann, danach, nachdem sie das Unsagbare gesagt hatten, mit ruhigen, bedächtigen Worten, danach das Gartentor schließen in einer Welt, die nicht mehr die gleiche Welt war, die nicht mehr seine Welt war.

Der Soldat springt auf auf seinem Turm, erregt, macht den einen Schritt nach vorne an die Brüstung, mehr Schritte sind nicht möglich, das Heft der Großmutter in der Hand, die Bilder der beiden Polizisten im Kopf, die Bilder, die ihn nun seit vielen Jahren bedrängen, ihn seit vielen Jahren in die Flucht jagen, flüchten lassen, ohne dass er eine Ahnung hätte, wohin diese Flucht gehen könnte. Er atmet tief durch, beugt sich zum Rucksack, verstaut mit tastenden Fingern in der Dunkelheit das Heft und holt aus der Seitentasche einen Flachmann heraus. Langsam öffnet er den Verschluss und nimmt einen großen Schluck. Der Schnaps brennt in seiner Kehle und er muss an Vorschriften und Paragrafen denken, aber wer soll ihn überwachen, ihn den einsamen Wächter auf diesem einsamen Turm? Und selbst wenn, Vorschriften sind etwas für ruhige Zeiten, hat der Kommandant gesagt, nicht für Zeiten wie diese, die das Leben und Arbeiten in der Kaserne verändert haben, in dem plötzlich in allem eine Spur Unruhe ist, vielleicht auch, vor allem in den Vorgesetzten, eine Spur Wichtigkeit und sogar Sinnhaftigkeit.

Er erinnert sich, einmal im Gang ein paar Wortfetzen aufgeschnappt zu haben, die sein Kommandant einem anderen Offizier gesagt hat. »… vierzig Jahre dabei, immer nur Übung auf den Ernstfall, und jetzt der Ernstfall, schon mal was anderes …« Und als der Kommandant kurz darauf im Gang an ihm vorbeiging, der Soldat drückte sich salutierend an die Wand, um ihm Platz zu machen, da kam er ihm plötzlich anders vor als all die Jahre davor, aufrechter vielleicht, den Rücken etwas mehr durchgedrückt, den Kopf etwas mehr gehoben, die Haare sorgfältiger zurückgekämmt, die Schritte vielleicht etwas zackiger, und in seinen Augen meinte er, ein seltsames Funkeln zu sehen. Aber der Soldat war sich seiner Eindrücke nicht sicher, er stand noch etwas verwirrt an der Wand, bis der Kommandant im Gang verschwunden war. Trotzdem wurde er diesen Eindruck nicht los, nicht bei seinem Kommandanten und nicht bei anderen Personen, vor allem solchen, die irgendwo zu bestimmen hatten, die Entscheidungen treffen mussten. Von Politikern im Fernsehen über die Offiziere in der Kaserne bis hin zu ihrem Dorfpolizisten in dem kleinen Dorf an der Grenze – sie alle strahlten plötzlich ein Maß an Gewichtigkeit aus, das vorher nicht da gewesen war oder das er vorher nicht wahrgenommen hatte.

Der Soldat nimmt noch einen Schluck und fragt sich – zum wievielten Mal, er weiß es nicht – warum er gerade diesen Beruf ergriffen hat, warum er Soldat geworden ist. Wie bei so vielem im Leben hat er nicht das Gefühl, selber die Weichen dafür gestellt zu haben, wie bei so vielem im Leben kommt es ihm eher so vor, als wäre dies aus zufälligen Zwangsläufigkeiten sein Beruf geworden, so wie all das andere in seinem Leben passiert war, mehr Zufall als ein bewusstes Steuern. Das war ein Punkt gewesen, über den sie oft diskutiert hatten in ihrer Beziehung. Ihr Lebensgefühl war so gänzlich anders als das seine, sie hatte sich vehement gewehrt gegen seine Vorstellung, die er ihr einmal beschrieben hatte mit dem Bild von einem Stück Holz, das in einem großen Strom hilflos treibt. Sie war der Meinung, dass ein Großteil der Weichenstellungen im Leben beeinflussbar waren, und sie lebte auch danach: zupackend, aktiv, eigenverantwortlich. Auch wenn er diese Art zu denken, diese Art zu leben bewunderte, nachahmen konnte er sie nicht. Zu oft hatte er das Gefühl, ausgeliefert zu sein, irgendetwas, was man vielleicht den Fluss des Lebens nennen könnte, den Lauf der Ereignisse, was auch immer, er hatte das Gefühl, es lief alles ab ohne sein Zutun. Darum war er wahrscheinlich auch Soldat geworden. Im ganzen Dorf gab es keinen Arbeitsplatz, und im Gegensatz zu seinen Freunden hatte er weder eine Vorstellung, wohin er sonst gehen könnte noch was er machen wollte, und so landete er, ohne viel dafür zu tun, zwangsläufig, wie es ihm schien, in der neu gebauten Kaserne ganz in der Nähe des Dorfes. Übergangsmäßig, wie er sich damals selber sagte und wie er diesen Schritt auch seinen Eltern verkaufte. Also verpflichtete er sich als Soldat, was ihr später, als sie sich kennengelernt hatten und sie es erfuhr, einen ungläubigen Ausdruck auf das Gesicht zauberte.

»Noch mal? Was bist du?«

»Soldat.«

»Soldat? Du meinst so … mit einem Gewehr und so?«

»Mit einem Gewehr, ja.«

»Ein richtiges Gewehr?«

»Ein richtiges Gewehr!«

Sie starrte ihm ins Gesicht, suchte nach etwas, was ihr sagen würde, dass er sie auf den Arm nahm, aber sie fand nichts. Es war ein Abend bei seinem ersten Besuch bei ihr in dieser nördlichen Stadt gewesen, dieser Stadt, die ihn immer so verwirrte, draußen Verkehrslärm, Gesprächsfetzen von Passanten, das Bellen eines Hundes. Er kann sich nicht erinnern, wie lange die Stille zwischen ihnen dauerte, dann löste sie ihre Hände aus den seinen, stand vom Sofa auf und ging in die Küche. Er blieb sitzen, hatte das Gefühl, dass etwas ablief, ohne dass er etwas dagegen tun könnte, und war froh, als sie kurz darauf mit zwei Gläsern und einer Flasche Rotwein zurückkam und sich zu ihm aufs Sofa setzte.

»Na dann, mein lieber Soldat«, sagte sie, während sie die beiden Gläser halb voll füllte, ihm eines reichte und das andere selber in die Hand nahm. »Na dann«, sagte sie noch einmal und er hatte das Gefühl, dass sie sich einen Ruck gab, »stoßen wir an, Soldat.« Das Klirren der Gläser vermischte sich mit dem Straßenlärm, und als sie beide einen Schluck getrunken hatten und die Gläser auf dem Tisch standen, fanden sich ihre Hände erneut. Sie schaute gedankenverloren auf seine Finger, hob schließlich den Kopf, sah ihm in die Augen. Ihre Mundwinkel verzogen sich und sie fing lauthals an zu lachen. Er war verwirrt, er verstand nicht, aber er spürte die ungeheure Heiterkeit, die sie plötzlich erfasst hatte, er sah, wie das Lachen aus ihr herausperlte, ihre Augen sich mit Tränen füllten, er sah, wie sie versuchte etwas zu sagen, aber nicht konnte, weil sie lachen musste und lachen und lachen, einer ihrer Lachanfälle, die er später so lieben lernte an ihr. Aber am Anfang ihrer Beziehung verunsicherten sie ihn oft und so saß er nur ratlos da, während sie die Hände hob und damit andeutete, mit einem Gewehr auf ihn zu schießen. »Peng! Peng!« Abwehrend hob er die Arme, was sie erneut zum Lachen brachte. Schließlich verstummte sie, wischte sich mit dem Handrücken die Tränen aus den Augenwinkeln, schüttelte den Kopf, nahm ihr Glas Wein und nippte daran.

»Soldat? Und ausgerechnet mir …«, sagte sie leise wie zu sich selber, während sie das Weinglas auf den Tisch stellte. Ihre Blicke fanden ihn und er sah ihr Lächeln, sie beugte sich vor und er spürte ihre Hände an seinem Nacken, ihre Lippen auf seinen Lippen und draußen Autos, Schritte von Passanten und das Gelächter von Betrunkenen.

Was sie genau gemeint hatte mit »und ausgerechnet mir …«, sagte sie ihm an diesem Abend nicht. So viel anderes war zu sagen, aber nicht mit Worten, nicht mit Sätzen. Erst später, nach und nach, erfuhr er, dass sie zu Studentenzeiten stark in der Friedensbewegung engagiert gewesen war, Demonstrationen gegen Krieg und Waffen und alles Militärische organisiert, Petitionen zur Abschaffung der Armee unterzeichnet hatte.

Der Soldat lacht auf bei dieser Erinnerung und schüttelt den Kopf. Wie immer, wenn er an sie denkt, vor allem an diese frühe Phase ihres gemeinsamen Lebens, spürt er tief in sich ein zärtliches Gefühl für diese Frau, diese Frau mit diesen wunderbaren Lachfältchen um ihre Augen, diese Frau mit ihren zärtlichen Händen, mit ihrem dünnen, biegsamen Körper, dessen innere Spannung und Festigkeit er immer bewunderte, wenn er sie in den Arm nahm, diese Frau mit ihrem wachen Geist, ihrer zupackenden Art, diese Frau, deren Augen damals neugierig-erschrocken über sein blutiges Gesicht liefen, damals in diesem heißen Süden, diese Frau, diese Frau, diese Frau.

Er merkt, dass ihn die Blase drückt, klettert über die Leiter von dem Turm, öffnet seine Hose und erleichtert sich. Das Plätschern seine Strahles ist das einzige Geräusch in der stillen Nacht, gut zu hören, viel zu gut für jemanden, der auf Wache ist und mit der Nacht und der Stille verschmelzen sollte. Er kann sich nicht erinnern, dass sie in der Ausbildung je gelernt hätten, wie man an der Front leise pinkelt, und dieser Gedanke amüsiert ihn dermaßen, dass er anfängt zu lachen, laut zu lachen. Er richtet übermütig den Strahl nach oben, sodass er noch lauter plätschert, wenn er auf dem Feld aufkommt.

»Waffenstillstand!«, schreit er in die Dunkelheit, »ich muss pissen!«

Und plötzlich fühlt er sich gut, verdammt gut, sollen sie doch durch die ganze Welt Zäune ziehen und Türme bauen, was kümmert es ihn. Gut würde es tun, ein paar Schritte zu gehen, aber die Anweisung in dieser Sache ist klar: den Wachturm unter keinen Umständen verlassen. Die sonst in der Nacht üblichen Patrouillen entlang des Zaunes bis zum nächsten Wachturm, die ihm immer eine willkommene Abwechslung waren, fallen aus, solange die Soldaten einzeln ihren Dienst machen müssen. Er zögert einen Moment, ist unschlüssig, was er tun soll. Dann setzt er sich in Bewegung, weg vom Turm, einfach ein paar Schritte gehen, und genau in diesem Augenblick öffnet sich ein Wolkenfenster und der Mond rollt einen glitzernden Teppich vor seinen Füßen aus. Der Soldat bleibt überrascht stehen, blickt hinauf zu der bleichen Scheibe, grinst, hebt den Arm und reckt dem Mond den hochgestreckten Daumen entgegen.

»Die ganze Familie mondsüchtig«, sagt er und »die ganze Familie mondsüchtig und jetzt machst du den Kleinen auch noch verrückt«, sagte seine Mutter kopfschüttelnd, aber mit einem Lächeln, als er mit seinem kleinen Sohn auf dem Arm unter der Tür stand und in den Garten hinausging, den nächtlichen Garten, und Wind in den Haaren und der Mond am Himmel, riesengroß und rund. Am Swimmingpool vorbei, in dem der Wind kleine Wellen vor sich her schob, an der Gartenbank vorbei, auf der ihm die Großmutter vor vielen Jahren vom roten Drachen erzählt hatte, und über allem der Mond und der Kleine auf seinem Arm, seine Augen aufgerissen auf dieses seltsame

Gesicht am Himmel gerichtet. Ein Windstoß fuhr ihnen entgegen, der Kleine zwinkerte unbeholfen, schaute ihm ins Gesicht und seine kleine Hand packte ein paar Haare in seinem Nacken und hielt sich fest. Der Griff des Kleinen war hart und grob, so wie kleine Kinder zugreifen, ohne die Möglichkeit, ihre Kraft einschätzen oder dosieren zu können, und es tat weh, wie er die Haare nach unten zog, aber der Soldat konnte sich in diesem Moment nichts Zärtlicheres, nichts Berührenderes vorstellen, als hier mit seinem Kind auf dem Arm zu stehen, in der Nacht, im Garten, im Wind, im Mondlicht und zu spüren, wie der Kleine sich bei ihm festklammerte. Er spürte eine ungeheure Zärtlichkeit zu diesem kleinen Wesen, das nun wieder den Blick auf den Mond richtete und die freie Hand mit einer zackigen Bewegung der runden Scheibe entgegenstreckte.

»Da«, sagte er, was er aber mehr wie ein hartes T und ein extrem kurzes A aussprach, also mehr ein »ta«, und dieses Wort wiederholte er alle paar Sekunden, immer den ausgestreckten Arm auf den Mond gerichtet und immer danach den Kopf gewendet und seinem Vater ins Gesicht geschaut, ob der wohl verstanden und gesehen hatte, was er ihm zeigte.

Und der Soldat nickte jedes Mal, wenn der Kleine in sein Gesicht schaute und dann nickte der Kleine auch und so ging das dahin, den Arm ausstrecken, »ta«, den Kopf wenden, schauen, der Vater nickte, der Kleine nickte und Garten und Wind und Mond und dieses Spiel und irgendwann Tränen in seinen Augen, Tränen der Rührung, und irgendwann eine Hand an seinem freien Arm, sie stand neben ihm, diese Frau, seine große Liebe, und klinkte sich ein in das Spiel und »ta« und den Kopf drehen und nicken und Garten und Wind und Mond und Glück.

Ein paar Wochen später ging die Welt unter.

DREIUNDZWANZIG UHR

Ein Schritt ist ein Schritt. Gehen ist Beruhigung, ist Befreiung, und er geht in diese, geht in eine andere Richtung, wichtig ist nur das Gehen, in Bewegung sein, Stillstand vermeiden. Über ihm die Scheibe, zwischen Wolkenfetzen treibend, Licht auf dem Feld, leiser Wind im Gesicht, und ein Schritt ist ein Schritt. Er findet sofort seinen Rhythmus, beginnt sich wohlzufühlen, so wie das Gehen ihm immer hilft, immer Erlösung ist, seit die Welt eine andere geworden, seit das Wort Zukunft nur eine hohle Ansammlung von Buchstaben ist, die höhnisch vor seinem inneren Auge tanzen, seit die beiden Polizisten das Gartentor geschlossen haben und in ihr Auto gestiegen sind, das vielleicht noch dasselbe Auto war wie wenige Minuten zuvor, vielleicht, er wusste es nicht, denn alles andere war anders geworden, kälter, dunkler, haltloser. Seit diesem Tag geht er und geht, wann immer er Zeit hat, durchschreitet die Felder und Wiesen rund um das kleine Dorf, so wie er damals die staubigen und trockenen Hügel in diesem großen Süden durchschritten hatte, auch an dem Tag, diesem ganz speziellen Tag, der die Weichen stellte für all das, was später gekommen war: für ihr Lachen und ihr Weinen und ihr Verstummen, für das kleine Kind und »ta« und Glück im Mondlicht, für das erste »Babab«, das ihm Tränen in die Augen trieb, für seine Hände, seine tastenden, staunenden Hände auf ihrem Gesicht, ihren Schultern, ihren Brüsten, für Rotwein und Kerzen und Innigkeit und Einigkeit und Augenblicke und Ewigkeit, für Rausch und Heimat, für alles hatte dieser Tag seine Weichen gestellt, auch für Tränen und für Grabkerzen.

Und ein Schritt ist ein Schritt, er folgt der Zeit, durchschreitet den Raum, nirgends bleiben, nirgends stehen, nirgends Stillstand, ein ständiges Gehen, oder sollte er sagen, ein ständiges Weggehen? Vielleicht alles nur eine Frage der Sichtweise, vielleicht, so denkt er sich manchmal, sind wir alle nur ständig am Gehen, am Weggehen, weg von allem, was uns Angst macht und die fordernden Hände um uns legt, weg von unserer Vergangenheit, weg von unserem Leben, vielleicht laufen wir alle ständig weg von den inneren Bildern, die uns verfolgen und quälen, von den eigenen Wünschen, die sich nicht erfüllen lassen, weg von den eigenen Fehlern, die uns die Scham ins Gesicht treiben. Vielleicht sind wir alle ständig auf der Flucht, es ist nur so, dass wir unterschiedliche Methoden entwickelt haben, um davonzulaufen. Alkohol für den einen, der Computer für den anderen, einer klettert die Karriereleiter hinauf, höher und höher, und bildet sich ein, ein Ziel zu haben, obwohl er dunkel ahnt, dass das Entscheidende hinter ihm ist, und mancher wertet sein Leben dadurch auf, dass er es aufs Spiel setzt, in Felswänden, bei Autorennen, an Flugschirmen zwischen Himmel und Erde hängend. Vielleicht, so hat der Soldat schon unzählige Male gedacht, auf seinen unzähligen Wegen, die die Tage und Nächte seines leer gewordenen Lebens ebenso durchschneiden wie die vertraute flache Landschaft, in die sich das kleine Dorf an der Grenze schmiegt, vielleicht gehen wir nur alle immer weg, vielleicht sind wir alle ständig auf der Flucht, Flüchtende wir alle.

Und ein Schritt ist ein Schritt und noch ein Schritt und noch ein Schritt und Feld und Mond und ein Gedankenkarussell, das Erinnerungen nach oben spült, ein Reigen an Bildern, an Gefühlen. Das Gehen tut ihm gut, er vermeidet es aber, immer in die gleiche Richtung zu gehen, will vermeiden, sich zu weit von seinem Turm zu entfernen, den er schon jetzt trotz Mondlicht nicht mehr sehen kann. Immerhin ist das sein Turm, sein Platz, den er einzunehmen und auszufüllen hat, Heimat für diese Nacht. So bewegt er sich in einer Art Kreis, zumindest ist es sein Gefühl, einen Kreis zu gehen auf dem nächtlichen Feld. Er bereut es, das Gewehr nicht mitgenommen zu haben, das ergäbe mehr Sinn, würde vielleicht den Eindruck eines Kontrollgangs machen und er würde sich, das muss er sich eingestehen, auch sicherer fühlen, das Gewehr, »die Braut des Soldaten«, wie er mit einem bitteren Lächeln leise sagt. Zudem haben sie einen klaren Auftrag, einen sehr klaren Auftrag: die Grenzen, das Land, die Gemeinschaft, die Werte, all das muss geschützt werden, geschützt nicht nur mit der Waffe in der Hand, sondern auch mit der Waffe im Anschlag, mit dem Finger am Abzug, der sich seit einigen Wochen ganz offiziell krümmen darf, wenn es die Gemeinschaft, die Sicherheit verlangt.

Nachdem zum ersten Mal eine Politikerin davon geredet hatte, dass man notfalls auch von der Schusswaffe Gebrauch machen sollte, und nachdem eine andere Politikerin sogar Schüsse auf Frauen und Kinder in bestimmten Situationen für gerechtfertigt hielt, war eine Welle der Entrüstung durch das Land gelaufen – aber nicht lange. Die Welle ebbte ab, zerschellte an Hass und Häme, an den Zäunen und Mauern an den Grenzen wie die Brandung am Kai, verpuffte, und mehr und mehr Menschen schienen der Überzeugung zu sein, dass Grenzen da sind, um geschützt zu werden, notfalls auch mit Gewalt.

Dann dieser Tag vor etwa zwei Wochen, an diesem Grenzübergang, an dem sich die Massen formiert hatten. Hunderte Gesichter, Hunderte Augenpaare, Hunderte Körper, Hunderte Hoffnungen, die alle da standen, eingefangen von den Kameras, die die Bilder in die Wohnzimmer im ganzen Land brachten, diese Masse, die den Soldaten gegenüberstand und plötzlich wie aus dem Nichts Schüsse, Bewegung, Panik und eine wegdrängende Welle aus Fleisch. Ein Bild, das für Entsetzen vor den Bildschirmen sorgte, aber nichts war im Vergleich zu dem Entsetzen, das die Menschen ergriff, als sie sahen, dass nicht die ganze Masse an Köpfen, Gliedmaßen und Körpern in Bewegung geraten war und flüchtete, als sie sahen, dass in all dieser Bewegung, die schneller und schneller wurde, Momente des Stillstandes entstanden, als sie sahen, dass sich aus dieser Masse an rennenden Menschen plötzlich einzelne Körper herauskristallisierten, die diese Bewegung, dieses Rennen nicht mitmachten, die liegen blieben auf dem Asphalt, liegen blieben vor den Augen der Kameras, die sie neugierig beschnüffelten wie unruhige Hunde.

Fünf Tote hatte es gegeben und unendlich lange Diskussionen und Fernsehsendungen folgten, bis sich schließlich mehr und mehr die Meinung durchsetzte, dass die Soldaten die Pflicht hätten, die Grenzen zu schützen, auch, wenn es sein muss, mit dem Gewehr. Das war der Moment gewesen, als sich alles änderte, im Dorf, im Land, aber vor allem in den Menschen. In der Kaserne gab es am nächsten Tag eine Versammlung. Stramm stehende Rekruten im Innenhof, pralle Sonne und einstudierte Worte, die aus dem Mund des Kommandanten kamen. Worte, der Situation angepasst, zuerst bedauernd, die Rede von Tragödie und Menschenleben und Lernen aus dem Geschehen, dann kam eine ganze Reihe von »aber« in allen Schattierungen, in allen Betonungen, und schließlich wurden die Worte zugespitzter, schärfer, und alte Begriffe, die plötzlich einen neuen Glanz, eine neue Kraft in sich zu haben schienen, marschierten zackig vor den Soldaten auf, Worte wie Pflicht und Heimat und Volk und Vaterland. Nachdem der Kommandant geendet hatte, betrat der Militärpfarrer die provisorisch aufgebaute Bühne, nicht mehr als ein Podest für zwei bis drei Personen, davor ein Mikrofon, und er begann zu reden von der traurigen Pflicht des Soldaten, ja, vor allem des christlichen Soldaten, der ja an sich wie jeder Christenmensch ein Mensch des Friedens sei, und doch gebe es sie, diese traurige Pflicht, die ihn, den Christenmenschen, den christlichen Soldaten, zwingen würde, Dinge zu tun, die niemand gerne tun würde, die aber getan werden müssten, für uns alle. Und er erinnerte an Prinz Eugen, den edlen Ritter, den Retter des Abendlands, der Europa schon damals vor einer fremden Invasion geschützt habe, und diese seine Tapferkeit, seine Entschlossenheit, sein Mut, sein Glaube sei wieder gefragt. Es sei Zeit, fügte er hinzu und hob seine Arme wie zwei Schwingen in die Höhe, Zeit, Gottes wunderbares Werk zu lobpreisen und er stimmte ein Lied an, stimmte »Großer Gott, wir loben dich« an und die Stimmen der Rekruten erhoben sich in dem heißen Innenhof und sie priesen Gottes Stärke, denn »vor dir neigt die Erde sich und bewundert deine Werke«.

Der Soldat schüttelt die Erinnerung ab, Bilder und Töne, die Hitze des Innenhofs, das Unbehagen, das ihm Worte wie Volk und Vaterland bereitet hatten, das Unverständnis, das Werk eines Gottes zu loben, das Waffen erfordert. Er geht schneller, alleine auf dem nächtlichen Feld, Stille und das Flutlicht des Mondes. Er geht und geht diesen sinnlosen Kreis durch die Nacht, ein Soldat mit Schießbefehl aber ohne Gewehr. Bei diesem Gedanken muss er lächeln. Er greift in seine Uniformjacke, eine Zigarette wäre gut, aber er stellt mit Bedauern fest, dass das Päckchen im Rucksack ist. Ruckartig bleibt er stehen, schaut angestrengt in die eine, dann in die andere Richtung, aber er kann den Turm nicht sehen. Nervös beißt er sich auf die Lippe, versucht in dem milchigen Licht des Mondes ein Glitzern oder Blinken zu entdecken, irgendetwas, das ihm sagen würde, dass sich dort das Mondlicht auf den Maschen des Zaunes reflektiert, dass dort das Metall des Turmes blinkt, aber vergebens. Der Soldat reibt sich nachdenklich das Kinn. Er fühlt eine Unruhe in sich, noch tief unten, noch kaum zu spüren, und doch ist sie da und sie wird steigen, das weiß er, sie wird nach oben steigen, zuerst langsam, dann immer schneller, wenn es ihm nicht gelingt, bald seinen Turm und seinen Posten wiederzufinden, seinen Platz in dieser Nacht, den ihm die Welt zugeteilt hat.

Er beschließt, direkt auf den Mond zuzugehen, das muss die Richtung sein, in die er gehen muss, um irgendwann auf den Zaun zu stoßen. Langsam geht er los, das Gesicht auf die Scheibe gerichtet, die große runde Scheibe, über die nun plötzlich ein Schatten huscht, noch einer und noch einer, und er sieht mit Besorgnis, wie sich Wolken vor den Mond schieben, Wolke um Wolke. Noch ist genau zu sehen, wo er ist, der Mond, ein heller Fleck hinter den Wolkentürmen, doch der Fleck wird dunkler, erschreckend schnell dunkler, noch eine letzte Silberader, die über den Himmel läuft, entlang der Verwerfung zweier Wolken, und dann ist es vorbei, dunkel, finster, schwarz.

Der Soldat stoppt seinen Schritt ab und bleibt ratlos stehen. Mit zusammengekniffenen Augen starrt er in die Schwärze, wartet darauf, dass sich seine Augen an die Dunkelheit gewöhnen, dass sie anfangen, Schatten von Schatten zu unterscheiden, Schwarz von Schwarz, dass sie anfangen mit den wenigen Informationen, die sie aus der Finsternis herausfiltern, der Nacht ein Gesicht, der Landschaft eine Kontur, seinen Schritten eine Richtung zu geben. Doch da ist nichts, es bleibt finster. Der Soldat steht unbeweglich da. Es ist still geworden, unnatürlich still, kein Wind mehr, nichts rührt sich, so als ob die Dunkelheit plötzlich auch die Geräusche verschluckt hätte. Diese plötzliche Stille verunsichert ihn. Alles wäre ihm jetzt recht, der Motorenlärm eines Pritschenwagens auf dem Feldweg, das Röhren eines Hirsches, Vögel, die sich flatternd vom Feld erheben, als hätte sie ein Schuss erschreckt, alles. Aber nichts rührt sich, nichts.

Er hält den Atem an, er steht, er wartet, er steht, er wartet, er atmet aus, vorsichtig, er steht, er wartet. Er schaut zum Himmel, aber auch da ist nichts anderes als Schwarz, kein Stern, kein Mond, nirgendwo ein Licht. Langsam lässt er sich nieder, setzt sich auf den Boden, die Knie zum Kinn angezogen. Er beschließt zu warten, es kann nicht lange dauern, irgendwann wird sich irgendwo eine Ahnung von Licht durchsetzen, vielleicht wird sogar der Mond wieder einen Weg finden, die Phalanx der Wolken zu durchbrechen. Doch es bleibt finster, Sekunde um Sekunde, Minute um Minute. Sosehr der Soldat sich bemüht, sosehr er angestrengt in die Finsternis blickt – nichts. Eine Unruhe breitet sich in ihm aus, es kann nicht lange so dunkel, so finster bleiben, es muss irgendwann ein Licht geben. Der Mensch ist daran gewöhnt, auch in der dunkelsten Nacht noch irgendwo einen schwachen Abglanz von irgendetwas zu sehen, die letzten Lichter eines Dorfes, die am Horizont dem schwarzen Himmel der Nacht noch eine andere Nuance von Schwarz aufzwingen, ein paar vereinzelte Sterne, winzige Fixpunkte für die Orientierung, ein trübes Licht aus dem Fenster eines einsamen Gehöfts, eine flackernde Straßenlaterne vor dem Haus, irgendetwas. Wenn aber das fehlt, diese letzte Ahnung von Licht, wird die Dunkelheit zur Bedrohung.

Nicht oft im Leben hat er so eine Finsternis erlebt. Aber er hat sie erlebt und auch damals ist er am Boden gesessen, die Knie zum Kinn angezogen, so wie jetzt auf diesem freien Feld, damals in dem Wald, der seine Reihen hinter ihm und hinter ihr geschlossen hatte. Es war einer ihrer Spaziergänge gewesen, ihrer vielen Spaziergänge in den Jahren danach, Abend, dichte Wolken, warmer Sommerwind, eine Ahnung von Regen in der Luft. Einer ihrer allabendlichen Spaziergänge, die er brauchte und die sie mitmachte, obwohl ihm nie klar wurde, ob ihr dieses Gehen etwas bedeutete oder ob sie einfach nicht wusste, was sie sonst tun könnte in ihrer Wohnung, in ihrem Leben, das so leise geworden war. Sie schwiegen, so wie bei all diesen gemeinsamen Spaziergängen, und es hätte ein schönes Schweigen sein können, ein Schweigen zwischen zwei Menschen, die einander nichts sagen müssen, weil sich alles von selber erklärt, der Wind, der über die Wiesen läuft, Vogelschwärme in der Dämmerung, eine letzte rot glühende Wolke, wenn die Abendsonne noch eine Lücke findet. Aber es war nicht ein solches Schweigen, ein solches beredtes gemeinsames Schweigen, es war das Schweigen von zwei Menschen, die verstummt waren.

In der ersten Zeit danach hatte er immer wieder versucht, mit ihr ins Gespräch zu kommen, zu reden, auch darüber zu reden, darüber, aber ihre Antworten waren einsilbig gewesen, nichtssagend, abwehrend. An vielen Abende gingen sie so durch die Felder und Wiesen rings um das Dorf, auch an diesem Abend. In dem Moment, als die Abendsonne die Lücke fand und die Wolke über ihnen bemalte, als die ganze Landschaft plötzlich in ein unwirkliches dunkles Rot getaucht war, blieb er stehen, drehte sich zu ihr, legte den Arm um ihre Schulter und zeigte auf die Wolke. Sie sagte nichts, nichts mit dem Mund, nichts mit ihrem Körper, der es einfach geschehen ließ, der sich aber nicht an ihn schmiegte. Sie blieben stehen, einer neben dem anderen, verbunden durch seinen Arm auf ihren Schultern und doch Welten zwischen sich, ein Weltenraum ohne Worte, bis die Sonne ausgeblendet wurde, die Wolke und die Landschaft vom Roten ins Schwarze gingen und die Nacht auf die Wiesen herabfiel. Immer noch standen sie, stumm, ohne Bewegung. Enttäuscht nahm er den Arm von ihr weg, nahm ihr Gesicht, das im Dunkeln kaum mehr zu erkennen war, in seine beiden Hände und flüsterte ihren Namen, flüsterte ihn noch einmal und noch einmal. Aber er hatte das absurde Gefühl, dass sie viel zu weit weg war, um ihn zu hören, viel zu weit weg, sodass sie es auch nicht gehört hätte, wenn er ihren Namen geschrien hätte, laut hinausgeschrien in die Nacht. Er näherte sich ihren Lippen, küsste sie sanft, doch sie reagierte nicht, antwortete nicht mit ihren Lippen, wartete, bis er seinen Mund von ihrem Mund löste und senkte den Kopf. Sekundenlang standen sie so da, ihr Gesicht in seinen Händen, ihr Kopf gesenkt und endlich sagte sie etwas, leise, kaum zu hören.

»Ich bin doch ...«

Sie verstummte vor dem entscheidenden Wort, das sie nicht aussprechen musste, das er auch so hörte, jede Minute, jede Stunde, jeden Tag, jede Nacht, dieses Wort, das von jeder ihrer Bewegungen, von jedem ihrer Blicke ständig hinausgeschrien wurde in diese gleichgültige Welt, und er schüttelte den Kopf, legte seine Stirn auf die ihre.

»Nein ... Du bist eine gute Mutter.«

Sie riss sich los aus seinen Händen, die ihr Gesicht gehalten hatten, ging einen Schritt zurück und fing an zu lachen. Aber es war ein Lachen, das nichts mehr gemein hatte mit dem Lachen in früheren Zeiten, in einem besseren Leben, in einer anderen Welt, es war ein Lachen, hässlich und kalt, das sie ihm entgegenschleuderte: »Eine gute Mutter? Eine gute Mutter?«

Sie rannte los, ihr Schreien noch in der Luft, rannte weg von ihm auf das Feld hinaus in die Nacht hinein und seine Rufe folgten ihr, hilflose Vögel. Er setzte sich in Bewegung, hetzte los, und mit ihm lief die Angst, die undeutliche Silhouette, die vor ihm über die Felder jagte, aus den Augen zu verlieren und sie damit wirklich zu verlieren, und er rannte und sie rannte und seine Rufe und die Nacht, die ihren schwarzen Mantel immer dichter und dichter schloss. Er konnte sie nicht einholen, genauso wenig wie seine Rufe sie in ihrem Inneren erreichten und er sah, dass sie auf ein Waldstück zurannte, das wie eine schwarze Wand in der dunklen Dämmerung das Feld begrenzte. Er schrie lauter, er rannte schneller, aber es war zwecklos, ihre Silhouette verschwand in der Finsternis, weg. Keuchend blieb er stehen, schrie ihren Namen gegen die schwarz aufragende Wand des Waldes, schrie »Bitte«, noch einmal »Bitte«, und dann kam die Angst, diese Frau nie mehr wieder zu sehen, endgültig zu verlieren, mehr noch, als er sie schon verloren hatte. In Panik ging er los, die ausgestreckten Hände halfen den hilflosen Augen, einen Weg zu suchen, zwischen den gleichgültigen Stämmen der Bäume, schoben Astarme auf die Seite, die nach ihm griffen, so als wollten sie diesen Eindringling aufhalten. Er schickte seine Stimme los, in diese Richtung, in die andere Richtung, hilflos, verzweifelt, den Tränen nahe. Aber es kam keine Antwort, nur ständige unerwartete Berührungen des Waldes, da ein Stamm, an den er mit der Schulter stieß, dort eine Dornenranke, die eine Spur durch sein Gesicht zog. Weiter, weiter mit den ausgestreckten Armen, die Augen aufgerissen, die Augen, die nichts fanden, um sich festzuhalten. Schließlich blieb er stehen, schwer atmend, ließ die Arme sinken, schloss die Augen und versuchte etwas zu hören, Geräusche, die darauf hindeuten würden, dass noch ein anderer Mensch durch diesen nächtlichen Wald irrte, sie. Aber genauso wie seine Augen fanden auch seine Ohren nichts, was Ahnung oder Richtung gewesen wäre. Er ließ sich nieder, den Rücken an einen Stamm gelehnt, die Knie zum Kinn angezogen. Da saß er in diesem Wald, so wie jetzt auf dem Feld, und es war genauso dunkel gewesen damals, finster, eine Nacht, die selbst die Schatten verschluckte und sich den Augen verweigerte. Er spürte ein Beben in seiner Brust, in seinen Schultern, und bevor er richtig wusste, was mit ihm geschah, begann er zu schluchzen und er deckte seine Augen mit den Händen ab. Es war, als ob plötzlich alle Dämme, alle in den letzten Jahren so mühsam errichteten Dämme, brechen würden, als ob keine Kraft mehr da wäre, sich dieser inneren Flut entgegenzustemmen.

Wozu auch, dachte er sich, als die Erschütterungen in seinem Körper nachließen, das Beben seiner Schultern, die unkontrollierten Atemzüge. Wozu auch etwas zurückhalten, war nicht schon längst alles verloren? Er dachte an sie, an ihr Gesicht, das ein anderes geworden war, an ihr Lachen, das zerbrochen war, an ihre Augen, die ihren Glanz verloren hatten, und plötzlich kam sie ihm vor wie eine völlig Fremde, eine Person, die seltsamerweise seine Frau war, seltsamerweise mit ihm in einer Wohnung lebte, die er seltsamerweise glaubte zu kennen und zu lieben. Diese Gedanken wühlten in seinem Inneren, er konnte es nicht fassen, wie sehr sich diese Frau, diese fremde Frau an seiner Seite, von der Frau unterschied, die früher da gewesen war, die Frau, die ihm damals nach seinem Sturz in der südlichen Nacht das Blut aus dem Gesicht gewischt hatte, die Frau, in deren Armen er die Fremdheit der großen nördlichen Stadt vergessen hatte, die Frau, die zu ihm gezogen war, die Frau, die er geheiratet hatte, die Frau, die seinen Sohn zur Welt gebracht hatte.

Der Soldat sitzt nachdenklich auf dem Feld an der Grenze, die inneren Bilder schrecken ihn auf. Da ist wieder dieses Gefühl, das er damals im Wald empfunden hatte, dieses Gefühl, dass seine Frau eine völlig Fremde ist. Er kann sich nicht erinnern, wie lange er damals im Wald sitzen blieb, wann er endlich aufstand und versuchte, die Arme vor sich gestreckt, einen Weg zu finden, ohne zu wissen, wohin dieser Weg gehen sollte: hinaus aus dem Wald vielleicht, vielleicht tiefer hinein, vielleicht auch einfach nur irgendwohin in der blinden Hoffnung, sie zu finden, mehr noch, sie endlich wiederzufinden.

Er ging, stolperte, zwängte sich durch Büsche, und irgendwann gab ihn der Wald frei. Es war immer noch stockdunkel, aber in der Ferne sah er die Lichter des Dorfes. Er drehte sich um, sah die dunkle Wand des Waldes vor sich, überlegte ihren Namen zu rufen, aber er merkte, dass ihm die Kraft fehlte, dass eine seltsame Gleichgültigkeit in seinem Inneren war, und so ging er langsam über das dunkle Feld auf das Dorf zu. Er ging nach Hause, stieg die Treppe empor in die kleine Wohnung unter dem Dach, zog sich aus und legte sich ins Bett. Ob er geschlafen hat oder nicht, er kann sich nicht daran erinnern, er weiß es nicht. Er weiß nur, dass irgendwann die Tür leise aufgemacht wurde, dass sie hereinkam und sich ohne sich auszuziehen ins Bett legte, dicht neben ihm, den Kopf an seiner Schulter. Er drückte sie an sich, streichelte mit seiner freien Hand über ihre Haare, flüsterte ihren Namen und küsste sie auf die Stirn. Sie sagte nichts, drückte sich aber in seine Arme und irgendwann entnahm er ihrem ruhigen Atmen, dass sie eingeschlafen war. Er hatte sein Gesicht in ihren Haaren vergraben, die nach frischer Luft und Wald rochen, und er hatte die irre Hoffnung, dass endlich alles wieder gut würde, dass sie zurückkehren würde zu ihm, zurück zum Lachen, zurück ins Leben und mit dieser Vorstellung schlief er ein.

Als er aufwachte, war er allein, aber auf dem Leintuch waren im unteren Bereich dunkle Streifen, wohl weil sie in der Nacht nicht einmal die verdreckten Wanderschuhe ausgezogen hatte, als sie sich zu ihm ins Bett legte. Er war überrascht, dass sie schon weg war, dass er nichts mitbekommen hatte, und einen

Moment lang peinigte ihn der Gedanke, dass es nur ein Traum gewesen, dass sie gar nicht da gewesen war. Er schaute noch einmal auf die braunen Spuren auf dem Leintuch, atmete befriedigt aus und hatte den kindischen Gedanken, dieses Leintuch nie mehr zu waschen, nie mehr diese Spuren zu verlieren, die ihm sagten, dass sie da, ganz da bei ihm gewesen war. Er legte sich zurück auf sein Kissen, dachte an die letzte Nacht, dachte an ihren Kopf auf seinen Schultern, dachte an diesen Duft von frischer Luft und feuchtem Wald und freute sich: Kein Traum! Sie war in seinen Armen gelegen!

Es war das letzte Mal gewesen.

Der Soldat steht auf, will nicht weiter daran denken. Die Erinnerungen sind ein gefährlicher Boden geworden, selbst die schönen, weil sie oft nur das Vorspiel für die schrecklichen Bilder sind, die in seinem Inneren lauern, in den Ecken und Nischen, und nur darauf warten, hervorzubrechen wie Sturzfluten nach einem Wolkenbruch. »Das Schöne ist nichts als des Schrecklichen Anfang« hat er einmal gelesen, in einem Buch in der großen, nördlichen Stadt, als er mit ihr eine ihrer Freundinnen besucht hatte und von ihren Gesprächen gelangweilt anfing, in einem Gedichtband von Rilke zu blättern, der vor ihm auf dem Tisch lag. Er las ein paar Sätze, blätterte weiter und blieb dann an diesem einen Satz hängen, den er erst viel später richtig zu verstehen begann, viel zu gut zu verstehen: Das Schöne ist nichts als des Schrecklichen Anfang …

Der Soldat steht ratlos in der Finsternis, immer noch gibt es nichts, woran sich die Augen festhalten könnten. Er beschließt, langsam geradeaus zu gehen, es muss die Richtung sein, in der er den Mond gesehen hat und da muss er irgendwann auf den Zaun treffen, auf diesen Damm gegen die Menschenfluten, den er zu verteidigen hat.

Schritt für Schritt, vorsichtig mit den Füßen den Boden abtastend, die Hände abwehrbereit leicht nach vorne gestreckt, die Augen angestrengt in das Dunkel gerichtet, vorsichtiges Atmen, angespanntes Atmen, leises Atmen. Er kommt nur langsam voran, aber er geht weiter, Schritt für Schritt. Die Richtung muss stimmen, er muss irgendwann auf den Zaun treffen, aber je länger er geht, falls man dieses tastende Sich-Vorwärtsbewegen überhaupt als Gehen bezeichnen konnte, desto mehr befallen ihn die Zweifel. Ist das die richtige Richtung? Kann man in absoluter Dunkelheit überhaupt eine Richtung einhalten oder ist es nicht vielmehr wahrscheinlich, mit jedem Schritt ein wenig mehr von der Geraden abzuweichen? Er flucht leise in sich hinein, verflucht seinen Leichtsinn, vom Turm weg in die Nacht gegangen zu sein, ohne Gewehr und nur mit dem Mond als Begleiter, eine unzuverlässige Scheibe.

Noch ein Schritt, noch ein Schritt, seine Fußspitze stößt irgendwo an, er bleibt stehen, streckt seinen Fuß noch einmal aus, wieder stößt er gegen Widerstand. Er hebt den Fuß höher und diesmal ist kein Widerstand, kann er den Fuß aufsetzen, weitergehen, vorsichtig weitergehen, es war wohl nur eine kleine Bodenwelle, die sich ihm in den Weg gelegt hatte. Plötzlich ein Flackern am Himmel, Licht durchschneidet die Schwärze, Schatten, Konturen, die Augen hetzen von einer Seite zur anderen. So schnell es gekommen ist, so schnell ist es vorbei. Wieder alles schwarz, vielleicht sogar noch etwas schwärzer jetzt, nach dem kurzen Einfall von Licht, der den Augen Hoffnung gab. Hoffnung nur für ein paar Sekundenbruchteile, länger hat dieses Flackern nicht gedauert. Der Soldat ist mitten in der Bewegung erstarrt, stiert in den Himmel, aber dort ist alles schwarz, kein Licht mehr, kein Flackern. Er hat keine Ahnung, was das gewesen sein könnte, vielleicht ein Scheinwerfer auf der anderen Seite der Grenze, vielleicht gibt es auch dort Wachtürme und Patrouillen und Soldaten, aber er glaubt es nicht, für die anderen gibt es keinen Grund, diese Grenze zu sichern, im Gegenteil, sie sind wahrscheinlich froh über alle, die ins Nachbarland wechseln, heimlich, im Schutz der Nacht.

Was ist es dann gewesen? Was hat die Nacht, diese ungeheure schwarze Nacht, aufgerissen? Vielleicht ein Scheinwerfer von seiner Seite? War jemand auf seinem Turm? Suchen sie ihn? Plötzlich ist ihm siedend heiß. Er hat das Funkgerät nicht eingeschaltet, entgegen allen Vorschriften. Was, wenn sie ihm schon lange etwas Wichtiges sagen wollten, vielleicht von großen Gruppen von Menschen auf der anderen Seite des Zaunes, und ihn am Funkgerät nicht erreicht haben? Sind sie losgefahren im Pritschenwagen, die Gewehre zwischen die Beine gestellt, ernste Gesichter. Vielleicht haben sie sich über das Feld herangerobbt, haben den Wachturm verlassen vorgefunden, aber auch gesehen, dass das Gewehr da war und der Rucksack. Vielleicht haben sie Meldung gemacht durch das Funkgerät, heiser und flüsternd, vielleicht haben sie den Scheinwerfer eingeschaltet und über die Felder gejagt, auf der Suche nach ihm. Aber so hat das alles nicht ausgesehen, es war kein Lichtstrahl auf dem Boden, kein Lichtkegel, der auf dem nächtlichen Feld von einer Seite auf die andere irrlichterte, es war am Himmel, dieses Flackern, es kann kein Scheinwerfer gewesen sein.

Der Soldat steht immer noch bewegungslos, seine Gedanken rasen, sein Atem geht schwer. Ein zweites Mal reißt der Himmel auf, Licht am Firmament, und diesmal ist ihm klar, was es ist: Wetterleuchten, die angekündigten Gewitter sind auf dem Weg. Er atmet erleichtert aus, auch wenn ihm bewusst ist, dass er schnell zu seinem Turm zurückmuss, das Funkgerät einschalten, seinen Platz einnehmen. Aber wo ist der Turm? Wo ist der Zaun? Er starrt geradeaus in die Dunkelheit, wartet auf das nächste Wetterleuchten, das ihm vielleicht etwas zeigen kann. Er hat Glück: Wieder reißt für wenige Augenblicke die Nacht auf und er sieht, keine zwanzig Meter vor sich, etwas silbrig blinken. Er ahnt, er weiß, dass das nur der Zaun sein kann, so knapp vor ihm, und er schüttelt erleichtert und amüsiert den Kopf, verblüfft, wie wenig einem von dieser Welt bleibt, wenn alles finster ist. Vorsichtig geht er nach vorne, zählt im Kopf die Schritte mit, wird bei zwanzig sehr langsam, geht nun Schritt für Schritt und mit ausgestreckten Armen, bis seine Finger an dem Metallgitter anstoßen und sich festhalten. Wenn seine Orientierung stimmt, muss er diesem Zaun nach rechts folgen, um zu seinem Turm zu kommen. Der Turm steht, das hat er am Tag überprüft, etwa dreißig Meter vom Zaun entfernt. Mithilfe des Wetterleuchtens sollte es möglich sein, ihn zu finden.

Er dreht sich nach rechts, als der Himmel neuerlich flackert, diesmal sogar etwas länger. Er sieht durch das Maschengitter hindurch auf die andere Seite der Grenze, auf die kleinen Waldstücke, die schwarz in der Nacht stehen und da und dort bis zum Zaun heranreichen, er sieht dazwischen kleine freie Flecken, Wiesen, die sehr feucht sind, kleine Moore und Tümpel, auch das hat er sich am Tag von dieser Seite aus genau angeschaut. Wieder dunkel. Unbeweglich steht der Soldat am Zaun, an dieser Grenze, die Hände in das Maschengitter gekrallt. Er sollte los, er sollte auf seinen Turm, sollte das Funkgerät einschalten und vielleicht eine Meldung machen, eine Meldung, in ruhigem, gefassten Ton, dass alles in Ordnung ist, alles ruhig. Aber irgendetwas hält ihn zurück, obwohl er doch gehen sollte, nach rechts den Zaun entlang, Schritt für Schritt, die linke Hand ausgestreckt immer über den Maschendraht streifen lassen, sodass er weiß, dass er parallel zum Zaun geht, der ihn zu seinem Turm führen muss. Aber er geht nicht los. Irgendetwas beunruhigt ihn, irgendetwas, und er sucht in seinem Kopf nach einem Namen, nach einem Begriff für dieses Irgendetwas, aber er findet nichts. Da ist nur Nacht, Schwärze, Zaun und sein schwerer Atem und seine Ahnung, sein Misstrauen, seine Angst vielleicht, die ihn daran hindert, nach rechts zu gehen, denn im letzten Flackern der Elemente vor ein paar Augenblicken, in diesen kurzen Blitzlichtern auf die Welt, war etwas, das ihn stört, war etwas, das nicht einfach nur Wald oder Wiese oder Baum oder Tümpel war, da war etwas anderes, nur kurz am Rand seiner Wahrnehmung, vielleicht eine Bewegung, vielleicht eine Andeutung von Farbe, vielleicht ein Tier, vielleicht etwas anderes. Er sollte gehen, aber er bleibt und starrt in die Finsternis auf der anderen Seite. Kein Wetterleuchten mehr. Er steht, er schaut, er hält den Atem an. Plötzlich ein Knacken, nicht laut, aber alles ist laut, wenn die Stille so übermächtig ist und sich mit der Dunkelheit verbündet hat. Seine Finger krallen sich im Maschendraht fest, sein Atem geht schwer, lässt sich nicht mehr unterdrücken. Er sollte gehen, nein, er sollte rennen, weg, einfach weg, aber seine Beine rühren sich nicht, seine Finger lassen nicht los, seine Augen durchbohren die Nacht, auch wenn es sinnlos ist.

Ein Knacken, das kann vieles sein, geht es durch seinen Kopf, Wildschweine, Hirsche, etwas ganz Normales, Ungefährliches, nur ein Ast, der geknickt ist unter einem Huf. Doch da ist noch ein Knacken und wieder eines und das ist ganz in der Nähe. Die Finger des Soldaten krallen sich noch fester in den Zaun, doch er spürt den Schmerz nicht, hält den Atem an, und in diesem Augenblick zerreißt ein Blitz die Nacht, schlägt eine Schneise von Licht in die Schwärze, und er sieht Wald und Wiese und Bäume und den Schatten, der nur wenige Meter vor ihm steht, erschrocken in der Bewegung erstarrt ist. Er sieht ein Gesicht, Haare, Bart, aufgerissene Augen, genau auf ihn gerichtet, und dann ist das Licht weg, ein fernes Donnergrollen und er hört Schritte, die sich entfernen, schnell und hastig. Schwer atmet er auf, hört, wie der Schatten sich entfernt und hört einen leisen, unterdrückten Ruf: »Verschwinde!« Er weiß, dass er das gerufen hat, leise zwar, aber doch, und als ob ihn dieser halblaute Ruf aus seiner Lähmung löst, beginnt er zu schreien, lauthals zu schreien: »Verschwinde! Du! Ihr alle!« Und noch einmal: »Verschwindet! Ich hab Schießbefehl! Schießbefehl! Versteht ihr das?«

Sein schwerer Atem, die Finger in das Metall gekrallt, und plötzlich ist da eine irrsinnige Wut, vielleicht auch eine Mischung aus Wut und Angst, und er beginnt wie verrückt an dem Zaun zu rütteln: »Verschwindet! Ich hab Schießbefehl! Ich schieße! Ich schieße!« Wieder ein Blitz, Lichtschneise und Wald und Wiese und Bäume, aber kein Schatten mehr, kein Gesicht, keine aufgerissenen Augen. Er hört auf, an dem Zaun zu reißen, hört auf zu schreien, lässt die Arme sinken und atmet durch. Er spürt seinen Herzschlag und er will nur eines, zurück zu seinem Turm, das Funkgerät einschalten und das Gewehr in die Hand nehmen, das große, starke Gewehr, und den Lauf in die Dunkelheit richten, auf all diese Gesichter, diese fremden Gesichter, die irgendwo da draußen im Dunkeln sind mit aufgerissenen Augen so wie er.

Hastig geht er los, stolpert, die linke Hand ausgestreckt, am Zaun entlang, während ein neuerlicher Blitz ein paar Einblicke in die Nacht gewährt, Wald und Wiesen und Bäume, keine Schatten, keine Gesichter. Er stoppt nicht ab, während der Donner sich über ihm entlädt und die Schallwellen über das hingeduckte Feld rasen. Er fällt zu Boden, rappelt sich auf, die Hand ausgestreckt am Zaun, weiter, weiter. Blitze durchschneiden die Nacht, einer nach dem anderen, Donnerschläge entladen sich und erste Regentropfen zerplatzen auf ihm. Aber er nimmt das kaum wahr, hastet keuchend weiter, die Augen zucken wie irr geworden über das Feld, den Lichtpfeilen der Blitze hinterher, suchen den Turm, seinen Turm mit seinem Gewehr. Mehr und mehr ist da eine Panik in ihm, in immer kürzeren Abständen ertappt er sich dabei, dass er sich umwendet, hastig die Nacht hinter sich absucht, die nur etwas preisgibt, wenn Blitze sie spalten und ihm für wenige Augenblicke ein weites Feld zeigen, eine undefinierbare Fläche, keine Schatten, keine Gesichter, nichts, was ihm folgt.

Endlich werden seine Augen fündig, führt sie das Aufflammen eines Blitzes zum Turm und augenblicklich dreht er dem Zaun den Rücken zu und hastet über das Feld in die Richtung, die ihm der Blitz gezeigt hat. Endlich hat er es geschafft, ergreift eines der Metallrohre, die den Turm in der Erde verankern, hangelt sich an den Metallverstrebungen auf die Seite des Turmes, dorthin, wo die metallene Leiter sein muss, dort, wo die Leiter ist, und dann ist er oben, endlich oben. Blitze zucken über das Firmament, aber es ist ihm egal, die Türme haben einen Blitzableiter, hat man ihnen erklärt, an alles ist gedacht, hat man ihnen gesagt, und so hebt er mit tastenden Händen den Rucksack auf, nimmt das Funkgerät heraus, schaltet es ein und hört das charakteristische Knacken und Knistern in der Leitung. Er ist froh um diese Geräusche, die er sonst immer gehasst hat, er ist froh, damit eine Verbindung zu haben, eine Verbindung in die Welt, wie er sich selber sagt, so als ob dieser Turm gar nicht von dieser Welt wäre. Mit einer schnellen Bewegung langt er nach dem Gewehr, entsichert es, stützt sich mit den Ellbogen auf der Brüstung des Turmes ab und zielt in die Dunkelheit. Immer noch hebt und senkt sich seine Brust, immer noch hat sich sein Atem nicht beruhigt, immer noch starren ihn in seinen Gedanken zwei fremde Augen an. Darüber die brüllenden, blitzenden Elemente und Wind, der ihm die Regentropfen ins Gesicht klatscht. Das macht ihm nichts aus. Er ist froh, endlich wieder auf diesem Turm zu sein, endlich wieder die Waffe in der Hand zu haben.

»Jetzt könnt ihr kommen«, flüstert er, den Lauf des Gewehres in die Finsternis gerichtet.

VIERUNDZWANZIG UHR

Er braucht lange, um sich zu beruhigen, lange, bis sein Atem langsamer geht. Es ist nicht die Anstrengung, es ist dieser Schatten, der ihm gegenüberstand, dieser Mensch, dessen Augen immer noch in seinem Inneren brennen. Das ist es, was ihn beunruhigt, das ist es, was seine Brust hebt und senkt, schneller als es gut ist, wenn man ein Gewehr im Anschlag hat und ruhig sein sollte, um sein Ziel nicht zu verfehlen. Er denkt an diese Augen und daran, dass dieser Mann sicher nicht allein ist. Man hat ihn vorgeschickt, um zu schauen, wo es einen Weg gibt, an dessen Ende etwas Zukunft wartet. Die anderen, wie viele?, eine Handvoll?, ein paar Dutzend?, werden sich inzwischen irgendwo verstecken in dieser Nacht, in diesem Regenguss, zusammengekauert unter ein paar dichten Tannen, die sie ein wenig schützen, vielleicht in einem verlassenen Stadel, vielleicht auch nur auf einem freien Feld, frierend, Plastikplanen über sich haltend, die Kinder in der Mitte, die Hände auf die Münder der Kleinen gelegt, um sie am Weinen zu hindern. Die Zukunft ist scheu, man muss leise sein, um sie nicht zu verscheuchen, leise, sehr leise.

Vielleicht war es aber auch gut, dass er am Zaun stehen geblieben ist, bis ein Blitz ihn und den anderen in die gleiche Welt stellte. Vielleicht war es gut, dass er geschrien und am Zaun gerüttelt hat. Dieser eine, den sie vorgeschickt haben, der wird jetzt wissen, dass die Grenze hier bewacht ist, gut bewacht, dass es hier kein Durchkommen gibt.

Dieser Gedanke beruhigt ihn etwas, er richtet sich auf, streckt sich durch, schließt die Augen und versucht langsam und tief zu atmen. Aber die Beunruhigung ist zu groß, er ist sich bewusst, dass er so aufrecht stehend im Flackern der Blitze gut zu sehen ist, ein gutes Ziel abgibt. Ziel? Haben die, diese anderen, vielleicht auch Gewehre? Bei diesem Gedanken geht er sofort wieder in die gebückte Haltung, die Ellbogen auf dem Geländer, das Gewehr im Anschlag, die Augen in die Dunkelheit gekrallt. Mit den Blitzen jagen seine Blicke hin und her, auch der Lauf der Waffe pendelt von einer Seite auf die andere, der Atem geht schwer, seine Stirn ist nass und er fragt sich, ob das nur der Regen ist, den ihm der Wind ins Gesicht bläst, oder ob es Schweißtropfen sind. Minutenlang steht er so da, gebückt, das Gewehr im Anschlag, sein Rücken beginnt zu schmerzen, die Jacke längst durchnässt. Plötzlich ein Knistern im Funkgerät, er wartet auf etwas, aber nichts kommt, wieder Stille, nur das Prasseln des Regens, nur das Grollen des Donners. Er sollte das Funkgerät nehmen, eine Meldung machen, durchgeben, dass er einen Menschen auf der anderen Seite des Zaunes gesehen hat, aber er zögert, ist unschlüssig, hat auch Angst, dass sie ihm Fragen stellen, weil sie ihn vielleicht nicht erreicht haben in der ersten Hälfte der Nacht. Er beschließt, noch zu warten mit der Meldung, bewegt sein Becken in dieser gebückten Haltung hin und her, um die beginnenden Krämpfe zu lockern, aber er hat immer noch nicht die Ruhe, sich aufzurichten oder hinzusetzen, immer noch hält er Ausschau nach Schatten, nach Gesichtern, nach Augen, immer noch folgt er mit seinen Blicken den Schneisen, die die Blitze durch die Nacht reißen, immer noch das Gewehr im Anschlag, entsichert.

Erst als das Gewitter nachlässt, die Blitze ausbleiben, ein paar

Minuten lang nur die Schwärze vor Augen, nur das ungeheure Prasseln des Regens auf dem Blechdach in den Ohren, erst dann richtet er sich auf, greift stöhnend mit einer Hand nach seinem schmerzenden Rücken, stellt das Gewehr auf den Boden und setzt sich nach hinten auf die Bank. Er könnte mit dem Scheinwerfer arbeiten, jetzt, wo die Blitze aufgehört haben, aber das will er nicht, für den Moment ist es ihm recht und gut, wenn die Nacht sich um ihn schließt. Er zieht seine nasse Jacke aus, greift in den Rucksack und nimmt eine zweite heraus, die er immer dabeihat, seit er zum ersten Mal eine Regennacht auf einem dieser Türme mitgemacht hat. Mit der trockenen Jacke fühlt er sich gleich besser. Zudem hat der Wind nachgelassen, die Tropfen fallen gerade, das Dach schützt ihn, er beginnt sich zu entspannen.

Das gleichmäßige Prasseln des Regens über ihm, die angenehme Wärme der trockenen Jacke, er könnte sich eine Zigarette gönnen und den Moment genießen. Aber ganz zur Ruhe kommt er nicht. Da ist dieses Gesicht in seinem Inneren, diese Augen, die genau auf ihn gerichtet waren, aufgerissen, genau wie seine Augen. Er muss an diesen Mann denken und er fragt sich, wer das ist. Er hat ihn nur kurz gesehen in dieser elektrischen Entladung, ein Gesicht mit kurzen dunklen Haaren, ein Vollbart, kurz geschnitten, dunkel. Er hat viele solcher Gesichter in den letzten Monaten gesehen, im Fernsehen, wenn die Bilder aus den Lagern oder von der Grenze in die Wohnzimmer drangen. Es befremdete ihn immer, diese Bilder zu sehen, diese Menschen zu sehen, und es befremdete ihn noch mehr, wenn sie zum Teil in einem ausgezeichneten Englisch ihre Geschichte erzählten, ihre Namen sagten, ihre Berufe und er erstaunt zur Kenntnis nahm, einen Bäcker, einen Ingenieur, einen Maurer vor sich zu haben. Genauso verstörte es ihn, wenn sie ihre Smartphones aus der Tasche zogen, Fotos von ihren Häusern ins Bild hielten, Fotos von ihren Autos, Fotos von ihrer Heimat, ihrer Familie, erregte Stimmen, Tränen in den Augen. Er war verwundert über das alles und fragte sich, was ihn daran so störte, so eigenartig befremdete. War er überrascht, wie ähnlich diese Menschen ihm selber waren? Hatte er etwas anderes erwartet? Eine seltsam fremde Sprache, nicht ein gewähltes Englisch, Handlanger, Tagelöhner und Hilfsarbeiter anstatt Bäcker, Ingenieure und Maurer? War er überrascht, dass sie Smartphones aus der Tasche zogen anstatt alte verblichene Fotos, auf denen zerlumpte Gestalten vor kleinen Hütten standen? Wäre es dann einfacher, diese Bilder auszuhalten, diese Menschen aufzuhalten?

Der Soldat blickt ratlos in die Nacht, diese Gedanken verunsichern ihn. Er denkt an den Schatten, an den anderen Mann, der vielleicht ein Bäcker, vielleicht ein Ingenieur, vielleicht ein Maurer ist, vielleicht auch nur ein Hilfsarbeiter, der jedenfalls erschrocken und dann geflohen ist, vor ihm, dem schreienden Soldaten am Zaun. Ist er zurück bei den Seinen? Immer noch schwer atmend unter einer Regenplane sitzend, ein Kind an die Brust gepresst, neben ihm seine Frau. Vielleicht zittert er noch, nicht wegen der Anstrengung, nicht wegen der Kälte, aber weil dieser Blitz die Nacht aufgerissen hat und ihm einen Mann gezeigt hat, der ihn angeschaut hat, und vielleicht brennt dieser Blick in seinem Inneren, so wie seine Augen im Inneren des Soldaten nicht erlöschen und verschwinden.

Was für ein seltsames Leben, denkt sich der Soldat. Ein Mensch kann nicht einfach einem Menschen begegnen, jede Begegnung wird bestimmt durch die Aspekte, die Raum und Zeit mit sich bringen. Vielleicht ist er diesem Mann ja schon einmal begegnet. Vielleicht damals im Süden, vor vielen Jahren in einem anderen Leben, damals, als er auf der Flucht war vor dieser Verstörung und Fremdheit in sich und mit diesem

Last-minute-Flug in den Süden geflogen war, sich am Meer in eines der Cafés gesetzt und dem Stimmenwirrwarr gelauscht hatte. Vielleicht war da dieser Mann auch auf Urlaub gewesen oder auf Reisen, vielleicht war er am Nebentisch gesessen, hatte kurz aufgeschaut, ihm freundlich zugenickt und sich wieder in seine Zeitung vertieft, mit diesen seltsamen Schriftzeichen, die von rechts nach links liefen. Vielleicht hätte er sogar aufstehen können, zu diesem fremden Mann hintreten und um Feuer bitten, die Zigarette in der Hand, in einem schlechten Englisch, denn sein Englisch ist nicht besonders gut, und der andere, dieser Mann mit den dunklen Haaren, dem dunklen Bart, der akkurat und genau geschnitten war, dieser Mann hätte die Zeitung hingelegt, in seiner Tasche nach einem Feuerzeug gegraben, ihm Feuer gegeben und mit einer einladenden Handbewegung angedeutet, dass er sich doch setzen soll. Vielleicht hätten sie angefangen zu reden, der fremde Mann in einem einwandfreien Englisch, er selber mit seinem holprigen Englisch, man hätte Namen und Orte ausgetauscht, hätte vielleicht über das Wetter oder eine gute Unterkunft geredet, vielleicht auch über etwas, was in der Zeitung stand, vielleicht über eine Krise irgendwo in der Welt, wo Menschen auf dem Weg sind und andere Menschen sich ihnen in den Weg stellen. So hätte es sein können, in einer anderen Zeit, an einem anderen Ort, und man hätte sich irgendwann verabschiedet, mit einem freundlichen Satz auf den Lippen, mit einem kräftigen Händedruck, mit Sympathie für einen fremden Menschen, den man getroffen hat, in dieser Fremde, in der beide waren, beide weg von allem, was sie Heimat nannten. Es hätte so sein können, doch es war ganz anders gekommen in dieser Nacht am Zaun, kein Zunicken, keine einladenden Gesten, keine freundlichen Worte, kein Händedruck zum Abschied, stattdessen Erschrecken, Panik, Flucht und Geschrei.

Was für ein seltsames Leben, denkt sich der Soldat und zündet sich nun wirklich eine Zigarette an, ein winziger leuchtender Punkt in der finsteren Nacht, sicher weit zu sehen. Aber es ist ihm egal, er ist ruhig geworden, der Schatten, den er gesehen hat, beunruhigt ihn nicht mehr, »nur ein Bäcker«, sagt er halblaut, lächelt und stellt sich den Mann vor in einer Backstube früh am Morgen. Draußen erwacht eine orientalische Stadt zum Leben mit all diesen so speziellen Geräuschen und Düften, vielleicht ruft irgendwo ein Muezzin seine Gebete in die Morgendämmerung und dieser Mann, dessen Blick sich in sein Inneres gebohrt hat, steht an einem Tisch und knetet mit seinen Händen einen Teig, selbstvergessen, hingebungsvoll, Brot für die Menschen.

Er hätte nicht schreien sollen, denkt sich der Soldat, nachdem er einen Zug von der Zigarette genommen und den Rauch in kleinen Kringeln nach oben geblasen hat, er hätte ihn stattdessen nach seinem Namen fragen sollen, auf Englisch, und vielleicht wäre der andere stehen geblieben, wäre vorsichtig die paar Schritte näher gekommen, die sie voneinander entfernt waren, vielleicht hätten sie ein paar Worte gewechselt, vielleicht wäre er dann gegangen, zurück zu den Seinen, ohne Lösung, aber auch ohne Angst. Kann man sich durch ein Maschengitter mit einem Händedruck verabschieden?

Der Soldat wirft die abgebrannte Zigarette in die Dunkelheit, in den Regen. Er spürt plötzlich eine ungeheure Müdigkeit und Traurigkeit, verschränkt die Arme und überlegt sich, ob er es wagen könnte, etwas zu schlafen. Aber ein Knacken im Funkgerät lässt ihn auffahren, er ist sofort wach, hellwach. Ein Rauschen ist zu hören, das sich kaum vom Rauschen des Regens unterscheidet. Er glaubt entfernt ein paar Stimmen zu vernehmen, kann aber nicht verstehen, was sie sagen, und wieder ist es still. Er sollte eine Meldung machen, eine Meldung über diesen Schatten, über diesen Mann, der eine Lücke im Zaun sucht, aber er zögert. Was soll er sagen? Er hat einen Bäcker gesehen auf der anderen Seite des Zaunes, ein freundlicher Mann, wahrscheinlich Familienvater, der mit viel Gefühl in seiner Heimat Teig geknetet hat. Der Soldat schüttelt den Kopf. Das ist keine Meldung, er wird keine Meldung machen, er weiß es.

Aber einschlafen darf er auch nicht, das ist ihm bewusst, er muss etwas tun, muss sich wach halten. Das Heft seiner Großmutter fällt ihm ein. Doch der Mond ist verschwunden, kein Licht mehr. Er zieht seinen Rucksack zu sich heran, fängt an zu wühlen, findet eine angebrochene Rolle Kekse, die ihm wohl seine Mutter in den Rucksack gesteckt hat, zieht eines der Kekse heraus und beißt hinein. Es zerbröselt bei seinem Biss und er merkt sofort, dass es nicht mehr frisch ist.

»Mutter, Mutter«, sagt er kopfschüttelnd und lächelt. »Aber wenigstens betest für mich«, flüstert er und ist selber überrascht, wie ernst er diesen Satz sagt, so ganz ohne Ironie, mit der er doch normalerweise solche Sätze ummantelt, um sie unschädlich zu machen. Doch er hat keine Zeit, weiter darüber nachzudenken, er findet, was er gesucht hat: eine kleine Stabtaschenlampe. Er nimmt das Heft, er nimmt die Lampe, er lehnt sich zurück. Der Regen über ihm, die Nacht um ihn. Er schlägt das kleine Heft auf, blättert ein wenig vor und zurück, hat aber keine Lust, lange die Stelle zu suchen, an der er aufgehört hat, und schickt seine Augen auf einer gerade aufgeschlagenen Seite los, dem Lichtkegel der kleinen Lampe folgend.

Wir hatten die Anweisung bekommen, unser Bettenbündel in eine Wolldecke zu wickeln, und, damit es nicht vergessen wird, sofort mitzubringen. Jetzt verstauten meine Schwester und ich unsere Habseligkeiten, die wir unter allen Umständen retten wollten, in diesem Bettenpaket, wobei wir ohne Verabredung versuchten, die einzelnen Teile auch voreinander zu verbergen. Wir lernten erst später, dass auf der Flucht jeder von jedem alles weiß, dass es keine noch so kleine Nische mehr gibt für Persönliches.

Auf dem Tisch in der Küche lagen jetzt die Vorräte, die am Tage zuvor gekocht, gebraten und gebacken worden waren und nun in Kisten und Wäschekörbe verpackt werden sollten. Beträchtliche Mengen lagen da, weil mein Vater die Devise ausgegeben hatte, dass zwanzig Personen zehn Tage lang notdürftig versorgt werden müssten. Selbst wenn man davon ausging, dass die Rationen niedrig sein würden oder man gelegentlich eine Mahlzeit bekommen würde, wie wir sie den Flüchtlingen hatten zukommen lassen, waren die Mengen doch beträchtlich und die Arbeit, um das alles zu verpacken, auch.

Da hinein in dieses Chaos in der Küche kam Besuch. Zuerst tauchte Frau Meyer aus Zoldekow auf mit ihren drei kleinen Mädchen. An jeder Seite eins und das Baby trug sie auf dem Arm. Der Zoldekower Treck stand im Dorf und sie dachte sich, dass es nützlich ist, die letzte Gelegenheit zu nutzen, um für die Kinder eine warme Mahlzeit zu bekommen, sie aufs Klo zu setzen und zu waschen und das Baby trockenzulegen. Vor Erschöpfung und Kummer weinte sie still vor sich hin, während sie sich mit ihren Kindern beschäftigte, und bald weinten alle mit, die da am Tisch standen und Lebensmittel verpackten. Später, als ich erfahren hatte, dass Meyers kleine Insa, das Baby, auf der Flucht gestorben war, fiel mir diese Szene wieder ein. Frau Meyer dankte, als sie die Kinder versorgt hatte, und ging wieder zur Tür hinaus, um ihren Treck im Dorf zu suchen. Sie war sehr müde, das konnte jeder sehen, und die kleinen Mädchen hielten sich an ihrem Mantel fest.

Auf dem Hof machten sich die Franzosen, die wir nicht auf den Treck mitnehmen konnten, zu Fuß auf den Weg nach Westen. Der Wachmann tat sehr amtlich und wichtig und fuchtelte mit seinem Gewehr herum, dabei war er sichtlich froh, gehen zu können. Es war doch tatsächlich die Situation so, dass die Franzosen ihn mitnahmen. Vor dem Abmarsch mussten sie sich von denen verabschieden, die mit uns gingen und deshalb noch blieben. Manche Männerfreundschaft hatte volle vier Jahre gehalten, die ganze Zeit also, welche die Franzosen bei uns in Fritzow verbracht haben.

Dann stellte Jules Lorrant den großen Jagdwagen vor die Gartenpforte, den unsere Mutter mit unserer Hilfe bis an den oberen Rand der Sitze vollpackte, jedes Eckchen ausnutzend. Zum Schutz vor Regen montierte der geschickte Jules Lorrant ein ausrangiertes Treckerdach oben drauf. Dieser Wagen war das einzige Zugeständnis meines Vaters an den größeren Besitz unserer Familie. Ansonsten war der Platz streng eingeteilt, pro Wagen drei Familien. Auf alle Fahrzeuge gleichmäßig verteilt, waren vorab die Güter für die Allgemeinheit, von denen unser Durchkommen abhängen konnte, wie Reparaturmaterialien, Hufeisen und Pferdefutter.

Da die Nazibehörden sich die Genehmigung zum Aufbruch vorbehielten und Zuwiderhandlungen schwer bestraften, glaubte mein Vater anfangs noch, auf den Befehl warten zu müssen. Telefonisch war zwar das Amt, aber die Kreisleitung nicht mehr zu erreichen. Sollten sie abgezogen sein und die Mädchen in der Vermittlung im Stich gelassen haben? Wir wussten das natürlich nicht, konnten aber auch keine Auskunft bekommen, keinen Marschbefehl, wie es damals genannt wurde. Wie weit war die Stadt schon geräumt? Unser Franzose Max, der tatsächlich noch versucht hatte, in Cammin in der Molkerei die Milch loszuwerden, kam zurück und berichtete, dass er am Stadtrand im Süden schon Gefechte gehört hatte. Damit wurde zur Gewissheit, dass eine Kreisleitung nicht mehr existierte und nach eigener Verantwortung entschieden werden musste.

Der Aufbruch erfolgte am Nachmittag und es ist mir fast nicht möglich, mein Entsetzen zu beschreiben, als ich erlebte, wie mein Vater die Saugfohlen erschoss. Ich war vierzehn Jahre alt …

Der Soldat lässt das Heft nach vorne sinken, lässt die Hand mit der Taschenlampe sinken, die er achtlos und ohne sie auszuschalten neben sich auf die Bank legt. Still sitzt er da, denkt an das, was er gelesen hat: das Mädchen, das seine Großmutter damals war, vielleicht die Augen aufgerissen, vielleicht die Hände vor den Mund gepresst, vielleicht die Ohren zugehalten, um die Schüsse nicht hören zu müssen, die der Vater abgab, als die kleinen Fohlen ahnungslos auf ihn zukamen. Er wundert sich, wieso er genau an dieser Stelle aufgehört hat zu lesen, verscheucht seine inneren Bilder, verscheucht das Bild von einem Mann mit einem versteinerten Gesicht und wahrscheinlich Tränen in den Augen, einem Mann mit einem Gewehr in der Hand, der gezwungen ist, die Fohlen zu erschießen, um ihnen ein qualvolles Verdursten und Verhungern zu ersparen. Er schüttelt den Kopf, tastet nach dem Päckchen mit den Zigaretten, zieht sich eine heraus, zusammen mit dem Feuerzeug, und zündet sie an. Erst jetzt wird ihm bewusst, dass die Taschenlampe noch brennt und ihren Strahl in die große dunkle Nacht richtet. Er schaltet sie aus.

Wieder ist es dunkel, nur das Glühen der Zigarettenspitze. Er denkt an die Fohlen und ihm fällt plötzlich ein, wie die Großmutter ihm im Garten unter diesem riesigen Mond die Geschichte von dem roten Drachen erzählt hatte. Hatte sie da nicht auch am Schluss der Geschichte erwähnt, dass die kleinen Pferde erschossen worden sind? Und hatte sie da nicht auch davon geredet, dass sie eine Schwester gehabt hatte, wie es in ihren Erinnerungen stand? Er dachte nach, aber er konnte sich nicht erinnern, jemals etwas von einer Schwester gehört zu haben, nicht in dieser Mondnacht mit dem roten Drachen und nicht später. Wo war diese Schwester? Lebte sie noch? Aber da seine Großmutter nie ein Wort über eine Schwester verloren hatte, war wohl eher davon auszugehen, dass auch sie einer der Menschen ist, den es nicht mehr gibt. Vielleicht aber, denkt sich der Soldat, bekommt sie hin und wieder einen Brief.

Ein Bild ist in seinem Inneren, plötzlich, wie aus dem Nichts. Das Bild ist verschwommen, wie ein Aquarell, bei dem man zu viel Wasser verwendet hat, und er kneift die Augen zusammen, so als ob man mit diesem Trick auch in seinem Inneren besser sehen könnte. Das Bild ist eine Erinnerung, er weiß es, und er versucht es zu erfassen, in all diesen verschwommenen Linien und Farben eine Kontur zu finden, an der sich Begriffe festmachen lassen, und dann ist da Wiese, Weidezaun, Pferd. Er zwingt diese Ahnungen Gestalt anzunehmen, er fängt an, das Bild zu lesen, sich an die Erinnerung zu erinnern, Wiese, Weidezaun, Pferd. Davor eine Figur wie ein Scherenschnitt, dunkel, eine Frau in einer seltsamen Haltung, den Oberkörper leicht nach rechts geneigt, und jetzt erkennt er auch wieso, denn auf dem linken Unterarm, der angewinkelt an ihre Hüfte gepresst ist, sitzt ein Kind, vielleicht vier, vielleicht fünf, vielleicht sogar sechs Jahre alt, ein Kind, das nicht mehr ganz leicht hochzuheben ist, schon etwas zu groß, schon etwas zu schwer, weshalb die Frau, eine ältere Frau, den Oberkörper leicht nach rechts in die Gegenrichtung hält. Wer? Der Soldat reibt sich das Kinn. Seine Mutter mit ihm auf dem Arm? Oder mit seinem Sohn? Oder doch die Großmutter? Und plötzlich weiß er es, sitzt er selber auf dem Unterarm seiner Großmutter, seine Arme um ihren Hals geschlungen, seine Schenkel hochgezogen und vorne und hinten an ihren Leib gepresst. Er hat Angst, sieht, wie seine Großmutter lächelnd dem riesigen schwarzen Pferd mit der freien Hand über den Kopf fährt, dem Tier den Hals tätschelt und ihn auffordert, das Pferd zu streicheln. Er schüttelt den Kopf, er wehrt sich, klammert sich an seine Großmutter. Sie lacht und er schämt sich und vergräbt das Gesicht an ihrer Schulter. Vorsichtig schaut er wieder auf, sieht das Lächeln seiner Großmutter, sieht ihre Hand, die dem Pferd über die Nase reibt. Das Tier schnaubt und diese Geräusche machen ihm Angst, genauso wie die riesigen Zähne, die zum Vorschein kommen, wenn das Pferd beim Schnauben die Oberlippe hebt. Aber die Großmutter lächelt, und das beruhigt den Jungen und sie fordert ihn nicht mehr auf, das Pferd zu streicheln.

Aber plötzlich ist alles anders, von einem Moment auf den anderen. Der Junge versteht nicht gleich, was passiert ist, aber er spürt, dass sich etwas verändert hat. Es ist ein Gefühl da, ein plötzliches Gefühl von Angst und Alleinsein, und erst jetzt tragen ihm die Augen neue Informationen zu. Das Gesicht der Großmutter lächelt nicht mehr, ist auf einmal angespannt, die Lippen aufeinandergepresst. Das Pferd hat sich etwas zur Seite gedreht, vom Weidezaun weg, und da steht plötzlich auf wackligen Beinen ein kleines Fohlen. Woher es gekommen ist, er weiß es nicht. Vielleicht ist es hinter dem großen Tier gestanden, vielleicht ist es einfach in dem hohen Gras gelegen, vielleicht aus einer anderen verborgenen Falte der Natur gekommen, es ist jedenfalls da, plötzlich, und es verändert alles. Der Junge hat das Gefühl, nicht mehr sicher zu sitzen, der Arm, der ihn stützt, ist nicht mehr fest und er beginnt abzurutschen. Er umklammert den Hals seiner Großmutter, ruft »Oma!«, doch er rutscht und rutscht noch ein Stück, beginnt wild mit den Beinen zu strampeln und endlich ist da der Arm der Großmutter, der wieder fest wird, sie greift mit der freien Hand nach der Hand unter ihm, zieht das zappelnde Kind mit beiden Händen hoch, bis es auf der Hüfte sitzt. Aber diese Bewegung ist eine automatische Bewegung, ohne in irgendeiner

Form das Kind wahrzunehmen. Der Junge sitzt zwar sicher, aber das Gefühl von Angst und Unsicherheit ist noch da, und vor allem fühlt er sich plötzlich allein, völlig allein, denn seine Großmutter scheint irgendwo anders zu sein. Er sieht die Tränen in ihren Augen, die Tränen auf ihren Wangen, er sieht ihre freie ausgestreckte Hand am Hals des Fohlens, zitternd. Er weiß nicht, wie lang das geht, er wagt kaum zu atmen und ist froh, als ihn seine Großmutter endlich auf den Boden stellt. Aber auch diese Bewegung scheint völlig automatisiert zu sein, die Großmutter wie in einer eigenen Welt gefangen, und kaum steht er auf dem Boden, dreht sie sich um, geht die paar Meter über die Wiese auf den Feldweg, der sie hergeführt hat, und schlägt den Weg nach Hause ein.

Der kleine Junge ist wie gelähmt, er dreht den Kopf und plötzlich ist dieses kleine Fohlen riesengroß, steht nur einen halben Meter vor ihm, größer als er, und das ist der Moment, in dem er losschreit, »Omi, warte! Omi!«, der Moment, in dem er losrennt, seiner Großmutter hinterher, die aber nicht stehen geblieben ist, einfach weitergeht, so als ob sie ihn vergessen hätte. Panik durchflutet ihn und er ist froh, als er sie erreicht, ihre Hand ergreift und sie ihre Finger fest um die seinen schließt.

Der Soldat ist aufgestanden, kein Wind, der Regen fällt gerade, sodass man an der Brüstung stehend vom Dach geschützt ist. Die Zigarette ist erloschen, ohne dass er noch einen Zug genommen hätte, er wirft sie achtlos in die Dunkelheit. Wie viele solche Bilder, wie viele solcher Erinnerungen trägt man mit sich herum, fragt er sich, und bei wie vielen hat man keine Ahnung, was sie eigentlich bedeuten, was hinter ihnen steckt, welche Geschichten, welche Albträume. Er steht lange so da, ruhig geworden, bewegungslos. Es kommt ihm plötzlich absurd vor, hier in dieser Nacht zu stehen, mit einem Gewehr und einem Schießbefehl, und abzudrücken, wenn ein Bäcker über den Zaun klettern sollte. Er schüttelt ungläubig den Kopf, fühlt sich unwirklich, in einem Traum, in einem Film gefangen, nichts, was Sinn ergibt, nichts, was mit seinem wirklichen Leben, mit ihm selber zu tun haben kann. Und doch, er ist da, da auf diesem Turm, da mit einem Gewehr und einem Schießbefehl und den Erinnerungen seiner Großmutter. Bei diesem Gedanken drückt er sich ab von der Brüstung, setzt sich auf die Bank, tastet nach dem Heft, nach der kleinen Taschenlampe, schlägt das Heft auf, irgendwo, blättert vor, blättert zurück, bis sich seine Augen in dem kleinen Lichtstrahl der Taschenlampe in ein paar Worten und Sätzen verfangen.

... und so setzten wir uns in Bewegung Richtung Westen, in Berg-Dievenow noch nach Herrn und Frau Blome Ausschau haltend, dem Elektromeister, der in Fritzow alle einschlägigen Arbeiten erledigt hatte. Wir hielten in unmittelbarer Nähe seines Hauses kurz an und ich dachte in dem Augenblick nur an Blomes Gartenzwerge, die uns in früheren Kinderjahren immer so viel Freude gemacht hatten. Das Haus war abgesperrt und auch auf lautes Klopfen und Rufen meldete sich niemand. Sosehr mein Vater sich um dieses ältere Ehepaar auch sorgte, wir mussten weiterziehen. Das war unumgänglich in diesem Zug, in dem eigenmächtiges Handeln nicht hingenommen werden konnte. Bald danach kamen wir also an die Dievenow, den kleinen Fluss, östlichster Oderarm, der in den letzten Kriegswochen eine so entscheidende Rolle spielte, und fuhren über die Pontonbrücke auf den Flugplatz. Wie alle Treckfahrzeuge vor und nach uns querten wir ihn, fuhren also an der Westseite wieder hinaus, bei Frau von Wild vorbei, von ihr einen Sack mit Sachen mitgenommen, durch das Dorf West-Dievenow, dann Heidebrink, bis nach Kolzow. Es war zu keiner Zeit ganz dunkel, die Nacht war sternenklar. Der Mond wird wohl auch am Himmel gewe-

sen sein, obwohl ich mich an ihn nicht erinnere. Gegen Morgen wurde es bitterkalt, und wenn ich mich umdrehte und zurücksah, was ich aber bald zu vermeiden versuchte, sah ich Feuer am Himmel, Cammin, Fritzow?

Kam der Zug zum Stillstand, schlief ich im Stehen, nicht ganz, ich hörte noch, dass um mich herum gesprochen wurde. Frau Borchardt, hochschwanger, erzählte mir einige Tage später, dass sie sogar im Gehen schlafen konnte, wenn sie sich mit einer Hand am Wagen festhielt. Andere Frauen, die das hörten, waren entsetzt. Wie leicht konnte Frau Borchardt stolpern, und dann?

Plötzlich wurde die Fahrt für alle gestoppt, Wehrmachtsfahrzeuge kamen dem Flüchtlingszug entgegen und die Sonne ging auf. Wunderschön war der Augenblick, als die Sonne sich im Osten über den Horizont schob. Auf der ausgedehnten Heidefläche sah man jetzt Treckfahrzeuge so weit das Auge reichte.

Die Pferde wurden gefüttert. Wasser für Menschen und Tiere herangeschafft und auf schnell errichteten Feuerstellen – unsere Franzosen erwiesen sich als Meister in dieser Art zu improvisieren – kochte bald Wasser für warme Getränke, an die kein anderer Anspruch gestellt wurde, als der, dass sie heiß waren. Wir hätten auch heißes Wasser getrunken. Verfroren waren wir bis ins Mark, auch weil wir so müde waren.

Gunhild und ich mussten sodann einen kriegsmäßigen Zustand kennenlernen, der uns, bis dahin in gepflegter Zivilisation behütete Kinder, in tiefste Verzweiflung stürzte. Die Landschaft, fast so weit man sehen konnte, war mit menschlichen Fäkalien verdreckt. So unfein es auch ist, so etwas zu beschreiben, habe ich doch bis heute nicht vergessen, wie wir, vor Ekel und Entsetzen vor uns hin weinend, fast einen Kilometer vom Treck wegliefen, um einen Platz zu finden, an dem wir unsere eigenen Bedürfnisse erledigen konnten. An dem Tag waren wir auch noch mit der Angst belastet, die Trecks könnten inzwischen weiterziehen.

Das allerdings erwies sich als unbegründet, weil wir an dieser Stelle vierzehn Stunden warten mussten. Darüber hinaus merkten wir später, dass ein schneller Fußgänger den Treck mühelos wieder einholen konnte. An diesem Morgen aber war alles neu und schrecklich.

Die Trecks standen da also auf der Heide, frei und ohne jede Deckung, und bei dem guten Wetter konnten die feindlichen Flugzeuge in großer Höhe von uns gut beobachtet werden. Wir von oben sicher auch. Da aber am 6. März nichts passierte, werden die Alliierten an dem Tag wohl andere Ziele gehabt haben. Der Lindwurm entging ihnen ja nicht.

An die verdreckte Landschaft gewöhnten wir uns später notgedrungen, aber erstaunen konnte es doch nicht, dass sehr bald Krankheiten auftraten.

Der Tag begann warm und sonnig und man hätte mit einer Decke auf der Wiese schlafen können, wenn diese, wie schon erwähnt, nicht so entsetzlich verschmutzt gewesen wäre. Unsere Frau Wippermann, ebenso müde wie wir alle, gab nicht auf und fand schließlich eine saubere windgeschützte Mulde, in der unsere Familie eine Weile schlafen konnte. Lange ging das allerdings nicht, weil wir sehr schnell spürten, dass der Boden noch zu kalt war.

Gegen Abend zogen Wolken auf, dann kam ein eisiger Wind auf von der See her, und als bald einmal zum Weiterfahren aufgefordert wurde, war es pechdunkel und, was noch viel scheußlicher war, es begann leicht zu regnen und wurde sofort spiegelglatt. Nicht nur rutschten die armen Pferde dauernd aus, sondern auch wir Fußgänger, wir schlitterten neben den Wagen her. Aber wir mussten weiter. Alle mussten weiter in dieser rabenschwarzen Nacht, in der nur die entgegenkommenden Wehrmachtsfahrzeuge durch die kleinen Schlitze ihrer Lampen den Weg manchmal ein bisschen beleuchteten.

Der Soldat legt die Taschenlampe auf die Seite. Er hört den Regen auf dem Blechdach, spürt die Kälte in den Beinen. Einen Moment lang fragt er sich, ob ihm kalt geworden ist, weil er von dieser Nacht gelesen hat, eisiger Wind und Regen und seine Großmutter, ein vierzehnjähriges Mädchen, Kilometer um Kilometer zwischen den Wagen gehend, rutschend, er fragt sich, ob diese Bilder ihm die Kälte in die Beine gejagt haben oder ob es wirklich kälter geworden ist, jetzt nach Mitternacht. Er tastet nach seinem Rucksack, zieht die Wolldecke heraus und legt sie sich über die Knie. Die warme Decke, die trockene Decke, der Soldat hat das Gefühl, privilegiert zu sein, vor allem, nachdem er die Aufzeichnungen seiner Großmutter gelesen hat, jetzt mit den Bildern dieser Menschen in seinem Inneren, die damals nass und durchfroren über die nächtlichen Straßen zogen. Der Bäcker fällt ihm ein, er hat keinen anderen Namen mehr für den Schatten, für den Mann, der ihm im Blitzlicht gegenübergestanden ist. Hat er eine warme, trockene Decke? Oder ist er in der Kälte und dem Regen unterwegs in dieser Nacht auf der anderen Seite der Grenze, vielleicht mit seiner Familie, vielleicht mit einer Tochter, vielleicht vierzehn Jahre alt? Er atmet tief aus, der Gedanke quält ihn. Unruhig tastet er auf der Bank nach dem Päckchen mit den Zigaretten, überlegt es sich anders, greift in die Seitentasche des Rucksacks und nimmt den Flachmann heraus. Der Schnaps schießt scharf durch seine Kehle, er nimmt noch einen Schluck, bevor er die kleine Blechflasche im Rucksack verstaut. Mit tastenden Fingern greift er nach der Taschenlampe und ihr Lichtkegel zeigt seinen Augen den Weg nach Norden, nach Osten, zurück in der Zeit.

Was für eine Nacht lag hinter uns, so kalt und so deprimierend und schwierig. Sie schien kein Ende nehmen zu wollen. Morgens kamen wir nach Neuendorf auf Wollin, Seebad an der Ostsee. Die Pferde mussten dringend rasten und fressen und wurden fürsorglich mit Decken und Mänteln zugedeckt, weil sie von der Anstrengung der Nacht total nassgeschwitzt waren, schrecklich zitterten und vom Meer her ein eisiger Wind wehte. Den Tieren wurde selbstverständlich das Opfer gebracht, den Mantel auszuziehen und selbst zu frieren. Ohne unsere Pferde hatten wir keine Chance, und zu viele lagen schon tot am Straßenrand.

Wir waren mit unserem Treck am Rande einer Kurstraße aufgefahren und betrachteten die Häuser, deren Fenster und Türen mit Brettern vernagelt waren. Das war eine Methode, die Häuser im Winter zu schützen, die wir aus unseren Dievenows auch kannten. Bei einem Haus war das alles aufgebrochen worden und sogar die Fensterscheiben eingeschlagen. Wahrscheinlich von Flüchtlingen auf der Suche nach Schutz vor dem Wind und nach Wärme, vielleicht auch in der Hoffnung, etwas Essbares zu finden. Das allerdings wird vergeblich gewesen sein, diese Häuser waren im Winter drinnen so kalt wie draußen. Sie waren für Sommergäste gebaut worden. Die Speisekammern waren selbstverständlich leer, das Wasser abgestellt, weshalb die Toiletten hier so aussahen wie die Heide von Kolzow, nur noch schlimmer, weil die Natur doch noch ein bisschen gnädiger verdeckt, was hier auf dem Steinboden ausgebreitet war.

Auf einem Fensterbrett lag, notdürftig eingewickelt, ein neugeborenes totes Kind, dessen Anblick …

Die Augen des Soldaten rutschen ab, können sich nicht mehr festhalten an den kleinen Buchstaben, die seine Großmutter in Reih und Glied über dieses geduldige Papier geschickt hat. Der kleine Strahl der Taschenlampe geht ins Leere, genauso wie der Blick des Soldaten, weg von dem Heft, nach vorne in die Nacht gerichtet, die schwarze Nacht, die allerdings keine Erlösung bietet, sondern nur eine Leinwand für die wild durch seinen Kopf rasenden Bilder ist. Er legt das Heft und die Taschenlampe neben sich auf die Bank, stützt die Ellenbogen auf die Knie, legt den Kopf in die Hände. Weint er? Er weiß es nicht. Er sitzt einfach da und da und da. Der Regen, die Nacht, ein leichter Windstoß von der Seite, ihm ist kalt und er lehnt sich zurück, zieht die Decke hoch bis zum Kinn, dann, in einem kindlichen Anfall sogar über den Kopf, so als könnte diese Decke die Bilder in seinem Inneren zudecken, zum Schweigen bringen, zum Stillstand zwingen, aber er weiß, dass das sinnlos ist und er springt auf. Da ist der Impuls, den er so gut kennt, der Impuls zu gehen, gehen und gehen und gehen, oder sollte er sagen, flüchten und flüchten und flüchten. Es ist ihm egal, welches Wort besser passt, er weiß nur, dass dieser kleine Turm keinen Platz für Schritte bietet, dass es keine Chance gibt, hier dieser Enge, diesem Gefängnis zu entgehen. Aber er muss hierbleiben, hier auf seinem Posten, mit Gewehr und Schießbefehl, denn die Nacht ist voll mit Menschen, Menschen auf dem Weg, allen voran ein Bäcker vielleicht mit einer vierzehnjährigen Tochter, im Regen, in der Kälte, in der Nacht, und er schlägt wütend mit der Hand auf die Brüstung, einmal, noch einmal, er müsste schreien, aber er beißt sich auf die Lippen und zwingt sich, sich hinzusetzen, tief einzuatmen, langsam auszuatmen, noch einmal und noch einmal, aber die Unruhe ist zu groß, zu groß für solche Übungen. Ein Griff zum Rucksack, der Flachmann, ein Schluck, dann eine Zigarette, das Feuerzeug flammt auf, ein erster Zug, die Decke, vorher achtlos auf den Boden geworfen, wieder über die Knie gelegt, den Rauch nach oben geblasen und Nacht und Regen und Gewehr und Auftrag.

EIN UHR

Es gibt Worte, die uns manchmal anfallen, unser Denken in Haft nehmen und nicht mehr freigeben. Man kann diese Worte nicht rechtzeitig erkennen, sie mischen sich in eine lange Reihe von anderen Worten, unauffällig. Ihre Bedeutung wird erst klar, wenn man sie gelesen hat und dann ist es zu spät, dann wird man sie nicht mehr los. Von den ahnungslosen Augen angehoben und aufgenommen, ihr Schriftbild ans Gehirn geschickt und im Kopf entschlüsselt, laden sie sich auf mit Schicksal, mit Vergangenheit, behängen sich mit Bildern, alten Bildern, unerwünschten Bildern, die die Gedanken im Kreise jagen, so wie ein Rudel Wölfe eine Herde großer Tiere in Bewegung bringt und sie umkreist. Irgendwann drohen diese Bilder von innen zu platzen, alles zu zerreißen, denn sie sind zu groß, zu schwer, um geborgen zu werden, auch für den Soldaten, der auf dem Turm hin und her gehen würde, wenn der Turm das gestattete, aber so bleibt ihm nur das Aufspringen von der Bank, dieser eine Schritt nach vorne an die Brüstung, umdrehen, mit dem Rücken zum freien Feld stehend, die Hände hinter dem Körper auf dem Geländer aufgesetzt. Er atmet schwer, beugt sich vor zum Rucksack, zur Bank, eine Zigarette, das Feuerzeug, eine Flamme, ein Zug, und die alles verschweigende Nacht in seinem Rücken. Nur mühsam gelingt es ihm, sich etwas zu beruhigen, aber mit dem Rücken zum

Zaun, zur Grenze, das bringt ihm die nächste Unruhe, dieses Gefühl, nicht zu wissen, was hinter ihm im Dunkeln passiert. Er dreht sich ruckartig um, stützt sich mit den Ellbogen auf der Brüstung ab, und auch wenn er genauso wenig weiß, was vor ihm im Dunkeln passiert, so ist er doch ruhiger in dieser Position, in der er, was immer da kommen mag, Hirsch oder Bäcker, entgegenschauen kann. Er raucht die Zigarette fertig, bemüht sich, langsam zu rauchen, jeden Zug zu genießen, aber es ist schwierig, zu sehr wühlt es in seinem Inneren, sieht er das vierzehnjährige Mädchen, das seine Großmutter ist, mit ihrer Schwester dastehen, stumm auf dieses kleine tote Wesen blickend, dem die Welt nicht einmal einen Blick gestattet hat, vielleicht in dieser Situation auch aus Mitleid, ein Akt der Gnade.

Ein seltsamer Gedanke, denkt er sich und schüttelt den Kopf und will gar nicht so denken wie er denkt, aber das erlebt er öfters. Die Gedanken sind oft schneller als das Verstehen. Er wirft die fertig gerauchte Zigarette in die Regennacht, der kleine Lichtpunkt erlischt sofort, erreicht nicht einmal den Boden.

Der Soldat dreht sich um, setzt sich auf die Bank, sieht, dass die kleine Taschenlampe, die er achtlos neben sich auf die Bank gelegt hat, noch immer brennt, schaltet sie aus und ist für einen Augenblick wieder gefangen in dieser absoluten Finsternis, in dieser Abwesenheit von Bildern und auch in der Abwesenheit von Tönen. Nein, das ist nicht ganz richtig, der Regen prasselt und das ist immer zu hören, aber alles, was immer zu hören ist, nähert sich der Stille an, weil es nicht mehr wahrgenommen wird im Kopf. Schon gar nicht, wenn dieser Kopf so viele andere Dinge zu bewältigen hat, Worte, die sich aufgebläht haben, die plötzlich eine ungeheure Dimension aufweisen und sein Denken in Besitz nehmen. Das Wort »Neugeborene« belagert ihn, gräbt all diese Bilder aus, diese Bilder in Weiß, das Zimmer ist weiß, die Geräte weiß, die Krankenschwester in ihrer weißen Kleidung, die ihm mit einem Lächeln dieses Etwas entgegenhält, mit einem weißen Tuch umhüllt, dieses Etwas, sein Sohn. Er greift unsicher zu, mit ausgestreckten Armen, jede Hand unter einer Achsel dieses Säuglings, und verblüfft stellt er fest, dass sich auf dem Rücken des Babys seine Finger berühren. Schräg dahinter in einem Bett, den Kopf hochgelagert, seine Frau, die Augen geschlossen, das Gesicht gerötet und aufgeschwollen, Schweißperlen auf ihrer Stirn.

»Alles in Ordnung, Ihre Frau braucht jetzt nur Ruhe«, sagt die Schwester von irgendwoher und er blickt auf seinen Sohn in seinen Armen und merkt, dass er die Arme immer noch ausgestreckt hält, so als ob er das kleine Wesen von sich weg halten wollte. Er ist irritiert und da ist schon die freundliche Stimme der Schwester.

»Sie können ihn ruhig an sich drücken.«

Seine Arme folgen ihrer Stimme, langsam, unendlich langsam schwebt dieses kleine Kind auf ihn zu und er lässt es geschehen, dass der Kopf des Kindes auf seiner Schulter liegt und die Krankenschwester seine eigene Hand nimmt und vorsichtig hinten auf den Kopf des Säuglings legt.

»Den Kopf müssen Sie immer beachten, stützen«, erklärt sie, »aber sonst, machen Sie sich keine Sorgen, diese Kleinen sind viel stabiler als sie aussehen. Glauben Sie mir.«

Sie dreht sich um, geht ihm voran in ein anderes Zimmer, wo sie ihm den Kleinen abnimmt und vor sich auf einen Tisch legt. Er ist froh darum, froh, dieses seltsame kleine Wesen nicht mehr in seinen Armen halten zu müssen, und fühlt sich schrecklich bei diesem Gedanken.

Er ist Vater geworden, zum ersten Mal, das ist sein Sohn, sein erster Sohn, sein Erstgeborener, da müsste er doch ganz anders reagieren. Was machen andere Väter in dieser Situation? Weinen, die Hände vors Gesicht schlagen oder den Kleinen an sich drücken und im Zimmer herumhüpfen oder gelassen, aber mit leuchtenden Augen zeigen, was gerade passiert ist. Er weiß es nicht. Er weiß nur, dass er immer in Schwierigkeiten kommt, wenn er das Gefühl hat, von einer Situation emotional gefordert zu sein, einer Aufgabe, einem Moment gerecht werden zu müssen. Er ist froh, als sie kurz darauf mit dem Kleinen, den die Krankenschwester jetzt trägt, hineingehen in das Zimmer, in dem seine Frau liegt, gewaschen, gekämmt und mit einem Ausdruck im Gesicht, als ihr Sohn in ihre Arme gelegt wird, an dem er sich nicht sattsehen kann, den er nicht beschreiben kann, aber der genau das ist, was er bei sich vermisst.

Er hat nachgelesen in den Tagen nach der Geburt, nachgelesen über dieses seltsame Gefühl von Fremdheit seinem eigenen Sohn gegenüber und er war erleichtert, als er herausgefunden hatte, dass das durchaus ein bekanntes Phänomen sei, dass sich das legen werde. Aber es legte sich nicht, zumindest nicht gleich, nicht in den ersten Wochen, nicht in den ersten Monaten. Sicher, er lernte alles, was notwendig war: das Kind richtig zu halten, das Kind zu waschen, das Kind zu wickeln, aber es schien alles von seinen Händen auszugehen, nicht von seinem Herzen, das immer noch darum kämpfte, dieses neue Wesen in sich einzulassen. Er tröstete sich damit, dass die Zeit eines Vaters eben später kommen werde, dann, wenn dieser kleine Bub laufen könnte, dann, wenn Fußball ein Thema würde, dann würde seine Zeit kommen. Aber er war sich nicht so sicher, und mit ihr darüber zu reden, wagte er nicht. Er hatte Angst, dass sie ihn nicht verstehen könnte, wenn er ihr gestehen würde, dass er seinen Sohn, ja was denn?, nicht liebte? Konnte er das so sagen? Er wusste es nicht, so wie er vieles nicht wusste und anfing, zuerst sporadisch, später immer öfter, aus der Wohnung zu flüchten, spazieren zu gehen, etwas zu erledigen, ohne zu wissen was, ja, hin und wieder saß er jetzt sogar im Gasthaus, im einzigen Gasthaus des kleinen Dorfes an der Grenze, lustlos, aber doch weg von zu Hause, weg von diesem seltsamen Gefühl, kein richtiger Vater zu sein. Er hatte die Hoffnung, dass ihr sein Weggehen, sein Fernbleiben auffallen müsste, dass sie ihn darauf ansprechen würde und er es vielleicht schaffen könnte, ihr zu erzählen, wie es ihm ging, aber er täuschte sich. Sie war dort, wo er gerne gewesen wäre, in der Welt mit ihrem Sohn, und sie nahm ihn, zumindest war es sein Gefühl, nicht mehr richtig wahr.

Das änderte sich an einem einzigen Abend, als der Kleine etwas mehr als ein Jahr war. Er kehrte müde nach zwei Tagen Dienst in der Kaserne zurück, schlenderte langsam über den Feldweg, über die Wiesen hin zu dem kleinen Dorf, die Straße entlang, bis er vor dem Haus stand, unschlüssig noch ein wenig in die Abenddämmerung blickte, um dieses Heimkommen und die damit verbundenen zwiespältigen Gefühle noch hinauszuzögern. Langsam stieg er die Treppe hinauf, und mit einem gekünstelt-fröhlichen »Hallo, ihr beiden!« machte er die Wohnungstür auf und trat ein. Sie waren in der Küche, der Kleine saß in seinem Kinderstuhl am Tisch, sie war in der Hocke neben ihm und versuchte, ihm etwas zu essen zu geben. Er war stehen geblieben, stand in der offenen Tür in der Küche und das war dieser Moment, der alles änderte. Der Kleine hob den Kopf, schaute ihn an, blickte unsicher auf seine Mutter, wieder auf ihn, seinen Vater unter der Tür, und er streckte seinen Arm aus, richtete seinen ausgestreckten Finger auf ihn und sagte: »Babab.«

»Ja, dein Papa«, jubelte sie und blickte zu ihm her. Er stand wie versteinert unter der Tür, sah, wie sie den kleinen Jungen mit Schwung aus seinem Stuhl nahm, auf ihn zutrat, den Kleinen auf dem Arm, und dann, ganz knapp vor ihm, zeigte sie auf ihn und fragte: »Wer ist das?«

Der Kleine fing verlegen an zu lächeln und vergrub sein Gesicht in ihren Haaren. Sie richtete ihn auf, sodass er genau auf seinen Vater sah und fragte noch einmal: »Wer ist das? Du weißt es doch?«

Wieder blickte der Kleine unsicher zwischen den beiden hin und her und legte seinen winzigen Zeigefinger auf die Lippen seiner Mutter.

»Ba...«, sagte sie überdeutlich, wohl um ihn dazu zu bringen, dieses Wort, dieses Zauberwort, noch einmal auszusprechen. Sie hatte Erfolg und der Kleine zeigte auf ihn, die Fingerspitze nur Zentimeter weg von seinen Augen, und sagte: »Babab.«

»Ja! Babab. Das ist dein Babab«, rief sie glücklich, drückte den Buben an sich und schmiegte sich, zusammen mit dem Kleinen, in seine Arme, die er geöffnet hatte, und er spürte, er wusste in diesem Augenblick, dass er nicht nur seine Arme geöffnet hatte, er spürte, das mehr aufgegangen war. Sie gab ihm seinen Sohn in die Hände, er drückte ihn an sich, wie unzählige Male zuvor, er drückte ihn an sich, wie noch nie.

Das war der Anfang gewesen, der Auslöser, das Eis war gebrochen und er konnte sich nicht satthören in den nächsten Tagen und Wochen an »Babab« und dem Lachen des Kleinen, konnte sich nicht sattsehen an seinen hellblauen Augen, an seiner Art, den Mund zu verziehen, an seiner Art, Küsse mit der Hand zu verschicken und all das, was man sonst einem Kind in diesem Alter noch beibringt, nicht weil es irgendeinen Nutzen für das Kind haben würde, nein, weil man es selber sehen will, hören will, weil man selber die Gewissheit haben will, dass man mit diesem kleinen Wesen kommunizieren kann.

Auch zwischen ihm und ihr war danach alles anders, es war gut, endlich wieder gut. Er hatte das Gefühl, dass sie wieder in derselben Welt lebten, vom Selben redeten und jeder den anderen meinte, wenn sich ihre Blicke trafen, wenn sich ihre

Lippen berührten oder ihre Körper miteinander sprachen. Vielleicht, so denkt er jetzt auf diesem Turm in der Nacht, vielleicht war das die schönste Zeit in seinem Leben, als es ein Wir gab, Familie und Zukunft und noch kein Grabstein auszusuchen war.

Der Soldat schüttelt diese Gedanken ab, Gedanken an Grabsteine, die in Reih und Glied standen und darauf warteten, ausgewählt zu werden, für ein neues Grab auf dem Friedhof in dem kleinen Dorf an der Grenze. Hektisch sucht er eine der kleinen Seitentaschen an seinem Rucksack ab, bis seine tastenden Finger fündig werden und ein kleines Stück festes Papier herausziehen. Seine Hand greift nach der Taschenlampe und er hält sich dieses kleine Stück Papier vor die Augen, in den kleinen Lichtkegel der Taschenlampe, und starrt auf das Gesicht eines kleinen Buben, auf das Gesicht seines Sohnes, in dem alles lacht, die Augen, der Mund, alles. Er hat dieses Foto immer dabei, es ist seine liebste Erinnerung an den Kleinen, er liebt dieses Strahlen, dieses Lachen in diesem Gesicht, auch deshalb, weil dieses Strahlen, dieses Lachen ihm gegolten hatten, er hatte im Garten den Fotoapparat auf den Kleinen gerichtet und abgedrückt. Es ist das letzte Foto gewesen.

Die Schultern des Soldaten fangen an zu zucken. Er legt Foto und Taschenlampe achtlos neben sich auf die Bank und presst seine Handballen auf die Augen, als könnte er damit die Tränen zurückhalten, die nach oben steigen, aus den Augen drängen. Aus seiner Uniformjacke zieht er ein Taschentuch und reibt sich damit über die Augen. Dann steht er auf, ein blinder Impuls zu gehen, zu flüchten, aber das ist unmöglich, hier auf diesem Turm, auf diesen wenigen Quadratmetern, die ihm bleiben für den Rest der Nacht. Die Nacht, die kalt zu werden droht, nass und feucht und lang und einsam. Er atmet tief ein und tief aus, langsam, versucht, sich zu beruhigen, aber es ist fast unmöglich, zu aufdringlich die Bilder an diesen letzten Nachmittag im Garten, dieser letzte Nachmittag mit Wir und Familie und Zukunft, der letzte Nachmittag, bevor sie verstummte und er anfing, wegzugehen.

Plötzlich ist Wind da, eine Bö von der Seite, kalt und feucht. Der Soldat schaudert und zieht sich den Kragen seiner Uniformjacke am Hals zusammen. Gleich darauf ein nächster Windstoß und noch einer, alle von der linken Seite. Mit jedem Windstoß kommen auch die Regentropfen von der Seite. Er bückt sich, sucht in seinem Rucksack nach dem Regenüberzug und zieht ihn an. Nass werden ist das Letzte, was er will, wenn er noch stundenlang hier bleiben und mit Wind und Regen rechnen muss.

Vor dem Wind müssten sie keine Angst haben, genauso wenig wie vor dem Blitz, das hat man ihnen gesagt, die Türme sind dementsprechend gebaut, mit Blitzableitern versehen, es kann ihnen absolut nichts passieren, »ein solcher Turm ist sicher wie Abrahams Schoß«, hatte der Kommandant ihnen allen stolz verkündet.

Er denkt daran, wie der Kommandant ihnen diese Türme schmackhaft gemacht hat, wie er geschwärmt hat von ihnen, nur kein Wort über die Kälte, weil es von allen Seiten durchzieht, kein Wort über die Metallbank, kein Wort über das zu kleine Blechdach, wenn der Regen nicht gerade fällt. Aber wenn es nach den Worten des Kommandanten gegangen wäre, waren diese Türme das Paradies, absolut sicher und vielleicht, der Soldat grinst bei diesem Gedanken, sollten alle Menschen ihre Häuser verlassen und auf solche Türme ziehen. Dann wäre jeder sicher vor dem anderen.

Wenn er ihr manchmal solche Gedanken erzählt hat, hat sie ihn meistens entgeistert angeschaut, angefangen zu lachen und ihn abwechselnd »mein Philosoph« oder »mein Weiser«

genannt. Er kann sich sogar erinnern, ihr einmal von so einem Bild erzählt zu haben, dass es ihm manchmal vorkomme, als ob jeder Mensch auf einem Turm lebte und es keine Chance gäbe, wirklich nahe an einen anderen Menschen zu kommen. Sie hat ihn angeschaut, gelacht, ihre Arme um seinen Hals geschlungen, und während sie ihr Becken gegen das seine drückte, fand ihre Zunge den Weg in seinen Mund und seine Hände packten sie und pressten sie an sich. Sie löste sich von ihm, strahlte ihm ins Gesicht und sagte mit gespieltem Erstaunen: »Du hast recht, da ist wirklich ein Turm!« Und mit diesem Satz griff sie ihm zwischen die Beine und er lachte auf und sie kicherte, »zumindest ein Türmchen«, und Lippen an Lippen, Zungenspiel und zur Hölle mit allen Gedanken und Spitzfindigkeiten, zur Hölle mit Türmen und Einsamkeit, zur Hölle mit der Gedankenwichserei, jetzt wird das Leben gefeiert.

Das waren diese Augenblicke, in denen sie es schaffte, ihn zu überzeugen, dass es so etwas tatsächlich geben konnte, so etwas wie Miteinander, ein wirkliches Miteinander, so etwas wie Ineinander, so etwas wie Verstehen ohne Worte, Sprechen ohne Sätze, eine Situation, in der das Wir wirklicher war als das Du und das Ich, Leben, einfach Leben.

Der Soldat lächelt, diese Erinnerungen tun gut, diese wenigen Oasen in seinem Inneren, wo noch ein kleines Feuer brennt, wo er sich manchmal hinsetzen kann, für ein paar Minuten, vielleicht für eine Stunde, ein müder Nomade des Lebens, der sich aufwärmt, seine Hände und seine Seele. Was spricht dagegen, noch ein paar solche Oasen aufzusuchen, jetzt auf diesem Turm, der ihm manchmal so unwirklich vorkommt, dieser Turm und diese Nacht, Regen, Gewitter und ein Bäcker auf der anderen Seite der Grenze. Was er wohl gerade macht? Sitzt er unter einer Regenplane? Gehen seine Gedanken auf Reisen? Sucht er seine eigenen Oasen? Vielleicht eine warme, trockene Backstube, seine Hände in einem Teig und der Blick auf die Uhr, der ihm sagt, dass er bald nach Hause gehen kann, Frau und Kind und Garten und Apfelbaum …

Ein starker Windstoß verfängt sich fauchend in den metallenen Verstrebungen des Turms, ein hohes Singen, wenn die metallenen Rohre ins Schwingen kommen, Regen klatscht auf seine linke Seite. So wie der Wind damals im Norden doch auch von der linken Seite gekommen ist? Er denkt angestrengt nach und schließlich weiß er es, weiß es ganz sicher, ja, der kalte Wind damals ist auch von der linken Seite gekommen. Er ist rechts von ihr gesessen, auf dieser schmalen Holzbank, ist aufgestanden und auf die linke Seite gegangen, um sie vor dem Wind zu schützen. Sie hat ihn dankbar angelächelt, ihre Beine auf seinen Schenkel gelegt und sich in seine Arme gedrückt. Wind und Wasser und Wellen. Das Schiff brachte sie weg von dieser großen nördlichen Stadt, hinaus auf das große nördliche Meer, auf dem Weg zu einer Insel, die sie erkunden wollten, eine Insel mehr für Vögel als für Menschen, hatte sie ihm erklärt und erzählt, dass ihr Vater ebenso wie ihre Mutter Vogelliebhaber gewesen sei und dass sie ihre Kindheit in einem kleinen Haus auf dem Land verbracht habe, bevor die Familie in die Stadt zog, wo der rote Bus in die Straße einfuhr und die Kinder schreiend vor diesem Drachen wegliefen. Damals aber, in diesem kleinen Haus auf dem Land, waren sie in jeder freien Minute draußen an der frischen Luft, sie, das kleine Mädchen mit ihren Eltern, die Füße in Gummistiefeln, die Augen im Himmel, Vogelzug und schau!

Die Eltern hatten ihr die Vögel erklärt, die Namen, woher sie kommen, wohin sie gehen, wie man sie erkennt. Sie war dabei gewesen, wenn Tausende Goldregenpfeifer am Wattenmeer Rast machten, wenn Hunderte Störche durch den brandroten

Abendhimmel zogen oder wenn Kraniche ihren Keil in die Luft zeichneten, einer hinter dem anderen, um Kraft zu sparen.

Er hatte nichts davon gewusst, als sie ihm das erzählte, auf diesem Schiff auf der kleinen Holzbank, Wind von links. Es war kalt, sie blieben trotzdem draußen, gingen nicht so wie alle anderen unter Deck, waren einander Wärme und Halt. Die Überfahrt am frühen Morgen dauerte eine Stunde, dann stiegen sie über einen wackligen Steg an Land und er brauchte ein paar Minuten, um das Schaukeln des Schiffes zu vergessen. Sie hatte ihn beobachtet und lachte leise auf, weil ihr klar war, wie es ihm erging.

»Komm, Landratte«, schnurrte sie, nahm seine Hand und zog ihn einen schmalen Pfad auf eine kleine Anhöhe hinauf. Es hatte leicht zu regnen begonnen, weshalb sie zuerst in ein Gasthaus gingen, das auf dieser Anhöhe den kleinen Hafen und das Meer überblickte. Sie bestellte bei einem mürrisch dreinblickenden Kellner zweimal Fischsalat, obwohl er mit einer abwehrenden Geste protestierte, und sie amüsierte sich über sein Gesicht, als er vorsichtig mit der Gabel begann, in der Schüssel herumzustochern, um herauszufinden, was unter der dicken weißen Sauce war.

»Die meisten sind schon tot«, sagte sie wie beiläufig, während sie schon am Kauen war. Er schaute auf, schaute sie an, grinste.

»Die meisten?«

»Meistens«, entgegnete sie mit vollem Mund und fing an zu lachen, die Hand vor den Mund gehalten. Er sah, dass sie Probleme hatte, lachen mit vollem Mund ist keine einfache Aufgabe. Das reizte ihn, er stach mit seiner Gabel beherzt in die Schüssel, zerrte unter der weißen Sauce etwas Undefinierbares, aber Festes hervor, hielt es vor sein Gesicht, kniff ein Auge zu, dann hielt er die Gabel mit dem Stück Fisch oder was immer es auch sein mochte an sein Ohr.

»Herzschlag nur noch ganz schwach«, verkündete er mit einem ernsten Ausdruck im Gesicht und sie prustete los, schaffte es gerade noch, sich über den Teller zu beugen und den Inhalt aus ihrem Mund wenigstens dort abzuladen. Dann kam das Lachen aus ihr heraus, befreit, und er war wieder einmal gebannt von dieser ungeheuren Fröhlichkeit, die sich in solchen Situationen in ihr und aus ihr entladen konnte. Als sie sich einigermaßen gefangen hatte, nicht ohne den einen oder den anderen belustigten Blick von den Nebentischen empfangen zu haben, nahm sie einen Schluck von ihrer Cola, und als sie anfing zu reden, merkte er, wie heiser ihre Stimme war, wie rot ihre Augen.

»Verschluckt«, krächzte sie und nahm einen tiefen Atemzug, nicht ohne ihm noch ein zärtliches »Scheusal« über den Tisch entgegenzuzischen.

Der Soldat hat sich eine Zigarette angezündet, was nicht einfach ist in dem Wind, der nun regelmäßiger kommt, keine einzelnen Windstöße mehr, ein regelmäßiges Wehen, das die Regentropfen seitlich unter dem Blechdach hereinbläst. Er ist froh, seinen Regenschutz angezogen zu haben. Er will nicht noch einmal nass werden, denn er weiß, dass in der zweiten Hälfte der Nacht alles schlimmer wird: die Müdigkeit, die Kälte, die Nässe. Die Stunden vergehen langsamer, die Augen sind müde vom andauernden Starren in die Nacht, die Schatten werden unruhiger und man wird ungeduldig, je näher es in Richtung Morgen geht. Er hat bereits einige Nächte auf einem dieser Türme hinter sich, aber noch nie alleine. Irgendwie wird er sich beschäftigen müssen, sich selber wach halten, die Zeit herumbringen, bis der Pritschenwagen auf dem Feldweg anhalten wird, bis er abgelöst werden wird.

Seine Gedanken kehren zurück zu dieser kleinen Insel im nördlichen Meer, er denkt an diesen Tag mit ihr, denkt an Wind, Vögel, Brandung, an ihr Lachen, ihre Augen, ihren Körper. Leben, denkt er sich, das war einfach Leben gewesen, pures Leben.

Es hatte noch den ganzen Vormittag geregnet, aber später am Tag war die Sonne rausgekommen. Sie hatte ihn in die Hügel geführt, kannte jeden Stein, jeden Steig der Insel, auf der sie früher mit ihren Eltern so oft unterwegs gewesen war. Sie kannte jeden Vogel, auch wenn ihm freilich klar war, dass sie ihm erzählen konnte, was sie wollte, er konnte ihre Angaben nicht überprüfen. Es war ihm schleierhaft, wie man aus so einem pfeilschnellen Schatten in der Luft so viel Informationen herausholen konnte: welche Art, männlich oder weiblich oder Jungvogel, Jagd oder Balz. Aber er war fasziniert von ihrer Lebendigkeit, von ihrer Impulsivität, von ihrem Lachen, von ihrem Glücklich-Sein. Das riss ihn mit, er rannte mit ihr über die windigen Hochebenen, johlend, die Arme ausgebreitet, Gesicht im Wind, er nahm sie in seine Arme, hob sie hoch und drehte sich mit ihr im Kreis, bis ihnen beiden schwindlig war und sie lachend zu Boden sanken. Für Momente verblasste die äußere Welt, der Wind war nur noch abgedämpft zu hören, so als ob jemand eine Tür zugemacht hätte, die Welt bestand nur noch aus zwei Augenpaaren, die sich ineinander versenkten.

Der Wind, stärker geworden, holte sie zurück, zerrte an ihren Haaren, an ihren dicken Jacken, sie standen auf, drehten den wütenden Böen den Rücken zu, Arm in Arm, versuchten standzuhalten, während der Sturm sie nach vorne schob, Meter für Meter. Später flaute der Wind ab, sie gingen Hand in Hand über die Hochebene. Im Schutz eines kleinen Felsens setzten sie sich, Sonne im Gesicht. Er begann Vögel nachzuahmen, im Flug, im Sitzen, das Gefieder putzend, was sie zum Lachen brachte. Atmen und umarmen und küssen und Sonne und Wind und Vogelgeschrei, Leben, atemloses Leben.

Schließlich waren sie auf allen vieren auf eine Klippe zugekrochen und ließen ihre Blicke in den schwindelnden Abgrund fallen. Sie lagen auf dem Bauch, Seite an Seite, der Wind zerrte an ihren Haaren und an ihren Schultern und unter ihnen das blaue Meer, die Brandung, die an die Felsen krachte, Gischt. Darüber die weißen und grauen Schemen von Vögeln, die über dem schäumenden Wasser kreisten, seltsame Rufe ausstießen und auf kleinen Felsbändern oder Plateaus landeten. Er war fasziniert von diesem Anblick, fasziniert von der Möglichkeit, die Vögel von oben zu beobachten, wie sie über den Wellen segelten, wie sie sich im Sturzflug in die Fluten stürzten auf der Jagd nach Fischen und wie sie die Luftströmungen elegant ausnutzten, um zielsicher auf ihren Nistplätzen auf schmalen Felsen zu landen. Er war beeindruckt von diesem ungeheuren Durcheinander an Leben und ein Schauer lief ihm über den Rücken, als sie seine Hand fasste und drückte und ihm von den Vögeln erzählte. Drei Arten konnte sie unterscheiden: Sie erkannte Basstölpel, die erst seit gut zwei Jahrzehnten hier brüteten, Dreizehenmöwen und Trottellummen, ein Name, der ihn zum Lachen brachte und den sie ihm dreimal wiederholen musste. Sie erzählte von diesen Vögeln, erzählte, dass die Tölpel wegen ihres tollpatschigen Ganges so genannt wurden, dass sie aber ungeheuer ausdauernde und geschickte Flieger waren, die die meiste Zeit ihres Lebens auf dem Meer verbrachten und alleine zur Futtersuche oft Hunderte Kilometer zurücklegten. Er erinnert sich, dass er sich gewünscht hatte, einfach stundenlang so dazuliegen, über dem Meer, über den Vögeln, Seite an Seite mit ihr, ihre Stimme, ihre Finger in den seinen, leben eben, lieben eben.

Irgendwann hatten sie sich zueinander gedreht, jeder auf einer Seite liegend, seine Hände hatten ihren Kopf umfasst und Augen verfingen sich in Augen. Der Wind zerrte an ihren Haaren, aber sie merkten es nicht, da war nur Du und Du und

Augen und Augen und Mund und Mund. Hände, die sich langsam durch dicke Schichten von Kleidung tasteten, Hosen, etwas nach unten geschoben und immer Du und Du. Als er auf ihr lag, bereit für sie, da zog sie seinen Kopf zu sich heran und flüsterte ihm ins Ohr: »Magst du Kinder?«

»Klar«, sagte er übermütig, »bei all dem Vögeln hier …«

Sie schaute ihn irritiert an, bemerkte die Doppeldeutigkeit, ihr Gesicht verzog sich zu einem Lachen und sie begann mit den Fäusten auf seinen Rücken einzuschlagen. Gelächter, Glück im Augenblick und Haare im Wind, Vogelflug. Als sie sich beruhigt hatten, wieder eng umschlungen aufeinanderlagen, sagte sie es noch einmal: »Magst du Kinder?«

Dieses Mal blieb er ernst, schaute sie an, schaute in ihre Augen und wusste, was sie ihm sagen wollte. Er gab keine Antwort, zumindest keine Antwort mit Worten, aber er legte seine Lippen auf die ihren, küsste sie und drang in sie ein. Sie schliefen miteinander, eng umschlungen, sanft, Wind und Sonne ausgesetzt und ihre Bewegungen schoben sie mehr und mehr nach vorne, bis ihr Kopf am Rand der Klippe lag. Er sah unter sich, unter ihrem Gesicht das Meer und die Vögel und er packte sie an den Schultern, zog sie vorsichtig etwas zurück, weg von der Klippe, weg vom Abgrund, hinein in eine kleine Mulde. Und wieder das rhythmische Miteinander, wieder Wind und Sonne und als er schließlich kam, sah er ihr tief in die Augen. Dieser Augenblick ist ihm hängengeblieben, oft denkt er daran zurück und er hat das Gefühl, niemals davor und niemals danach so einen intimen Moment erlebt zu haben, so eine Nähe, so ein Wir. Passiert ist damals nichts, nicht auf dieser Insel mit all den Vögeln, passiert ist auch die Jahre danach nichts, erst die Nacht im Wald, mit dem Gebrüll der Hirsche und den Silberfingern des Mondes in ihren Haaren, erst da ist es passiert, erst da ist ihr Sohn entstanden.

Auf der Insel lagen sie noch eine Weile eng umschlungen in der kleinen Mulde, er auf dem Rücken, sie in seinen Armen, und ihr Atem hatte sich noch nicht wirklich beruhigt, als plötzlich nicht weit weg von ihnen ein Schwarm Vögel mit flatternden Flügeln aufstieg in das Blau über ihnen und ihre Körper im Flug Schatten über ihre Gesichter zogen. Er war in diesem Moment einfach nur eines, er war glücklich.

Jetzt auf dem Turm denkt er, wie seltsam das alles ist. Ein und dasselbe Ereignis ist nicht dasselbe, wenn es in einem anderen Zusammenhang passiert. Ein Schwarm Vögel, der sich nach ihrem Liebesspiel in die Lüfte schwang, war nichts anderes als ein Nebengeräusch des Paradieses, die Vögel aber, die am Anfang dieser Nacht sich flatternd in die Finsternis erhoben hatten, als hätte sie ein Schuss aufgeschreckt, hatten Fragen aufgeworfen, hatten ihn verunsichert, hatten ihm Angst eingejagt.

Der Soldat blickt auf seine Armbanduhr, es ist kurz vor zwei, er kennt sich genau, er weiß, dass das die kritische Zeit ist, die Zeit, in der ihm immer eine bleierne Müdigkeit in die Knochen fährt. Das sind die Stunden, in denen er, wenn sie zu zweit auf dem Turm sind, von sich aus das Gespräch sucht, um nicht einzuschlafen. Aber diese Nacht muss er sich alleine wach halten, beschäftigen, irgendwie, bis der Morgen kommt.

Er beugt sich vor zum Rucksack, nimmt eine Plastikdose heraus, in der er seine Jause verstaut hat, Brot, Käse, Salami, ein Ei und eine Tafel Schokolade. Dazu eine Thermoskanne mit Tee, die er ebenfalls in der Dunkelheit tastend aus dem Rucksack holt und neben sich auf die Bank stellt. Er beginnt zu essen, langsam, er will den Genuss so lange wie möglich hinauszögern, so viel Zeit wie möglich mit dem Essen und Trinken verbringen. Noch fünf Stunden, dann wird er abgelöst, im Pritschenwagen inmitten anderer Soldaten sitzend, müde und gähnend, wird er in die Kaserne gebracht, kann sich dort in das Zimmer mit den Stockbetten zurückziehen, die Vorhänge vor und schlafen. Dann können sich andere um Zäune und Grenzen kümmern, um die Gestalten, die auf der anderen Seite sind und Wege suchen, an deren Ende etwas Zukunft ist.

Er ist fertig mit dem Essen, trinkt etwas von dem dampfenden Tee und beginnt alles zu verstauen, langsam und vorsichtig, nicht nur, weil es in der Finsternis schwierig ist, sondern auch, weil er jede Tätigkeit so gut es geht hinauszögern will, noch ein paar Sekunden, noch ein paar Minuten mehr damit verbrauchen. Als er schließlich alles verstaut hat, wieder auf der Bank sitzt, den Wind spürt, den Regen spürt, wird die Müdigkeit enorm. Er legt den Kopf nach hinten, legt ihn auf eine Metallstrebe, was alles andere als bequem ist, aber zumindest kann er ihn so abstützen. Die Augen geschlossen, das Prasseln des Regens, Wind, er ahnt dunkel, dass er seine Augen öffnen sollte, aufstehen, irgendetwas machen, vielleicht ein paar Kniebeugen, vielleicht mit dem Gewehr im Anschlag und dem Nachtsichtgerät das Feld absuchen, vielleicht auch einfach nur das Heft seiner Großmutter nehmen und weiterlesen. Irgendetwas sollte er tun, aber nicht das, was er gerade macht, den Kopf nach hinten anlehnen, die Augen schließen, langsam und ruhig atmen und der Regen und der Wind, die Nacht und der Regen, der Wind und die Nacht und der Regen, der Regen, der Regen.

ZWEI UHR

Da ist jemand. Rüttelt an seiner Schulter, klatscht ihm mit einer nassen Hand ins Gesicht. Wieder und wieder. Irgendwo eine Stimme, weit weg. Er stöhnt auf, schlägt mit der Hand nach diesem Jemand, aber vergeblich, seine Hand schneidet nur durch Luft, nasse feuchte Luft und als er die Augen öffnet, bleibt es dunkel, finster. Erneut klatscht eine nasse Hand auf seine Seite und er begreift, springt auf, während seine Gedanken die Wirklichkeit einholen und mit Begriffen festmachen: Turm und Nacht und Wache und Wind.

Er atmet tief ein, ihm ist bewusst, dass er geschlafen hat. Ein schneller Blick auf die Uhr, nur wenige Minuten nach zwei, er ist also nur kurz eingenickt, da kann nicht viel passiert sein. Aber, so erinnert er sich plötzlich, war da nicht eine Stimme, irgendwie weit weg und doch ganz nah? Oder hat er das nur geträumt? Vorsichtig tastet er nach dem Gewehr, das ebenso wie der Rucksack auf der rechten Seite der kleinen Plattform steht, dort, wo der Regen auch mit der Hilfe des Windes nicht hinkommt. Er nimmt das Gewehr in die Hand, geht nach vorne an die Brüstung und starrt in die Dunkelheit. Minutenlang bleibt er so stehen, unbeweglich, den Atem anhaltend, um besser hören zu können. Eine Stimme? Hat er wirklich eine Stimme gehört? Jetzt ist es jedenfalls ruhig, nur der Regen, nur der Wind, keine Stimme, nichts, was ein Anlass zur

Beunruhigung wäre. Er bleibt trotzdem noch eine Weile an der Brüstung stehen, das Gewehr im Anschlag, so wie es wohl seine Aufgabe ist.

Der Wind ist stark jetzt, bläst beständig, treibt den Regen unter dem Blechdach herein. Ihm ist kalt, er fröstelt und er weiß, dass das nicht nur die Kälte, sondern auch die Müdigkeit ist und er fühlt sich, wie immer, wenn er nur kurz eingenickt ist, seltsam verlangsamt in allem, im Denken, in der Bewegung. Unschlüssig steht er da, Wind und Regen, das Gewehr im Anschlag. Ein neuerlicher Windstoß prallt gegen seine linke Schulter, er dreht sich ab, dreht dem Wind den Rücken zu, den Kopf eingezogen leicht nach vorne gebeugt, und stellt das Gewehr tastend und suchend in die rechte Ecke zum Rucksack, wo es geschützt vor dem Regen ist. Plötzlich ein Knacken, ein Rauschen, Stimmen, der Soldat erstarrt. Erst langsam wird ihm klar, dass es das Funkgerät ist. Das war also die Stimme, die er gehört hat, noch halb im Schlaf. Er wartet, aber da kommt nichts mehr, das Funkgerät ist ruhig, wieder gehört das Rauschen dem Regen allein.

Der Soldat setzt sich auf die Bank, müde, durchfroren, zieht sich die Kapuze des Regenschutzes über den Kopf und dreht sich etwas nach rechts, weg von den kalten, stechenden Fingern des Windes. Das Heft seiner Großmutter fällt ihm ein, er hat es zwar auf die rechte Seite der Bank gelegt, wohin kein Regen kommen sollte, aber der Wind … Plötzlich hat er Angst, dass es weggeblasen worden sein könnte, sucht tastend mit den Händen die Bank ab, findet die kleine Taschenlampe, schaltet sie ein und lässt den Lichtkegel auf der Bank hin und her tanzen. Da ist nichts, nichts, was der Lichtkegel erfassen könnte. Er richtet den Strahl der Taschenlampe auf den Rucksack und atmet auf, als er das Heft auf dem Boden der Plattform findet. Es ist trocken, erleichtert will er es in den Rucksack stecken, als sich hinten im Heft etwas löst. Erstaunt leuchtet er mit der Taschenlampe hin, hat das Gefühl, dass sich vielleicht eine Seite aus dem Heft gelöst hat, aber dann sieht er ein Kuvert. Er steckt das Heft in den Rucksack und leuchtet mit der Taschenlampe auf das Kuvert, vorne, auf die Rückseite, aber er kann keinen Namen, keine Schrift erkennen, nichts, was einen Hinweis geben könnte. Das Kuvert allerdings, selbst in diesem Licht ist das zu erkennen, ist alt, leicht verfärbt, abgegriffen. Aber es ist nicht leer, das spürt er, er steckt die Taschenlampe zwischen die Zähne, um beide Hände frei zu haben, und zieht einen Stapel kleiner Karten heraus. Erst als der Strahl der Taschenlampe auf diese Karten fällt, sieht er, dass es Fotos sind. Er legt das Kuvert neben sich auf die Bank, klemmt es unter seinem Schenkel fest, um zu verhindern, dass es ein Opfer des Windes wird, nimmt die Taschenlampe aus dem Mund und richtet den kleinen Lichtstrahl auf die Fotos.

Seine Augen folgen dem Lichtkegel durch die Nacht und durch die Jahrzehnte, denn die Fotos sind alt, schwarz-weiß, düster. Auf dem ersten Foto eine weiße, schneebedeckte Ebene, der Himmel in Grau und Weiß, kaum ein Unterschied zum Boden, weshalb der Horizont auch kaum auszumachen ist. All das gibt dem Foto ein Gefühl von Unendlichkeit. In diesem weißen Irgendwo sind vermummte Gestalten, Planwagen, Pferde, die sich in einer Linie weit über die Ebene hinziehen, bis sie alle nur noch kleine Punkte sind, kleine dunkle Punkte in der weißen Unendlichkeit, Mensch, Pferd, Wagen nicht mehr zu unterscheiden.

Das nächste Foto, ein ähnliches Bild, nur viel näher dran. Drei Frauen hintereinander, alle dicke Tücher um den Kopf gewickelt, zwei Frauen haben kleine Kinder im Arm, die dritte eine Tasche in jeder Hand, dahinter ein Pferd, ein Wagen, Schnee, kalt. Ein Foto am Bahnhof, Menschenmassen, ein Zug hinter all diesen Menschen kaum zu sehen, die Fenster geöffnet, aus jedem hängen Köpfe wie Trauben, die Luft sicher angefüllt mit Rufen und Schreien, auch wenn das Foto das verschweigt. Das nächste Bild zeigt eine Gruppe von Menschen im Gespräch mit Soldaten, die vor ihnen stehen, die Gewehre in der Hand. Er starrt lange auf das Bild, fragt sich, ob diese Soldaten auch einen Schießbefehl hatten, oder ob das 1945, denn davon geht er aus, dass diese Fotos die Flucht seiner Großmutter dokumentieren oder zumindest aus dieser Zeit und aus dieser Gegend stammen, ob also 1945 ein Schießbefehl nicht notwendig war, weil selbstverständlich. Er schaut sich das nächste Foto an, das Gesicht einer Frau, hager, die Augen unnatürlich aufgerissen, im Hintergrund ein paar Gebäude. Er fragt sich, wer diese Frau ist, vielleicht die Mutter seiner Großmutter? Vielleicht eine Bekannte von ihr?

Er muss seine Großmutter fragen, schließlich hat sie ihm dieses Heft in die Hand gedrückt und damit auch dieses Kuvert. Sie muss gewusst, vielleicht sogar gehofft haben, dass er es findet, dass er diese Fotos anschaut und dass er sie fragen wird. Vielleicht ihre Art, die unbeholfene Art eines Menschen, der immer nur am Rande lebt, stumm lebt, ein Gespräch über die Vergangenheit anzufangen.

Er schaut noch ein paar Fotos an, alle zeigen sie dasselbe: Menschen mit Kindern und Gepäck in den Armen, Menschen mit leerem Blick, Menschen auf dem Weg, Menschen auf der Flucht.

Aber es sind nicht nur Originalfotos dabei, auch ein paar Fotos, die aus Zeitungen ausgeschnitten worden sind. Er findet das Porträt eines Soldaten oder wohl eher eines Offiziers, zu viele Abzeichen hängen an seiner Brust, aber er findet keinen Namen. Dann ein Bild von Menschen auf einem freien Feld um ein Feuer gruppiert, ein Bild von zerbombten Häusern in einer Stadt, ein ausgebranntes Fuhrwerk, Kinder, um einen Tisch versammelt, erwartungsvoll vor ihren noch leeren Tellern sitzend. Das letzte Bild, auch das ausgeschnitten aus einer Zeitung, zeigt wohl eine Demonstration. Vorne zwei Männer, die ein Transparent halten, dahinter folgen andere, am Straßenrand Zuschauer. Der Soldat richtet den Strahl der Taschenlampe genau auf das Transparent und kneift die Augen zusammen. Die Schrift ist nicht leicht zu entziffern, aber indem er das Bild näher an die Augen hält, schafft er es: »Badens schrecklichster Schreck, der neue Flüchtlingstreck!«

Der Soldat atmet schwer aus, die Hand mit der Taschenlampe sinkt nach unten, der Strahl verliert sich in der Nacht. Ist es immer so?, fragt er sich. Wenn irgendwo Menschen kommen, stellen die einen Teller auf die Tische und die anderen marschieren mit Transparenten. Und manche, und bei diesem Gedanken zieht ein bitteres Lächeln über das Gesicht des Soldaten, manche stehen mit Gewehren an der Grenze und warten auf Bäcker, Maurer, Hilfsarbeiter und Ingenieure.

Er hat einmal einen Artikel gelesen, in einer Zeitung, deren Namen er vergessen hat, in dem behauptet wurde, dass der Mensch emotional immer noch reagiert wie seine Vorfahren in der Steinzeit, vor allem was das Territorium anbelangt. In dem Artikel wurde ein Beispiel genannt, das ihm hängen geblieben ist: Wenn ein Mensch in ein leeres Zugabteil kommt und die Tür hinter sich schließt, nimmt er es emotional in Besitz. Es ist nun sein Abteil. Wenn nach ein paar Minuten die Tür aufgerissen wird, jemand hereinkommt und sich auf einen der fünf freien Plätze setzt, wird dieser Neuankömmling schon als Eindringling wahrgenommen. Er hat geschmunzelt, damals, als er diesen Artikel gelesen hat, denn er wusste genau, worum es ging. Es war die Zeit, als er viele Stunden in Zügen verbrachte, diese langen Jahre, als sie hin- und hergependelt sind zwischen der großen nördlichen Stadt und dem kleinen Dorf an der Grenze, diese Zeit der Unbestimmtheit, der Vorfreude, des Reichtums, den es bringen kann, wenn man in zwei Welten gleichzeitig leben darf, diese Zeit, in der er so oft in den Zügen nach Norden und dann wieder zurück nach Süden gefahren ist, vom Dorf in die Stadt, von der Stadt in das Dorf. Er hat die Zugfahrten geliebt, voll mit Vorfreude auf dem Weg in den Norden, voll mit Erinnerungen auf dem Weg nach Süden, und er hat immer darauf geschaut, alleine in einem Abteil zu sein. Er saß einfach am Fenster, seine Augen nach außen gerichtet, die sich kurz an irgendetwas festhielten, das draußen vorbeizog wie in einem Film, dann wieder den Blick nach vorne gerichtet, bis erneut etwas die Aufmerksamkeit auf sich zog. Er genoss dieses Fahren, das Rütteln des Zuges, die Landschaften, die an ihm vorbeigezogen wurden, und, ja, er musste es zugeben, es war genau wie in dem Artikel beschrieben, er hatte keine Freude, wenn die Tür aufgerissen wurde und jemand hereinkam, grüßte oder nicht grüßte, fragte, ob ein Platz frei sei, oder gar nichts fragte. Er empfand diese Menschen als Eindringlinge, und diejenigen, die es sogar wagten, sich ihm gegenüber an das Fenster zu setzen anstatt einen der freien Sitze bei der Tür zu wählen, als unverschämt. Nicht selten stand er nach ein paar Minuten auf, gab sich den Anschein, bei der nächsten Station aussteigen zu müssen, verabschiedete sich mit einem kurzen Nicken und ging auf den Gang, nur um sich ein anderes freies Abteil zu suchen, oftmals vergeblich.

Ist das das Territorialverhalten eines Steinzeitmenschen? Der Soldat grinst in die Nacht hinein, in die dunkle, regnerische Nacht, Wind von der Seite, kalt, nass. Er richtet die Taschenlampe noch einmal auf den Stapel von Bildern in seiner Hand, zuoberst noch immer das Bild von der Demonstration, von den beiden Männern mit dem Transparent: »Badens schrecklichster Schreck, der neue Flüchtlingstreck!« Er ist amüsiert und entsetzt zugleich. Die seltsame Formulierung »schrecklichster Schreck« erheitert ihn, aber im selben Moment stößt ihn dieses Transparent und seine Botschaft ab, vor allem in Zusammenhang mit all den anderen Fotos, mit all diesen Menschen, die Kinder und ein paar Habseligkeiten in Händen halten, all diesen Menschen, denen die Heimat nicht geblieben ist. Außerdem bringt dieses Bild mit der Demonstration und dem Transparent Erinnerungen zurück, Erinnerungen, die ihn unruhig machen, die in seinem Inneren wühlen. Da sind Menschenmassen, da sind von Hass verzerrte Gesichter, da sind Parolen, wie Schlachtgesänge in die Luft geschrien, da ist eine Fackel in seiner Hand, da ist Feuer im Windrad. Dabei hatte alles ruhig angefangen, an einem Montag, als am späten Nachmittag ein Bus die ersten Bewohner zu dem alten Hotel brachte. Ein paar aus dem Dorf waren dort gestanden, unter ihnen der Pfarrer, um die Neuankömmlinge zu begrüßen. Es gab Kuchen und Kaffee, ein paar Luftballons und andere Spielsachen für die Kinder. Der Großteil des Dorfes aber schien zu schlafen an diesem späten Nachmittag, tiefe Wolken über den Feldern. Er kam gerade aus der Kaserne zurück, blieb beim Dorfzentrum unschlüssig stehen, sah die Menschen aus dem Bus aussteigen und verspürte eine seltsame Befangenheit. Kurz überlegte er, hinüberzugehen, auch eine Hand auszustrecken, einen Gruß bereitzuhalten für diese neuen Bewohner, aber er konnte sich dazu nicht durchringen, drehte sich stattdessen ab und ging die leere Straße entlang.

Das Dorf schien wie ausgestorben, aber er spürte eine eigenartige Unruhe in den Straßen, in den kleinen Gassen, er hatte das absurde Gefühl, dass sich das Dorf tot stellte, in Wirklichkeit aber hinter jedem Fenster Dutzende Augenpaare waren, die in Richtung Dorfzentrum starrten. Eigenartigerweise fühlte er sich selber bedroht und beschleunigte seinen Schritt, während die Wolken erste Regentropfen freigaben, die klatschend vor ihm auf dem Asphalt zerplatzten. Er erreichte das Haus noch rechtzeitig vor dem Wolkenbruch, stieg ohne seinen Eltern oder der Großmutter zu begegnen die Treppe hinauf in seine leere Wohnung, schloss die Tür hinter sich, trat ans Fenster und schaute nachdenklich hinaus in Richtung Dorfzentrum. Danach war einige Wochen lang Ruhe, aber es war eine angespannte Ruhe, die über dem Dorf lag. Man fing an, sich daran zu gewöhnen, dass die Bewohner des alten Hotels sich bei schönem Wetter auch auf den Straßen aufhielten, dass man ihnen begegnen konnte auf den Wegen, die das flache Land hier überall durchschnitten, dass ein paar dunkelhäutige Buben auf der Straße Fußball spielten und sich dabei in einer seltsamen Sprache gegenseitig anfeuerten. Auch der Spielplatz, auf dem nur selten Kinder gespielt hatten, wurde nun belebt. Mütter, die meisten mit Kopftüchern, saßen schwatzend auf den Bänken, die Kleinen am Rutschen, Schaukeln, Sandspielen. Und da waren drei junge Frauen, die erstaunlich modisch gekleidet durch das Dorf spazierten, Smartphones in den Händen hielten und den einen oder anderen bewundernden Blick von den jungen Burschen im Dorf und sicher auch von den älteren Männern bekamen.

Trotz allem schien schön langsam eine gewisse Akzeptanz im Dorf einzukehren, nicht unbedingt eine Akzeptanz den neuen Bewohnern gegenüber, aber eine Akzeptanz, dass die Situation nun einmal so war und man wohl einige Zeit mit dieser Notunterkunft im Hotel Windrad leben würde müssen. Bis zu jenem Tag …

Der Soldat richtet noch einmal den Strahl der Taschenlampe auf die Fotos in seiner Hand, sieht noch einmal das Bild von der Demonstration, von dem Transparent. Einen Moment zögert er, bevor er die Fotos in das kleine Kuvert steckt und im Rucksack verstaut. Er rückt auf der Bank weiter nach rechts, so weit es möglich ist, bis der Rucksack am Boden kein Weiterrücken mehr gestattet. Es sind nur ein paar Zentimeter, die er so weiter auf die rechte Seite kommt, aber alles ist ihm recht, denn der Wind wird stärker und stärker und übertönt mittlerweile sogar das Prasseln des Regens auf dem Blechdach, treibt die Regentropfen fast waagerecht unter das Dach, kleine kalte Pfeile, wenn sie sein Gesicht treffen.

Er gräbt in seinem Rucksack nach den Zigaretten, zündet sich eine an, den Kopf vom Wind abgewandt. Zufrieden bläst er den Rauch in die finstere Nacht, schaut auf die Uhr, deren Ziffernblatt in einem matten Blau leuchtet. Noch viereinhalb Stunden in dieser Nacht, noch viereinhalb Stunden auf diesem Turm, Wind und Regen und das Gewehr. Noch viereinhalb Stunden, dann wird es hell sein, wird man ihn abholen, können sich andere um den Bäcker kümmern, hat er seine Schuldigkeit getan. Er wird sich niederlegen in seinem Zimmer in der Kaserne, oben im hinteren Stockbett, später Mittagessen, Innendienst mit Berichte schreiben und am Abend endlich frei. Raus zum Tor, an dem Portier vorbei, der nur kurz von einer Zeitschrift aufblicken wird und über die Felder nach Hause gehen, langsam, wie es seine Art ist, hinein in das Dorf. Da und dort wird ihm ein Gruß entgegenlaufen wie ein kleiner Hund, aber es wird keine Gespräche geben, niemand redet ihn mehr an auf seinen Wegen, zu viel ist geschehen. Aber das ist ihm egal, ja mehr noch, es ist ihm sogar recht, er wüsste keine Antworten auf die Fragen, die niemand stellt. So wird er hineingehen in das Dorf, an dem Dorfzentrum vorbei, vorbei am Windrad, das seit einigen Wochen wieder leer ist, seit damals, vorbei an den immer noch sichtbaren Brandspuren im Erdgeschoss, bei denen alle Passanten den Kopf abwenden oder den Blick zu Boden richten. Niemand will sehen, was an diese Nacht erinnert.

Die Zigarette ist fertig geraucht, ein roter Punkt verschwindet in der finsteren Nacht, der Soldat ist tief in Gedanken. Er wirft einen neuerlichen Blick auf die Uhr, merkt, dass kaum Zeit vergangen ist, seit er das letzte Mal auf das blau leuchtende Ziffernblatt geschaut hat. Er weiß, dass die Nacht lang zu werden beginnt, dass die Zeit müde geworden ist, nur noch langsam vergeht. Er muss sich beschäftigen, irgendwie, aber so alleine gibt es nicht viel, was er tun kann. Seinen Gedanken folgen, das ja, aber sie führen meistens zu Bildern und Erinnerungen, die er nicht sehen will. Er will auch dieses alte Moped nicht sehen, an das er sich erinnert, eine alte Puch, die zum Dorfbild gehörte wie ihr Besitzer, ein alter Bauer mit Hut und Zigarre, der sich standhaft weigerte, einen Helm aufzusetzen und sein Gefährt registrieren zu lassen, sehr zum Verdruss des Dorfpolizisten, der den Alten trotzdem gewähren ließ. Dieses Moped, mit dem alles anfing, als es eines Tages nicht mehr dort stand, wo es immer stand: vor dem Bauernhof, vor der Eingangstür, das Hinterrad halb auf dem Gehsteig. Es war weg und unauffindbar und diese Nachricht verbreitete sich rasch im Dorf. Irgendwann stand ein Polizeiauto vor dem Bauernhof, irgendwann machte die Nachricht die Runde, dass jemand aus dem Hotel Windrad das Moped gestohlen habe. Noch zwei Polizeiautos kamen, mehrere Beamte gingen in das alte Hotel, während sich draußen langsam kleine Gruppen von Menschen versammelten und erregt diskutierten. Etwa eine Stunde später öffnete sich die Tür. Zwei Beamte eskortierten einen Schwarzen zum Polizeiauto und fuhren davon. Erst einige Zeit danach zerstreuten sich die Menschen vor dem Hotel, die meisten bekamen gar nicht mehr mit, dass der Mann zwei Stunden später von denselben Polizisten wieder ins Hotel zurückgebracht wurde. Über einen Freund erfuhr der

Soldat schließlich, dass gegen den Mann nichts vorgelegen sei, dass es aber die Idee des Dorfpolizisten war, einen aus dem Hotel mit dem Auto auf die Wache zu fahren, damit die Menschen sich beruhigten und zerstreuten. Das Moped blieb jedenfalls verschwunden, auch am nächsten Tag und am übernächsten. Erst am dritten Tag wurde es gefunden, hinter dem Sportplatz im Nachbardorf, intakt, aber ohne Benzin, und dem Besitzer zurückgebracht. Wer es dorthin gefahren hatte und warum, blieb im Dunkeln. Es schien auch niemanden wirklich zu interessieren, für die meisten schien klar zu sein, wer dahintersteckt.

Wohl auch für seinen Vater, auch wenn er nie ein Wort über die Bewohner des Windrads verlor. Aber es war in diesen Tagen, als er plötzlich die Schlösser austauschen ließ, als er am Abend begann, die beiden Türen ins Haus, die Haustür und die Tür, die hinten in den Garten führte, regelmäßig zu kontrollieren, ein paar Mal die Klinke bei den Türen nach unten drückte, daran rüttelte, um ja sicherzugehen, dass sie wirklich abgeschlossen waren. Es war in diesen Tagen, als er begann, in der Dämmerung an den Fenstern zu stehen und auf die Straße hinauszuschauen, auf den Garten, auf die Felder, auf die kleinen Waldstücke, die hinter dem Garten begannen, stets darauf bedacht, einen gelassenen Eindruck zu vermitteln.

Der Soldat hielt sich in dieser Zeit noch mehr im Hintergrund als sonst, beteiligte sich nicht an Diskussionen, selbst an einem Abend, als er ganz gegen seine Gewohnheit in das Gasthaus ging und an der Theke ein Bier bestellte. Das Moped war natürlich das Hauptthema und die Tatsache, dass dieser Schwarze abgeführt worden war, stieß auf große Zustimmung. Der Soldat trank sein Bier, langsam und bedächtig, rauchte seine Zigaretten und ließ sich einlullen von all den Geräuschen und Stimmen. Als er schließlich das Gasthaus verließ, es war schon tief in der Nacht, blieb er unschlüssig auf der Straße stehen. Er wollte noch nicht nach Hause, so wie er nie nach Hause wollte, seit die Welt untergegangen war, seit zwei Polizisten das Gartentor geschlossen hatten hinter einer Welt, die nicht mehr dieselbe war, die nie mehr dieselbe sein würde. Er wollte nicht nach Hause, nicht in diese kleine Wohnung unter dem Dach, die einmal Zukunft und Heimat gewesen war, erfüllt mit Kinderlachen und Kinderliedern und »Babab« und »ta« und später wenigstens noch mit ihr, auch wenn sie verstummt war und die Ränder und die Nischen bevorzugte, trotzdem war die Wohnung noch nicht leer. Bis zu jenem Morgen, an dem er die Worte ausstieß, die zu einem Grabgesang wurden und zwei Polizisten in der Mittagshitze zur Haustür schickten.

Der Soldat, auf der nächtlichen Dorfstraße stehend, schüttelte den Kopf, ein lächerlicher Versuch, diese Gedanken und Erinnerungen abzuwehren. Er wusste, dass er etwas anderes machen musste, gehen, gehen, gehen. So lief er los, damals in dieser Nacht, los von dem einzigen Gasthaus in dem kleinen Dorf an der Grenze, stieg über einen Zaun, ging leise durch einen fremden, aber verschwiegenen Garten, weil ihn diese Abkürzung schneller auf die Felder brachte, die von allen Seiten an das kleine Dorf heranbrandeten. Den kleinen Feldweg hatte er gleich gefunden, er wusste, dass er ihn kreuzen musste, wenn er nur ein paar Meter in das nächtliche Feld hinausgehen würde. Seine Schritte wurden größer, raumgreifender, trugen ihn hinaus in die Wiesen, in die Nacht, und mit jedem Schritt spürte er, wie er freier wurde und freier, die Erinnerungen blasser, weniger, bis sie schließlich verschwanden und er ganz im Gehen aufging.

Die Nacht war dunkel, der Weg kaum zu sehen. Er ging und ging bis vor ihm die kaum erkennbare Silhouette der Kaserne in den Nachthimmel ragte. Gelbe Lichtkeile fielen aus den Fenstern, wurden aber nach wenigen Metern von der Nacht verschlungen. Auf der linken Seite war es heller: der Parkplatz, erleuchtet von Straßenlaternen, die sich auf den Autos in allen möglichen Farben reflektierten. Er stand minutenlang da, unschlüssig und auch verblüfft, die Kaserne kam ihm seltsam fremd vor, obwohl sie doch seit so vielen Jahren einen zentralen Platz in seinem Leben einnahm. Schließlich drehte er sich um, ging den schmalen Weg zurück, der ihn durch ein kleines Waldstück und über die Felder zum Dorf führen würde, so wie schon Hunderte Male zuvor. Er ging langsamer als auf dem Weg hierher, er hatte keine Eile, wusste, dass am Ende dieses Weges nur eine kleine Wohnung mit einer ungeheuren Leere auf ihn wartete. Wieder einmal war ihm klar, dass er etwas verändern müsste, aber vielleicht war dieser Gedanke schon falsch, vielleicht sollte er denken, dass er etwas verändern musste, sofort, am besten nicht nur etwas, am besten alles. Er hatte schon oft daran gedacht, wegzugehen, in ein anderes Land, in ein fremdes Land, möglichst fremd, Wüste oder ewiges Eis, einfach irgendetwas, das ihn mit so fremden Landschaften empfing, dass seine inneren Bilder keine Möglichkeit hatten, daran anzuknüpfen, die Erinnerungen an etwas Ähnlichem oder Bekanntem festzumachen, so wie es ihm hier in diesem Dorf jeden Tag und in der Wohnung in jeder Minute passierte.

Mit diesen Gedanken ging er über das Feld, langsam, Schritt für Schritt, Nacht im Gesicht und den leichten Wind als Gefährten. Es war nicht mehr weit bis zum Dorf, die Lichter der Straßenlaternen zeichneten erste Konturen von Häusern in die Nacht, als er plötzlich stehen blieb. Irgendetwas hatte ihn gestoppt, irgendetwas war anders, da vor ihm in der Dunkelheit, ohne dass er es benennen hätte können. Er war kurz vor dem Dorf, nur wenige Meter, bis der schmale Weg zwischen zwei privaten Grundstücken hindurch, rechts und links eingezäunt, auf die Dorfstraße ging. Vor ihm im Dunkeln, da war etwas, da war Bewegung im Bewegungslosen, da waren leise Stimmen. Der Soldat verstand nichts, aber er war seltsam beunruhigt. Nur selten begegnete ihm jemand auf seinen nächtlichen Wegen und wenn, dann wusste man sofort, wem man gegenüberstand, das Dorf war ja nicht groß. Aber diesmal schien etwas anders zu sein. Er hörte die flüsternden Stimmen, seine Unruhe steigerte sich. Endlich gab er sich einen Ruck, ging weiter, langsam weiter in Richtung der leisen Stimmen. Plötzlich schälten sich zwei Gestalten aus dem Umhang der Nacht, undeutliche Schemen, sie bewegten sich nicht, immer noch ihre Stimmen, sie schienen ihn nicht bemerkt zu haben. Er ging vorsichtig noch ein, zwei Schritte näher, dann stoppte er ab. Er war nur noch wenige Meter von den beiden entfernt, die sich als dunkle Schatten vor dem weiter hinten liegenden Licht der Straßenlaternen abzeichneten. Es war niemand aus dem Dorf, das war ihm plötzlich klar, auch deshalb, weil ihre Gesichter dunkel blieben, wenn sie den Kopf etwas drehten und das Licht sie von der Seite traf. Die sind aus dem Windrad, schoss es ihm durch den Kopf, und in diesem Augenblick versiegten die Stimmen in der Stille der Nacht, die beiden hatten ihn bemerkt. Er atmete tief ein, setzte sich in Bewegung. Er würde auf die beiden zugehen, die Hand heben, »Hallo« sagen, vielleicht sogar gleich »Hello«, er würde ihnen eine Zigarette anbieten, mit ihnen ins Gespräch kommen, Namen erfragen, die man an die Gesichter hängen konnte, um sie damit persönlicher und menschlicher zu machen. Wenn er das nächste Mal durch das Dorf gehen würde, wüsste er, der da drüben auf der anderen Seite ist der, den sie mit Stacheldraht ausgepeitscht haben, bevor er fliehen konnte. Und er würde sich an die Wunden auf seinem Rücken erinnern, die er ihm im schwachen Schein der Straßenlaterne gezeigt hatte, in dem er das Hemd hochgezogen hatte. Und er wüsste, dass der andere der ist, dem Frau und Kinder in einem

Bombenangriff zerfetzt wurden. Dann würde er einen Gruß über die Straße schicken können, einen Gruß für die beiden, die Namen und Geschichte hatten.

Noch zwei Schritte bis zu den beiden. Sie drückten sich mit dem Rücken an den Maschendrahtzaun, machten Platz für den ihnen unbekannten Schatten, der Weg war schmal zwischen den beiden Grundstücken. Noch einen Schritt und er würde die Hand heben und »Hallo« oder »Hello« sagen und er machte diesen Schritt, aber keine Hand ging nach oben und er machte noch einen Schritt und kein »Hallo« und kein »Hello«. Er ging einfach weiter, an den beiden vorbei, die stumm an der Seite standen, den Blick gesenkt. Vielleicht war da ein leichtes Nicken seines Kopfes, er wusste es nicht, vielleicht ein leises Murmeln, eine Andeutung eines Grußes, er wusste es nicht, er wusste nur, dass er vorbei war an den beiden und dass er erleichtert aufatmete, als er aus dem engen Weg hinauskam auf die Dorfstraße, Straßenlaternen, helles Licht, Vertrautes. Irritiert ging er weiter, irritiert über sein Verhalten, über seine Angst, die ihn plötzlich befallen hatte, irritiert über die Befangenheit, als er an den beiden vorbeiging, grußlos, wortlos, blicklos. Er ärgerte sich über sich selber, drehte sich kopfschüttelnd um und ging zurück zu der Stelle, an der der schmale Weg von der Straße weg und zwischen den beiden Grundstücken hindurch auf die Felder führte. Aus der Jackentasche zerrte er die Zigarettenschachtel, ging hinein in diesen engen Weg, entschlossen, diesmal die Hand zu heben. Er erreichte das Ende des Durchgangs, seine Schritte immer langsamer werdend, doch da war niemand, keine Männer, keine Schatten, keine Stimmen. Ein paar Schritte ging er in das offene Feld hinaus, blieb dort stehen und starrte in die Dunkelheit, lauschte in die Dunkelheit, aber da waren nur Nacht und Wind und der Gesang der Grillen, die beiden Männer waren weg.

Nachdenklich zündete er sich eine Zigarette an, ein einsamer roter Punkt im Universum der Nacht. Er rauchte eine zweite Zigarette, auf demselben Platz stehend, die Augen in die Nacht gerichtet. Schließlich gab er auf, drehte sich um, folgte dem schmalen Durchgang auf die Dorfstraße. Alles war ruhig, das Dorf schien tief zu schlafen, keine Männer, keine Schatten, keine Stimmen. Langsam schlenderte er nach Hause, langsam stieg er die Treppe hinauf in seine kleine Wohnung, in der er noch lange am Fenster stand und in die Nacht hinausblickte. Es wurde eine lange Nacht, eine schlaflose Nacht, eine von vielen. Nachdem er lange und unbeweglich am Fenster gestanden war und hinausgeschaut hatte, setzte er sich im Wohnzimmer auf das Sofa, und wie zufällig fiel sein Blick auf die unterste Schublade der Kommode. Er wusste, was da drinnen war, er wusste, weshalb er diese Schublade niemals öffnete. Er hatte alle Bilder, Fotos, Briefe, alles, was Erinnerungen auslösen könnte, da hineingeräumt. In der Wohnung gab es sonst nichts mehr, was ihn erinnern könnte an das, was er einmal Familie, Leben, Zukunft genannt hatte. Die ungeheure Leere, die die Wohnung jetzt ausstrahlte, war schmerzhaft, aber sie war ihm lieber, als ständig durch Fotos und andere Erinnerungsstücke mit der Vergangenheit konfrontiert zu werden.

An diesem Abend war es aber anders, plötzlich anders. Er starrte lange auf die Schublade und ihm war klar, dass er sie öffnen würde, dass er eintauchen würde in die Vergangenheit, in dieses Wir, das nicht mehr existierte, zerbrochen war in tausend kleine Splitter.

Der Soldat auf seinem Turm erinnert sich mit gemischten Gefühlen an diese Nacht, die im Gasthaus begann, ihn über die Felder führte, an den beiden Schatten vorbei und in der Wohnung schließlich in die Vergangenheit. Er kann sich nicht mehr erinnern, wie lange er auf dem Sofa saß, wie lange es dauerte, bis er sich endlich den Ruck gab und das tat, was sich in seinem Inneren längst als Entscheidung formuliert hatte, wie lange es dauerte, bis er aufstand, die wenigen Schritte zur Kommode ging und sich davor im Schneidersitz auf den Boden setzte. Wahrscheinlich saß er da in dieser Position noch einige Minuten, vielleicht auch länger, bis er die Schublade herauszog und in ein Meer aus Bildern stürzte.

Das Erste, was ihm in die Hand fiel, waren ein paar Fotos von ihr, die er bei einem Spaziergang durch die große nördliche Stadt gemacht hatte. Er hatte diese Fotos, wie auch alle anderen später, mit ihrem Fotoapparat gemacht, ein analoges Gerät, dessen Fotos noch in diversen Fachgeschäften entwickelt werden mussten. Sie verweigerte sich einer digitalen Kamera, ganz zu schweigen von der Möglichkeit, mit dem Handy Fotos zu machen. Lange betrachtete er ihr Gesicht auf diesen Bildern, meistens lachend, wenn sie bemerkte, dass er die Kamera auf sie gerichtet hatte, manchmal auch mit einem Schmollmund, gespielte Empörung vor der Kamera, manchmal mit einer Körperhaltung, die wohl die übertriebenen Haltungen von Models bei irgendeinem Shooting parodieren sollte. Dann ein Foto, das er liebte: Sie war auf ein lebensgroßes Pferd aus Bronze geklettert, eine Skulptur in einem Park, saß auf dem Metalltier, den Rücken steif durchgedrückt und, wohl in Anspielung auf seinen Beruf, hatte sie die Hand salutierend an die Stirn gelegt. Ihr Gesicht war ernst, aber man sah ihr an, wie schwer es ihr fiel, nicht lauthals loszulachen.

Nicht auf dem Foto, aber in seiner Erinnerung das, was gleich danach geschah. Ein Schrei in ihrem Rücken, ein Mann in einer Uniform kam auf sie zu, fuchtelte mit den Armen. Sie sprang vom Pferd, schnappte ihn an der Hand und gemeinsam rannten sie los durch den Park, lachend wie zwei Kinder, die Äpfel gestohlen hatten und wussten, dass sie der schreiende Bauer nicht einholen würde. Erst am Rande des Parks blieben sie stehen, fielen erschöpft ins Gras und lachten, bis ihnen die Tränen kamen.

Tränen hatte auch der Soldat in seinen Augen in dieser Nacht, als er vor der geöffneten Schublade saß und sich durch die Erinnerungen wühlte. Lange starrte er auf ein Foto, das er von ihr gemacht hatte, ein paar Tage vor der Geburt ihres Sohnes. Er hatte sie von der Seite fotografiert, sie hatte die Hände flach auf ihren großen Bauch gelegt und schaute aus den Augenwinkeln heraus auf die Kamera. Ihr Gesichtsausdruck auf diesem Foto faszinierte ihn. Es war ein Ausdruck, der ihm fremd war, den er sonst nie an ihr wahrgenommen hatte. Er suchte nach Worten für diesen Ausdruck, doch er fand keine, die wirklich gepasst hätten. Vielleicht Begriffe wie Verletzlichkeit, Melancholie, aber das war so unpassend für die zupackende und fröhliche Frau, wie er sie in Erinnerung hatte, dass er das Gefühl hatte, auch diese Worte konnten den Ausdruck in ihrem Gesicht nicht passend beschreiben.

Später, das Schwarz vor den Fenstern begann schon langsam sich aufzulösen, der Tag schickte seine ersten Botschafter, später also fand er Fotos von seinem Sohn. Als Erstes das Bild, das noch im Krankenhaus gleich nach der Geburt gemacht worden war. Er starrte auf das Bild, auf das Gesicht seines Sohnes, das ihm jedoch so fremd vorkam, wie ihm das Kind auch in den ersten Monaten seines Lebens fremd geblieben war. Aber andere Fotos kamen, Fotos, die wie Nadeln in sein Inneres fuhren: der Kleine im Kinderstuhl, die Hand ausgestreckt auf den Fotografen gerichtet, ein Porträt mit riesig aufgerissenen Augen, die neugierig und arglos nach vorne blickten, ein Bild, wie der kleine Junge im Gras saß, nackt bis auf die Windeln, und völlig in seiner Welt versunken einer gelben Blume die Blätter ausriss.

Und auch dieses eine Bild, dieses letzte Bild von ihm, das strahlende Kindergesicht, die blonden Locken, die der Kleine wohl von seiner Mutter hatte, die Augen auf die Kamera gerichtet, auf den Mann gerichtet, der sein Vater war und gerade, ohne es zu wissen, das letzte Foto von seinem Sohn schoss. Im Hintergrund Garten und Pool, Sonnenlicht auf dem Rasen in seltsamem Kontrast zu den schwarzen Wolken, die sich am Horizont bereits drohend auftürmten.

Der Soldat saß vor der Kommode im Grauen des Morgens, im Grauen dieses Augenblicks, das Foto vor sich auf dem Boden, den Kopf in die Hände gestützt, weinend. Als der erste Sonnenstrahl ein blasses Licht in das Wohnzimmer schickte, waren seine Tränen versiegt. Er saß nur unbeweglich da, lange, bis die Sonne mit ihren zarten Strahlen auch sein Gesicht berührte, seine Wangen, auf denen die Tränen getrocknet waren. Langsam stand er auf, er fühlte sich leer, ausgelaugt, begann mit mechanischen Bewegungen die Bilder und Fotos in die Schublade zu räumen, ohne System, er wollte nur möglichst schnell alle da drinnen haben und die Schublade schließen. Aber alle Bilder legte er nicht zurück: das eine Bild, dieses letzte Bild von seinem Sohn, behielt er bei sich und es begleitet ihn seitdem jeden Tag, in der Geldtasche oder im Rucksack, auf seinen Wegen im Dorf, bei seinen seltenen Besuchen im Gasthaus, bei seinen wenigen kurzen Reisen in die Hauptstadt, im Dienst in der Kaserne, im Dienst auf den Türmen, immer hat er dieses Bild dabei, dieses lachende Kindergesicht, während sich im Hintergrund schon die schwarzen Wolken versammeln. Auch gestern Abend im Pritschenwagen war es dabei, im Pritschenwagen, der ihn und seine Kameraden an die Grenze gebracht hatte, beim Gang über die Wiesen und Felder bis zu seinem Turm war es dabei, sicher verstaut in der Seitentasche seines Rucksacks. Als er auf den Turm stieg, war es dabei und es war da, ganz in seiner Nähe, als irgendwo Vögel aufflatterten, als hätte sie ein Schuss erschreckt.

DREI UHR

Manchmal ist das Entsetzen schneller als die Gedanken und Worte, die es beschreiben können. Es ist da, plötzlich, wie aus dem Nichts. Die Haare sträuben sich im Nacken, eine unerklärliche Unruhe und Beklemmung im Inneren, Angst. Irgendetwas …

Der Soldat steht auf, macht erregt einen Schritt nach vorne ans Geländer, starrt in die Dunkelheit, die Ellbogen auf die Brüstung gestützt, das Gesicht von dem wütenden Wind etwas weggedreht. Irgendetwas …

Er versucht sich zu konzentrieren, die Stirn in Falten gelegt, da ist etwas, das tiefe Beunruhigung in ihm auslöst. Seine Augen können das Dunkel vor ihm nicht durchdringen, er konzentriert sich auf Geräusche, aber nur der Regen, nur der Wind und doch irgendetwas …

Der Soldat greift beunruhigt nach dem Gewehr in der Dunkelheit, nimmt es langsam zu sich, richtet den Lauf in die Nacht, ohne auch nur die Ahnung eines Zieles zu haben. Trotzdem, das Gewehr tut gut, beruhigt ihn, denn da ist irgendetwas …

Er denkt angestrengt nach, was ihn in diese Unruhe versetzt haben könnte. Er weiß, dass er an diese Nacht gedacht hat, alleine in der Wohnung, die Schublade der Kommode geöffnet, all diese Bilder, alles Fenster in die Vergangenheit. Hat das, diese Erinnerung, seine Unruhe ausgelöst, das Entsetzen, das in ihm so plötzlich hochgekrochen ist? Er hat sich an die Fotos erinnert, die er danach wieder in der Kommode verstaut hat, alle bis auf eines, das Foto von seinem kleinen Sohn, das ihn überallhin begleitet, überall, auch auf diesen Turm gestern Abend, gut verstaut in der kleinen Außentasche. Irgendwann in der Nacht hat er es herausgenommen, angeschaut im Licht der kleinen Taschenlampe, das letzte Foto von seinem Sohn, da ist irgendetwas … das letzte Foto … irgendetwas und plötzlich weiß er es, er stöhnt auf, das Gewehr fällt zu Boden, er achtet nicht darauf, ein hastiger Schritt zurück zur Bank, auf die Knie, während seine Hände in blankem Entsetzen die Bank abgreifen. Das Foto, er hat das Foto aus dem Rucksack genommen, aber dann? Panisch reißt er den Rucksack an sich, beginnt eine Außentasche mit tastenden Fingern abzusuchen, leer, eine andere Außentasche, leer, er stößt den Rucksack zurück, seine Hände irren über das Metallgitter der Bank, wo ist das Bild von seinem kleinen Sohn? Das letzte Bild, Kinderlachen, Sonne im Garten und Wolkentürme am Horizont!

Er zwingt sich, tief durchzuatmen, glaubt sich zu erinnern, dass er angefangen hat zu weinen, als er das Bild angeschaut hat, vielleicht vor einer, vielleicht vor zwei Stunden, aber wohin hat er das Foto gelegt? Verstaut im Rucksack? Ein zweites Mal wühlt er die Außentaschen des Rucksacks durch, alle, aber da sind nur Zigaretten und der Flachmann, da ist kein Foto, also hat er es vermutlich neben sich auf die Bank gelegt, auf die rechte Seite, geschützt vor dem Regen, aber nicht geschützt vor dem Wind …

Der Wind, er hat auch das Heft der Großmutter von der Bank zu Boden geweht, aber das hat er gefunden, das ist sicher im Rucksack, sicher vor Wind und Regen, aber was, was, was ist mit diesem Foto, dem letzten Bild von seinem Sohn.

Ein Stöhnen dringt aus seiner Brust, wieder der Rucksack, die tastenden Hände auf dem Boden. Schließlich hat er die kleine Taschenlampe in der Hand, woher weiß er nicht, aber da ist jetzt Licht, ein kleiner Strahl, den er suchend über das Metallgitter der Bank jagt, über den Boden, auf der Suche nach dem kleinen Bild. Sein Atem geht schwer, er steht auf, reißt den Rucksack in die Höhe, stellt ihn auf die Metallbank auf der rechten Seite und beginnt im schwachen Licht der kleinen Taschenlampe alles herauszunehmen, das Heft der Großmutter, das Kuvert mit den Fotos, die Box mit der Jause, die Kekse von seiner Mutter, Verbandsmaterial, das leicht feuchte Oberteil, das er bereits gewechselt hat, alles zerrt er nach außen, platziert es auf der Bank, leuchtet mit der Taschenlampe das Innere des Rucksacks aus, ebenso die Außentaschen, aber da ist nichts. Er durchsucht alles, die Taschen der leicht feuchten Jacke, die Jausenbox, das Verbandsmaterial, die Kekse, einfach alles, legt alles wieder in den Rucksack und bewusst langsam, bewusst genau, untersucht er das Heft seiner Großmutter, blättert es Seite für Seite durch, dann nimmt er sich die Fotos in dem Kuvert vor, eines nach dem anderen, einmal, zweimal, auch das leere Kuvert, aber das Foto, das kleine Bild von seinem Sohn ist nirgendwo.

Frustriert schreit er auf, wirft den wieder vollgepackten Rucksack ins Eck. Mit der Taschenlampe leuchtet er über die Brüstung auf der rechten Seite nach unten auf das Feld, aber das ist sinnlos, der kleine Strahl verliert sich in der Nacht, im Regen, im Wind. Die Hand des Soldaten kracht auf die Brüstung, einmal, zweimal. Der Wind, das wird ihm immer klarer, muss das Foto weggeweht haben, weg von der kleinen Bank, weg vom Turm, hinaus in die Nacht. Er stöhnt auf, schüttelt den Kopf, spürt Entsetzen, Zorn, Angst, schlägt mit dem Fuß in eine Metallstrebe, noch einmal und noch einmal.

Plötzlich ist er auf der Metallleiter, steigt hinab, fieberhaft, unruhig. Kaum unten angekommen, Regen und Wind im Gesicht, beginnt er gebückt den Boden abzusuchen, den Strahl der Taschenlampe vor sich auf das Feld gerichtet. Aber ihm ist klar, dass das keinen Sinn macht, dass er so das letzte Bild seines Sohnes nie mehr finden wird. Es ist entstanden nur eine Viertelstunde, vielleicht zwanzig Minuten, bevor alles zu Ende ging, und dieses Lachen, dieses wunderbare Lachen auf diesem Bild, das will er sich bewahren. Mit geschlossenen Augen lehnt er sich gegen eine Strebe des Turmes und stellt sich das Bild vor, versucht es klar und deutlich in seinem Inneren zu sehen, jede Linie, jeder Schatten, jede Farbe, alles ist wichtig, doch er ahnt, er merkt schon in diesem Augenblick, dass sehr vieles in seiner Erinnerung verschwommen ist. Er beißt sich auf die Unterlippe, bis es schmerzt, dreht sich um, schlägt mit der Hand wieder und wieder gegen das Metall, während der Wind ihm fast waagrecht den Regen ins Gesicht hämmert.

Er sieht den kleinen Jungen vor sich, damals, an diesem Nachmittag, als er die Kamera auf ihn richtete, sieht den Garten, den Pool, die Sonne, aber im Hintergrund schon Wolkentürme, schwarz, drohend. An diese Stunden hat er keine zusammenhängenden Erinnerungen mehr, nur mehr einzelne Bilder, einzelne Schreie, deren Reihenfolge unklar ist, diese Stunden erscheinen ihm wie ein zu Boden gefallenes Bild, zersplittert in hundert Einzelteile. Da ist der Garten, in ein seltsames Licht getaucht, der Pool, und er sieht sie mit ihrem Sohn im Wasser stehen, da sind quietschende Rufe des Kleinen, da ist sein Blick in die Kamera, da ist »Babab«, ein nasser Kuss, den sie ihm lachend auf die Wange drückt und in seiner Erinnerung ein seltsamer Himmel, schräg, tief, die schwarzen Wolkenberge am Horizont, alles unwirklich. Er hat Bilder in sich, wie der Kleine durch den Garten rennt, aber die

Bewegungen sind seltsam verlangsamt, fast so als würde der Bub durch flüssiges Glas laufen oder vielleicht durch Wasser. Da ist ein Schrei, spitz, voller Entsetzen, während das Handy aus ihren Händen fällt, da sind seine Hände, die zitternd das reglose Gesicht seines Sohnes streicheln, da sind Tropfen, die aus seinen Haaren, Tränen, die aus seinen Augen fallen, da ist Blaulicht und Aufregung, da sind hektische Rufe und irgendwann der Notarzt, die Lippen aufeinandergepresst, der Kopf geht langsam hin und her und ein leises »Tut mir leid« fällt zu Boden.

Der Soldat steht unbeweglich im Wind und im Regen, den Rücken an eine Strebe des Turms gelehnt, überwältigt von den Erinnerungen an diesen Nachmittag. Er fühlt sich gelähmt, unfähig, etwas zu tun, steht nur da, den Elementen genauso ausgesetzt wie den Erinnerungen. Immer wieder das Bild von seinem Sohn, der vor ihm steht, lachend, und ihn anschaut, während er die Kamera hebt und abdrückt, abdrückt für dieses eine Foto, das ihn überallhin begleitet, das er braucht, und ihm ist klar, dass er es finden muss, dass er seinen Sohn finden muss, es kann nicht anders sein. Er gibt sich einen Ruck, geht einen Schritt nach vorne, bleibt stehen, ratlos.

Aber plötzlich ist da eine Idee, er dreht sich um, klettert hastig die Leiter hinauf auf den Turm, nimmt den riesigen Scheinwerfer, der an einer Schiene unter dem Blechdach befestigt ist und mit einem Akku versorgt wird, zieht den Scheinwerfer ganz nach rechts, schaltet ihn ein und richtet ihn nach unten auf das Feld. Der riesige Lichtkegel zu seinen Füßen lässt ihn neuen Mut fassen, er klettert schnell die Leiter nach unten und beginnt das nun hell erleuchtete Feld abzusuchen, den Oberkörper vorgebeugt, Schritt für Schritt. Er ist sich bewusst, dass er so weithin sichtbar ist, aber es ist ihm egal, ein Vater sucht seinen Sohn, ein Vater muss seinen Sohn suchen, alles andere ist zweitrangig. Und wie um sich selber zu bestätigen, richtet er sich auf und brüllt in die Nacht hinein: »Mein Sohn, ich suche meinen Sohn!«

Er weiß, dass er viel zu hastig sucht, geht noch einmal zurück zum Turm, zwingt sich langsam und systematisch den Boden abzusuchen, in Streifen, die etwa einen Meter breit sind und vom Turm die paar Meter bis zum Ende des Lichtkegels reichen. Der Sturm reißt wütend an seinen Schultern, der Regen attackiert in ständig neuen Angriffswellen seinen Regenschutz, aber er merkt nichts davon, geht langsam Schritt für Schritt über das Feld, die Augen starr auf den Boden gerichtet, die Lippen bewegen sich leicht, immer wieder sagt er leise den gleichen Satz: »Ich suche meinen Sohn. Ich suche meinen Sohn.«

Wie lange das geht, weiß er nicht, er scheint alles ringsherum vergessen zu haben, da ist nur dieses eine Bild, das er nicht verlieren will, dieses Bild von diesem Nachmittag. Er weiß noch, dass er nach dem Abdrücken den Fotoapparat auf die Seite gelegt hat, den Kleinen hochgehoben und sich mit ihm im Kreis gedreht hat. Ihr Lachen im Hintergrund, das vergnügte Quietschen des kleinen Jungen, Sonnenlicht und Wolkentürme und ihn erfasste ein ungeheuer zärtliches Gefühl für dieses kleine Wesen in seinen Armen. Er drückte ihn an sich, streichelte die nassen Haare des Kleinen, stellte ihn ab und der Kleine lief sofort zu seiner Mutter, die ihn mit ausgebreiteten Armen empfing und sich mit ihm auf eine Decke setzte. Sie nahm ihn auf ihren Schoß, ließ ihn auf ihren Beinen auf- und abfedern und Hoppa hoppa Reiter und Kinderlachen, Sonne im Garten und dunkle Wolken am Horizont. Er sah den beiden noch eine Weile zu, ging ins Haus, die Treppe hinauf in die Wohnung, um seine Sachen zu packen, denn in zwei Stunden musste er los, Dienst.

Dann sind da Bilder aus seiner Wohnung, er mit seinem Rucksack beim Packen, der Blick aus dem Fenster zeigt die

Wolkentürme, irgendwo hört er die lachende Stimme seiner Frau, sie telefoniert im unteren Stock, wahrscheinlich mit ihrer Freundin aus der großen nördlichen Stadt. Ein Blick aus dem anderen Fenster, der Garten, der Swimmingpool, leer, weiter packen, ihre lachende Stimme, er muss bald gehen, die Eltern sind mit der Großmutter in den nächsten Ort gefahren, keine Ahnung, ob sie rechtzeitig da sein werden, bevor er gehen muss. Ihre lachende Stimme, Wolkentürme, packen, der Blick aus dem Fenster, der Garten leer, der Pool nicht, mittendrin schwimmt etwas, ein dunkler Fleck, nein, eine kleine Gestalt, ihre lachende Stimme im unteren Stock, aber die Gestalt schwimmt nicht wie man schwimmen muss, sie rührt sich nicht, keine Bewegung, ihre lachende Stimme im unteren Stock und er rennt, verfolgt von seinem eigenen Schreien, die Treppe hinab, in den Garten hinaus, springt in den Pool hinein, zerrt die kleine Gestalt aus dem Wasser und ein Schrei, ein anderer Schrei, spitz, von der Tür her, ein Handy fällt zu Boden.

Der Soldat schreit auf, seine Schreie sind Spielbälle des Windes, Regen und nächtliches Feld und wieder brüllt er in die Nacht hinein: »Mein Sohn, ich suche meinen Sohn!« und: »Ihr könnt mich nicht daran hindern!« und: »Ein Vater muss seinen Sohn suchen!« Ein wilder Zorn ist in ihm, er schwingt den Arm mit der geballten Faust in die Nacht, als könnte er damit seine Rufe weiter treiben. »Ich finde ihn! Ich finde ihn! Ich werde ihn finden!« Schwer atmend bleibt er stehen, ein Schluchzen kommt aus seiner Brust und er ahnt, dass die Tropfen, die von seinem Gesicht zu Boden fallen, nicht nur Regentropfen sind. Er beißt sich auf die Lippen, beugt sich vor, sucht weiter, Schritt für Schritt, Meter für Meter, dem Wind, dem Regen, der Nacht zum Trotz. Er will nicht aufgeben, er will, nein, er muss dieses Foto haben, dieses letzte Dokument von Glück, das ihm vorkommt wie ein Abschiedsgruß seines

Sohnes an ihn, ihn, seinen Vater, der jetzt nicht mehr gebückt durch Regen und Nacht geht, der nun auf allen vieren ist, den Boden absucht mit aufgerissenen Augen, mit zitternden Händen, mit Lippen, die sich unablässig bewegen, leise Sätze flüsternd, Mantras für seine Hoffnungen.

Er ist es ihm schuldig, ihm, seinem Sohn, er muss sein Lachen wiederfinden, für alle Ewigkeiten gebannt auf dieses kleine Stück Fotopapier, er muss es finden, egal wie stark der Regen, egal wie dunkel die Nacht, egal wie wütend der Wind. Er muss.

Der Soldat kriecht jetzt vom äußeren Rand des Lichtkegels auf den Turm zu, weil er so das Licht von vorne hat und sich nicht selber einen Schatten wirft. Er nimmt nicht mehr den Regen wahr, nicht den Sturm, nicht die Nacht, er weiß, was er zu tun hat, ein Vater muss seinen Sohn suchen, immer, in jeder Situation. Er ist still geworden, seine Lippen bewegen sich nicht mehr, ein seltsames Wesen auf diesem nächtlichen Feld auf der Suche nach dem letzten Lächeln seines Sohnes. Plötzlich verharrt dieses Wesen, rührt sich nicht mehr, starrt wie gebannt nach vorne auf die Metallstützen des Turmes, die nur etwa zwei Meter vor ihm sind. Seine Augen bringen ihm die Information, ein kleines Stück weißes Etwas, das direkt an der Metallstütze auf dem Boden liegt, ein kleines Stück weißes Etwas, das vieles sein kann, jetzt aber vor allem eines ist, Hoffnung, irre Hoffnung. Langsam steht das vierbeinige Wesen auf, wird eine Gestalt, ein Mensch, ein Vater, der die letzten zwei Schritte macht und mit einer raschen Bewegung das Lächeln seines Sohnes aufhebt. Nass ist das Lächeln, aufgedunsen ist das Lächeln, aber es ist da. Der Soldat klettert die Leiter hinauf, sich nur mit einer Hand festhaltend, die andere Hand hält vorsichtig das kleine Foto, nass und aufgeschwemmt. Er erreicht die Plattform, stolpert über das Gewehr, das auf dem Boden liegt, fällt auf die Knie, bildet mit seinen beiden Händen eine Höhlung, in der das Lachen seines Sohnes liegt, geschützt, behütet und vorsichtig bläst er seinen Atem auf das kleine nasse Bild, das er behutsam in seinen Händen hält, so wie er damals seinen kleinen Sohn in seinen Händen hielt, nass und leblos, seine Hände auf seinem Gesicht, ein Flehen ohne Antwort.

Lange Minuten tut er nichts anderes, als vorsichtig das kleine Foto in seinen Händen anzublasen, immer wieder, so als könnte er diesem Bild damit wieder Leben einhauchen. Dann steigt etwas hoch in ihm, ein Kichern, ein Lachen, haltlos, in das sich seine Stimme mischt, heiser immer wieder von einem kurzen Lachen unterbrochen: »Ich hab dich gefunden, mein Kleiner, hab dich gefunden, hast dich gut versteckt, aber ich hab dich gefunden, hab dich gefunden.« Er drückt vorsichtig einen Kuss auf das kleine Bild, richtet sich auf auf die Knie und schreit in die Nacht hinein: »Ich hab ihn! Meinen Sohn! Ich hab ihn!« Ein Kichern dringt aus seinem Mund, immer wieder unterbrochen von kurzen hastig geflüsterten Worten und Sätzen, »… hast wohl gemeint, ich find dich nicht … bist ein durchtriebenes Kerlchen, du … aber Papa findet dich, immer, merk dir das, Babab findet dich, du bist ta, ta, ta …« Und bei jedem »ta« tippt er mit seinem Zeigefinger auf das Gesicht seines Sohnes, das in seiner Hand liegt. Das Prasseln des Regens, das Heulen des Windes, dazwischen sein irres Kichern, sein Zeigefinger, der nun das Kinn seines Sohnes kitzelt und »Gille, gille, gille … bist doch kitzlig, Babab weiß das!« Sein Kichern wird vom Trommeln des Regens begleitet, er flüstert »ta, ta, ta!« und legt das Foto vorsichtig in eine der Außentaschen des Rucksacks, »ta, ta, ta bist sicher, Babab passt auf …«

Dann erstirbt sein Kichern, er springt auf, schlägt rasend mit dem Fuß in das Metallgitter vor sich, das als Absturzsicherung dient. Er ist wie von Sinnen, tritt auf alles vor sich ein, wieder und wieder und »ta!« und »ta!« und »ta!«, bis sich das Metallgitter aus der Verankerung löst. Seinen Zorn beschwichtigt das nicht, der Scheinwerfer fällt ihm ein, er zieht ihn der Schiene entlang in die Mitte und reißt ihn mit wilden Bewegungen hin und her, durchschneidet die Nacht mit Schneisen aus Licht. »Ich hab ihn gefunden!«, brüllt er in die Finsternis, »meinen Sohn, ich hab ihn gefunden!« Der Strahl des Scheinwerfers irrlichtert durch die Nacht, begleitet von seinen Rufen. Irgendwann malt er Buchstaben mit dem Licht in die Nacht, den Namen seines Sohnes, den Namen seiner Frau und ein riesiges »WIR«.

Von einem Augenblick zum anderen ist die Raserei vorbei, sinkt der Soldat auf den Boden, presst die Hände vor die Augen, die Schultern zucken unkontrolliert, er weint. Minutenlang scheint alles zu zerfließen, die Nacht, die Welt, der Mann, dann mischt sich in das Prasseln des Regens, in das Heulen des Windes, in sein haltloses Schluchzen etwas anderes, ein Knacken, ein Rauschen, Stimmen. Der Soldat hält den Atem an, erhebt sich, schaltet den Scheinwerfer aus und lauscht angestrengt in die Dunkelheit, hört die Stimmen, die drängenden, fragenden, fordernden Stimmen. Er würde sich wünschen, dass sie verstummen, dass sie ihn in Ruhe lassen, aber er weiß, dass sie das nicht tun werden und er weiß, dass er schnell reagieren muss, sonst sind es nicht nur ihre Stimmen, die ihn bedrängen, sonst werden sie kommen mit dem Pritschenwagen über den Feldweg, mit den Gewehren über die nächtlichen Wiesen, mit unangenehmen Fragen über die metallene Leiter herauf zu ihm. Er streckt suchend die Hand aus, ertastet das Funkgerät, hört die Erleichterung in der Stimme am anderen Ende, hört die Fragen, hört Antworten, die er gibt: »Ja, alles in Ordnung … Lichter? Nein, keine Ahnung, vielleicht Wetterleuchten, das ja, immer wieder … Sturm ist stark, aber kein Problem … nichts Verdächtiges, nein, alles ruhig, niemand, die ganze Nacht … auch kein Bäcker …« Und als das ein kurzes Schweigen und eine besorgte Gegenfrage auslöst, gelingt ihm ein Lachen, ein fast natürliches Lachen, »… kein Bäcker … leider, frisches Brot könnte ich brauchen …« Ein erlösendes Lachen kommt aus dem Funkgerät und der Soldat lacht mit, lacht noch ein wenig, selbst als das Funkgerät verstummt ist. Dann wird auch er still, endlich ist es ruhig. Der Soldat will zurück auf die Bank, stolpert ein zweites Mal über das Gewehr, das immer noch auf dem Boden der Plattform liegt. Er hebt es auf, spürt eine ungeheure Fremdheit, als er den kalten Stahl des Laufes in seiner Hand hält, stellt die Waffe irritiert neben den Rucksack und setzt sich.

Nach außen hin ist er nun ruhig, aber in seinem Innern wüten die Erinnerungen, Bild auf Bild von diesem Nachmittag taucht auf, steht verwackelt wie von einem alten Projektor an eine schmutzige Leinwand geworfen vor ihm: ihr verweintes Gesicht, die Rückkehr seiner Eltern und der Großmutter, Sanitäter, später die Mutter in der Nische am Beten, der Dorfpolizist, eine Hand auf seiner Schulter, der irgendetwas murmelt von »ich komme morgen … wir müssen … Bericht«, und immer wieder das blasse Gesicht seines Sohnes, unbeweglich, wächsern, das Gesicht einer Puppe, aufgebahrt.

Der rasende Reigen seiner Gedanken wird nur langsam ruhiger. Aber er merkt mehr und mehr, wie erschöpft er ist, spürt die Nässe und die Kälte, schaut auf seine Uhr, schließt die Augen, lehnt den Kopf an eine Metallverstrebung an und wartet. Es wäre ihm egal, nein, sogar recht, einzuschlafen, nichts mehr mitzubekommen von all dem, von Zäunen und Türmen, von Wind und Regen, von Gewehren und Schießbefehl, von Menschen ohne Heimat, von Bäckern ohne Brot, von kleinen Kindern ohne Leben, von Erinnerungen, die sein Inneres aufreißen und bluten lassen, er will schlafen, nur schlafen, schlafen. Sollen sie ihn doch finden am Morgen, friedlich schlafend auf seinem Turm, was kümmert es ihn. Der Gedanke, alles loszulassen, nicht mehr mitzumachen, hat etwas Verführerisches und er verspürt für ein paar Minuten eine ungeheure Erleichterung. Doch Schlaf stellt sich trotzdem nicht ein und die Kälte kriecht unaufhaltsam durch seine nassen Kleider, dazu die Müdigkeit, er fröstelt.

Wind und Regen singen immer noch ihre Lieder, unablässig, unaufhaltsam. Vom Blechdach nur einigermaßen geschützt, versucht er den Elementen zu entgehen, die Beine auf der Bank angezogen, ein kleiner Haufen Mensch unter dem Regenschutz. Die Zeit wird unwirklich, dehnt sich, scheint stillzustehen, seine dauernden Blicke auf die Uhr lassen jede Minute zu einer Unendlichkeit werden. Er muss durchhalten, nur noch gut drei Stunden, dann ist diese Nacht vorbei, rein in den Pritschenwagen, zurück zur Kaserne, trockene Kleider, Bett und Schlaf.

Der Wind dreht etwas, kommt von vorne, die Windstöße klatschen ihm den Regen frontal ins Gesicht. Er senkt den Kopf, versucht sich mit angezogenen Beinen unter dem Regenmantel so klein wie möglich zu machen. Doch er ist den Elementen ausgeliefert, so wie damals bläst ihm der Wind seinen nassen Atem ins Gesicht, so wie damals fallen von seinen Haaren, die unter der Kapuze des Regenschutzes heraushängen, Tropfen ab, so wie damals kriechen Nässe und Kälte die Beine empor, so wie damals entlädt sich der Himmel, alles so wie damals, alles anders als damals, damals an diesem großen See, Wellen, Schilf, Wind und die Wolken, die so plötzlich über sie hereingebrochen waren, dass der Weg zum Auto zu lang wurde und sie sich im Schutz einer kleinen Hütte, die leider abgeschlossen war, auf den Boden setzten, den Rücken an die Holzwand gelehnt und, vom Vordach nur ungenügend geschützt, die Wolldecke, die sie zum Liegen verwendet hatten, über sich spannten. Eine hilflose Abwehr gegen die Sintflut aus dem Himmel und in kürzester Zeit waren sie nass. Der Kleine, der zwischen ihnen saß, schaute gebannt in die wild gewordenen Elemente, immer wieder den Arm ausstreckend: »Ta.« Sie machten lachend mit, streckten in immer gleichen Abständen die Arme aus und schrien »ta« in den Regen hinaus, »ta« und »ta«, und der Kleine schrie nach Kräften mit, strampelte vor Vergnügen und irgendwann löste er sich von ihnen und lief ein paar Schritte in den Regen hinaus. Sie reagierte als Erste, stieß einen Jubelschrei aus und folgte dem Kleinen, hielt die Arme ausgestreckt und drehte sich im Trommelfeuer des Regens um die eigene Achse. Er warf die Decke weg, nahm seinen kleinen Buben an beiden Händen und begann ihn selber herumzuwirbeln, einmal, zweimal, ein quietschendes Wesen, glücklich und am Leben. Der Wind und der Regen, kalt und nass wie jetzt auf seinem Turm, das Gefühl aber so anders, eine andere Welt, ein anderes Leben.

Irgendwann hatten sie ihre paar Sachen gepackt und rannten den Weg zum Auto, den Kleinen in der Mitte, der, von ihnen beiden jeweils an einer Hand gehalten, seine Füße gar nicht auf den Boden brachte und über dem kleinen Weg zum Auto flog. Beim Auto zog sie dem Kleinen die nassen Kleider aus, warf sie in den Kofferraum und nach einem kurzen Moment des Zögerns lachte sie laut auf und zog sich ebenfalls aus. Er stand da, schüttelte den Kopf, während sie splitternackt mit dem Buben im Arm ins Auto stieg und sich in eine Wolldecke einwickelte.

»Feigling«, schrie sie lachend aus dem Fenster. Ihre Fröhlichkeit steckte ihn an, in einer plötzlichen Eingebung begann er, mit den Hüften zu kreisen, drehte sich tanzend einmal um sich selber, öffnete den Knopf, den Reißverschluss, ohne mit seinen Bewegungen aufzuhören, während der Regen unablässig auf das Auto trommelte und doch ihr herrliches Lachen nicht zum Schweigen bringen konnte. Irgendwann begann sie zu klatschen, während er ihr den Rücken zudrehte und mit dem Hintern wackelnd langsam die kurze Hose nach unten zog. Sie schrie begeistert, klatschte, schrie »Babab, ta!«. Der lachende Kleine, ihre Anfeuerungsrufe, die entfesselten Elemente und er, die Hose mittlerweile bei den Knöcheln, hob ein Bein, um die Hose auszuziehen, zerrte, verhedderte sich und dann war das Gleichgewicht weg, er fiel nach hinten und klatschte mitten auf die nasse Wiese. Er blieb liegen, die Arme auf die Seite ausgebreitet und lachte und lachte und plötzlich war kein Himmel mehr über ihm, da waren zerzauste, nasse Haare, strahlende Augen und ein Lachen, das wie der Regen auf ihn herabfiel. Sie nahm seinen Kopf in beide Hände, ihre Augen versenkten sich in seinen, während ihre Lippen sich fanden und ihre Zungen in den Mündern nach Schutz vor dem Regen suchten. Nur ein paar Augenblicke, dann drängte sich der Kleine zwischen sie, ihre Zungen, ihre Lippen lösten sich voneinander, nur die Augen blieben, einer im andern.

Auf seinem Turm dem Wind und dem Regen ausgesetzt, wundert er sich über diese Erinnerung und fragt sich, ob es diese Augenblicke sind, vielleicht eine Handvoll über die Jahre, die letztlich ein Leben rechtfertigen? Die letztlich die Antwort geben, die Antwort, dass es gut war zu leben und all das zwischen diesen wenigen Augenblicken zu ertragen?

Er sieht ihr lachendes Gesicht vor sich und weiß, wie ihr Gesicht in wenigen Wochen ausschauen wird, im gleichen Sommer, im gleichen Leben, an diesem Nachmittag, als der Kleine zu einer Puppe wurde, eine Puppe aus Wachs, ohne Leben, ohne Lachen, ohne »Babab«, ohne »ta«. In seiner Erinnerung wird es Abend, sie saßen einander in ihrer Wohnung am Küchentisch gegenüber, stumm, er hielt ihre Hände umfangen, während ihr die Tränen über das Gesicht liefen und auf die Tischplatte fielen. Sie rührte sich nicht, er rührte sich nicht, das Haus war wie ausgestorben, aber vielleicht weinten alle, seine Mutter in ihrer Kapelle, sein Vater an einem der Fenster stehend, die Großmutter irgendwo in den unzähligen Nischen, Ecken und Schatten des Hauses, die sie kannte wie sonst niemand, vielleicht weinten sie nicht nur in diesem Haus, vielleicht weinten Menschen auch in den anderen Häusern in der Straße, im Dorf, vielleicht weinte die ganze Welt, sie würden es nicht hören hier in ihrer kleinen Wohnung, zu laut war die Stille zwischen ihnen.

Irgendwann abgedämpft wie durch Watte die Klingel der Haustür, ein paar Worte, Schritte auf der Treppe, ein Klopfen. Er ließ ihre Hände los, erhob sich automatisch, sie reagierte nicht. Langsam ging er zur Tür, öffnete sie und hatte Mühe, den Mann richtig einzuordnen. Er kannte ihn, natürlich, jeder im Dorf kannte ihn, den erfolgreichen Rechtsanwalt mit Büros in der Hauptstadt und in anderen großen Städten, den einen großen Sohn des kleinen Dorfes, diesen großen Mann um die sechzig mit einer Glatze und einer randlosen Brille und einem Auftreten, das nur die Menschen haben, die wissen, dass ihnen jeder aus dem Weg geht. Natürlich kannte er ihn, aber er war unfähig, die Situation in Gedanken zu erfassen. Der Rechtsanwalt ließ ihm auch keine Zeit, drängte sich an ihm vorbei in die Wohnung. Er legte ihm die Hand auf die Schulter, nickte unmerklich, ging zum Tisch und setzte sich.

»Wir müssen reden. Dringend.«

Der Soldat war völlig überfordert von alldem, es kam ihm einfach nur fremd vor. Ein Blick auf sie sagte ihm, dass sie ihre Position nicht verändert hatte, ihre Hände lagen seltsam ausgestreckt auf der Tischplatte, dort, wo seine Hände sie verlassen hatten, den Kopf hatte sie immer noch gesenkt, die Tränen liefen immer noch über ihre Wangen.

»Wir müssen reden«, wiederholte der Rechtsanwalt, »setz dich.«

Er gehorchte mechanisch, ergriff ihre Hände, sie reagierte nicht.

»Hat die Polizei schon einen Bericht gemacht?«

Der Soldat verstand nichts, schüttelte aber den Kopf, was der Rechtsanwalt scheinbar befriedigt zur Kenntnis nahm.

»Erzähl, wie es passiert ist.«

Er schaute verständnislos auf den Rechtsanwalt, der an der Stirnseite des Tisches zwischen ihnen beiden saß, ein ungeheurer Fremdkörper in einer Welt, die sowieso schon fremd geworden war.

»Wir müssen dringend reden, ich will dir helfen, verstehst du?« Der Rechtsanwalt schaute ihm direkt in die Augen, legte die Hand auf seine Schulter, drückte einmal fest zu und zog sie wieder zurück. Der Soldat verstand immer noch nichts, aber reden war so gut wie nicht reden, auf eine seltsame Art war es ihm sogar recht, dass da einer sagte, was zu tun war, und so begannen seine Lippen Worte und Sätze zu formulieren, unbeholfene Bilder zu malen von diesem Nachmittag, von Garten und Sonne, Pool und Lachen, Fotoapparat und Rucksack und Handy und etwas im Pool, das schwimmt ohne zu schwimmen …

»Ihr wart im Garten beim Pool?«

Er nickte und sah, wie der Rechtsanwalt nachdenklich sein Kinn rieb.

»Ich war vorhin im Garten, habe mir alles angeschaut, rund ums Haus … der Pool, der ist nicht … eingezäunt, nicht abgesperrt, nichts.« Der Rechtsanwalt räusperte sich, schien ein paar Augenblicke lang nachzudenken, dann gab er sich einen Ruck und legte seine Hände auf die linke Hand des Soldaten, die ihre rechte Hand hielt, vier Hände aufeinander und plötzlich fiel ihm dieses Kinderspiel ein, Hand auf Hand und rausziehen und draufhauen und lachen und Hand auf Hand und für einen kurzen Moment war das Leben und das Lachen zurück in der Wohnung, bis ihn die Stimme des fremden Mannes in die Wirklichkeit zurückriss.

»In einer solchen Situation ist es oft so, dass man sich nicht richtig erinnern kann, der Schock …« Der Rechtsanwalt schaute ihn an, schaute sie an, doch sie hielt den Kopf gesenkt, reagierte nicht, nur die Tränen.

»Ich war unten im Garten … alles angeschaut, also ich glaube, dass es ganz anders war. Kann es nicht sein, dass ihr im vorderen Teil des Gartens wart? Ich meine, in der kleinen Laube, ist ein wunderbarer Platz, sieht man nicht hinein von der Straße und der Pool, also der Pool ist dann auch keine Gefahr, weil da ist ja auf der Seite des Hauses dieses alte Gartentor, alt, das schon, aber es funktioniert, ich habe es gerade ausprobiert …«

Der Rechtsanwalt verstummte, schwer atmend, Schweißperlen auf der Stirn, auf der Glatze, er nahm die Brille von seinen Augen, putzte sie mit einem Tuch, hielt sie prüfend ans Licht, putzte noch einmal und setzte sie wieder auf. Die Situation machte ihm sichtlich zu schaffen. Er warf einen prüfenden Blick auf den Soldaten, aber der saß nur da und der Rechtsanwalt verstand, dass er noch nicht dort war, wo er ihn haben wollte.

»Also, es ist doch viel vernünftiger, mit seinem kleinen Kind auf der vorderen Seite des Gartens zu liegen und natürlich macht man das Gartentor zu, dann kann nichts passieren … natürlich ungeheures Pech, wer kann schon damit rechnen, dass es der Kleine schafft … er muss irgendwie auf den Zehenspitzen gestanden sein und die Klinke erwischt … aber damit kann man natürlich nicht rechnen. Ein Unglück …«

Der Rechtsanwalt verstummte, der Blick, den er auf den Soldaten warf, hatte schon fast etwas Flehentliches.

»Das wäre doch viel besser, sicherer, in der Laube, das Gartentor geschlossen?«

Wieder ein prüfenden Blick und diesmal nickte der Soldat, schluckte, nickte noch einmal. »Ja, wäre besser, sicher …«

»So ist es ja auch gewesen«, sagte der Rechtsanwalt in einem beschwörenden Ton und klopfte ihm auf die Schulter. »So ist es gewesen, wer konnte auch ahnen, dass er es schafft, die Gartentür …«

»Ja …«

»So ist es doch gewesen? Ihr wart in der Laube, das Gartentor geschlossen und plötzlich …«

Der Soldat nickte, zuerst nur langsam, aber dann immer schneller, er konnte die Gedanken zwar nicht richtig fassen, aber er ahnte, dass da etwas Wichtiges war, dass dieser Mann, dieser alte, fremde Mann, den er kannte, weil ihn jeder im Dorf kannte, aber mit dem er noch nie ein Wort geredet hatte, dass dieser Mann ihm helfen wollte. Langsam begann er zu verstehen, worum es ging, begann das Gewicht einzelner Sätze zu spüren: der Pool nicht eingezäunt, nicht abgesperrt, dass es besser wäre, viel besser, mit einem so kleinen Kind im vorderen Teil des Gartens …

»Ja … in der Laube.«

»Genau. So ist es gewesen. Ihr wart in der Laube, das Gartentor geschlossen, niemand kann euch einen Vorwurf machen, ein Unglück, du verstehst das doch?«

Er kann sich nicht erinnern, wie das Gespräch endete, er hat kein Bild von einem Abschied, kein Bild davon, dass sich der Rechtsanwalt von seinem Stuhl erhob und die Wohnung verließ, dieser Mann, den er erst viel später noch einmal treffen sollte, an jenem Abend, als er ihm eine Fackel in die Hand drückte. Er hat auch kein Bild von den Stunden danach, keine Erinnerung an sie, keine Erinnerung an diese Nacht, er kann nicht einmal sagen, ob sie ins Bett gegangen sind, ob sie geschlafen haben, alles ausgeblendet. Aber er erinnert sich daran, dass am nächsten Tag der Dorfpolizist da war, verlegen etwas von Bericht murmelte, einen Notizblock und einen Kugelschreiber nahm und ihn erwartungsvoll anschaute. Er schluckte, sah zu seiner Frau, die neben ihm saß, den Blick gesenkt, kein Wort, keine Reaktion. So begann er zu erzählen, von diesem Nachmittag, von der Laube, in der sie alle gesessen waren, und erzählte von dem Gartentor, das sie geschlossen hatten wegen des Kleinen. Das war der Moment, in dem der Dorfpolizist von seinem Notizblock, auf dem er eifrig mitschrieb, aufblickte, ihm in die Augen sah und sagte: »Das ist gut, sehr gut, das Gartentor war also geschlossen?«

»Ja, geschlossen«, antwortete er und spürte, dass dieses Wort guttat, wiederholte es: »Geschlossen, es war geschlossen.«

»Sehr gut!«, sagte der Dorfpolizist und ergriff mit einer schnellen Bewegung seine Hand. »Das ist sehr gut. Was für ein Unglück, was für ein furchtbares Unglück!«

Auch hier hat er keine Erinnerung an einen Abschied. Er weiß nicht, wann der Dorfpolizist gegangen ist, er weiß nur, dass er am nächsten Tag wiedergekommen ist, das Protokoll mit Computer geschrieben, ausgedruckt, schwarz auf weiß stand da, dass sie in der Laube gewesen waren, dass das Gartentor geschlossen war, das Protokoll, das er unterschrieb und dann auch sie, teilnahmslos, ohne es zu lesen. Die Durchschrift des Protokolls blieb auf dem Tisch liegen und später, als sie alle, Vater, Mutter und Großmutter, bei ihnen saßen, las die Mutter das Protokoll laut vor und Laube und Gartentor schmiegten sich wie selbstverständlich in all diese Sätze. Später wurde gebetet an diesem Tisch, er hielt ihre Hand, sie schwieg und erst jetzt wurde ihm bewusst, dass sie noch kein einziges Wort gesagt hatte, seit ihr Handy zu Boden gefallen war.

VIER UHR

Der Wind hat nachgelassen, ist ruhig geworden, hat sich in der Finsternis verloren. Der Regen ist geblieben, fällt jetzt gerade nach unten, ein gleichmäßiges Rauschen auf dem Blechdach. Der Soldat zieht den Regenschutz aus, legt ihn achtlos neben sich auf die linke Seite der Bank, zieht sich Jacke, Hemd und Unterhemd aus, alles nass. Er greift in den Rucksack, zieht die Decke heraus und wickelt sich ein. Aber die Kälte bleibt, er spürt ein inneres Zittern und presst die Zähne zusammen. Ein kurzer Blick auf die Uhr, noch drei Stunden, den größten Teil der Nacht hat er hinter sich. Aber er weiß, dass sich diese drei Stunden enorm ziehen können, dass man diese letzten Stunden auf einer Wache oft als viel länger empfindet als die ersten in der Nacht. Die Müdigkeit, die Kälte, die Nässe, all das setzt ihm mehr und mehr zu. Er zieht eine Zigarette aus der Außentasche des Rucksacks, gibt sich Feuer und bläst den Rauch nach oben, aber auch das bringt kaum ein Wohlbefinden. Mit der kleinen Taschenlampe leuchtet er in die Zigarettenschachtel, sieht, dass er noch acht Zigaretten hat. Wenn er davon ausgeht, dass eine Zigarette, wenn man sie langsam raucht, fünf Minuten brennt, kann er mit diesen Zigaretten, die er noch hat, vierzig Minuten überbrücken. Bleibt immer noch genug Zeit übrig, in der er sich anders beschäftigen muss. Kurz überlegt er, das Foto seines Sohnes herauszunehmen, vorsichtig nachzuschauen, was Regen und Wind angerichtet haben, nachschauen, ob sein Junge immer noch lacht, aber schon bei diesem Gedanken spürt er, wie es ihm den Hals zuschnürt und er steht schnell auf von der Bank, die Decke um die Schulter gewickelt, ein verzweifelter Versuch, den Gedanken an das Foto, an das letzte Lachen seines Sohnes zurückzulassen. Ein Zug aus der Zigarette, noch einer, die Decke eng um den Hals zusammengezogen, ein Blick auf die Uhr, die Zeit scheint stillzustehen, Regen auf dem Blechdach, gleichgültige Nacht, noch drei Stunden. Wieder setzt er sich, wieder nimmt er einen Zug, will gleich noch einen zweiten nehmen, beherrscht sich aber. Seine Rechnung, alleine mit Rauchen vierzig Minuten zu verbringen, geht nur auf, wenn er langsam raucht. Also steht er wieder auf, zwingt sich, etwas stehen zu bleiben, setzt sich wieder, nimmt einen Zug von der Zigarette, langsam und tief zieht er den Rauch ein, bläst ihn aus, steht wieder auf und da ist plötzlich Zorn und Hass auf dieses sinnlose Auf und Ab, auf dieses sinnlose Warten, dass die Nacht vergeht, ein ungeheurer Zorn auf alles und nichts und er tritt mit seinen Stiefeln in Streben aus Metall, schlägt mit der Faust auf die Brüstung, wieder und wieder, und da ist auch schon seine Hand am Scheinwerfer, aber er beherrscht sich, zieht die Hand zurück, atmet tief aus und setzt sich auf die Bank. Die Zigarette ist fertig, ein letzter Zug, ein roter Punkt fliegt in die Nacht, Regen, Finsternis. Er will sich eine zweite Zigarette nehmen, hält sich aber zurück, er greift nach der Außentasche, um nach dem Foto von seinem Sohn zu sehen, aber er stoppt ab, steht auf, ein Schritt nach vorne, umdrehen, ein Schritt nach hinten, umdrehen, ein Tritt gegen das Geländer, mit den Händen packt er eine Metallstange, die das Blechdach stützt, beginnt wie rasend daran zu reißen und zu rütteln, während die Decke, nicht mehr gehalten, von seiner Schulter rutscht und zu Boden fällt. Mit nacktem Oberkörper steht er da, reißt an der Strebe, schlägt mit der Faust dagegen, bis die Wut urplötzlich verraucht ist und er den Kopf an das kalte Metall der Strebe lehnt, während von tief unten, tief innen in ihm ein Schluchzen nach oben dringt. Er bleibt so stehen, die Stirn an das kalte Metall gelehnt, die Schultern zittern, und es ist nicht klar, ob es das Weinen oder die Kälte ist. Schließlich bückt er sich, tastet nach der Decke, schlingt sie sich um Schulter und Hals und setzt sich auf die Bank. Er muss etwas tun, er muss sich beschäftigen, sonst dreht er noch durch, hier auf seinem luftigen Gefängnis. Plötzlich fällt ihm die Großmutter ein, ihre Aufzeichnungen, und er gräbt in dem Rucksack nach dem kleinen Heft. Er legt sich die Decke über den Kopf, sodass sie ihn auf allen Seiten wie ein Zelt schützt, schlägt das Heft auf, irgendwo, und folgt dem Strahl seiner Taschenlampe nach Norden.

Als an diesem Morgen die Aufforderung zum Weiterfahren kam, wussten wir, dass wir im Laufe des Vormittags den relativen Schutz des Waldes verlassen würden. Die großen Straßen waren wegen der Angriffe aus der Luft gefährlicher, andererseits wollten ja alle den Russen entkommen und deshalb war es doch mehr ein Aufatmen, als wir da angekommen waren an der Straße Wollin–Swinemünde. Wieder einmal war dem großen Treck geschlossen die Weiterfahrt erkämpft worden und nun bestand die Hoffnung, noch an diesem Abend den Übergang über die Swine hinter uns zu bringen. In Pritter standen die Jungen und Mädchen in Konfirmationskleidung an der Straße, bestaunten uns und vermittelten den Eindruck, dass der Krieg nie nach Pritter kommen kann. Man hatte die Vorstellung von gutem Feiertagsessen und Streuselkuchen, als man die Kinder ansah, und dabei war der Gefechtslärm in zwanzig Kilometern Entfernung durchaus zu hören, wenn man ihn hören wollte. Unsere Konfirmanden aus Fritzow dachten erst in dem Augenblick daran, dass dieser eigentlich auch ihr Tag gewesen wäre. Je näher wir der Swine, dem großen Hauptmündungsfluss der Oder kamen, desto stockender kroch der Endloswurm dahin, im Gegensatz zum Informationsfluss, der in rasendem Tempo an ihm entlangeilte. So wussten wir an dem Tag sehr schnell, dass die gerade erst von der Wehrmacht gebaute Pontonbrücke vor Überlastung dadurch geschützt wurde, dass man streng auf ausreichende Abstände zwischen den einzelnen Fahrzeugen achtete. Nicht dadurch, dass diese Maßnahme unterlaufen wurde, kam die Brücke zu Schaden, sondern weil sie in der Dunkelheit von der Eisenbahnfähre gerammt wurde. Vorher aber hatte ich schon bemerkt, dass wir uns dem Wasser näherten, dem Wasser eines Hafens, der typische Geruch stieg mir plötzlich in die Nase. Seit dem Aufbruch am Morgen im Wald hatten wir keine Rast einlegen können. Wir waren, wie man sich vielleicht auch heute noch vorstellen kann, der Organisation dieses Übergangs über das Wasser so unterworfen worden, dass wir Menschen allenfalls etwas aus der Hand essen konnten. Was es war, weiß ich nicht mehr, eine Woche nach unserem Aufbruch zu Hause hatten wir kein Brot mehr. Die Pferde aber waren den ganzen Tag über leer ausgegangen. Dass dann unverhofft eine Gelegenheit kam, die Tiere zu versorgen, hatten wir so allerdings nicht erwartet. Von Aufsichtspersonen geleitet, fuhren unsere ersten Wagen in der Dunkelheit auf die Brücke, das ganze Gebiet war nur sehr wenig beleuchtet, als plötzlich das Kommando Halt ertönte, nicht weiterfahren. Jetzt war passiert, was ich vorher schon beschrieben habe: Das Trajekt hatte die Brücke beschädigt und unmittelbar vor dem Swinemünder Ufer klaffte ein großes Loch, das den Blick in das tiefschwarze Wasser freigab. Die Reparatur würde die ganze Nacht in Anspruch nehmen, wurde mitgeteilt, und ich erinnere mich wieder an den Augenblick, als uns diese Mitteilung erreichte und einigermaßen in Verzweiflung stürzte.

Einige unserer Treckwagen standen also auf der Brücke, andere noch am Ostufer und unser stets vorausfahrender Trecker war verschwunden. Wo war er geblieben in dieser Finsternis? Da die Soldaten aber glaubhaft erklärten, dass kein Fahrzeug bei dem Unglück zu Schaden gekommen ist, konnten mein Vater und mit ihm wir alle nur hoffen, dass wir den Trecker in Swinemünde wiederfinden würden. Plötzlich war Zeit, die Pferde zu füttern und selbst von dem zu essen, was wir hatten, bevor eine lange Nacht des Wartens begann. Die Tiere auf der Brücke benötigten eine geraume Weile, bevor sie sich an die dumpfen Geräusche der Brücke und das Schaukeln einigermaßen gewöhnt hatten.

Ein Knacken und entfernte Stimmen reißen den Soldaten aus der Lektüre. Er hält den Atem an, zieht sich die Decke vom Kopf weg und starrt in die Dunkelheit. Das Funkgerät hängt vorne an der Brüstung, aber es ist schon wieder still, kein Rauschen, kein Knacken, keine Stimmen mehr, nichts. Der Soldat wartet, aber nichts rührt sich. Er greift in die Außentasche seines Rucksacks, zieht eine weitere Zigarette heraus und beginnt, sie langsam zu rauchen. Die Aufzeichnungen seiner Großmutter liegen in seinem Schoß, er versucht sich das vorzustellen, eine dunkle Nacht, so wie diese hier, aber nicht auf einem Turm, sondern auf einer schwankenden Brücke, das Plätschern des Wassers, die unruhigen Tiere, die Angst und die Unsicherheit. Nicht vor einem Bäcker, der vielleicht durchnässt auf der anderen Seite des Zaunes steht, nein, Angst vor dem roten Drachen hinter ihnen, vor den Flugzeugen und ihrer tödlichen Last über ihnen, vor dem Fluss unter ihnen, vor der Zukunft vor ihnen, Angst und Unsicherheit und Kälte und Nacht. Er kann sich nicht vorstellen, wie man das mit vierzehn Jahren erlebt und vor allem, wie man es überlebt. Was hat er gemacht in diesem Alter? Er versucht nachzudenken, aber es stellen sich kaum Bilder ein. Die letzte Klasse, bevor er aus der Schule ging und seine Lehre als Elektriker anfing. Sein erstes Moped, mit dem er jeden Morgen in das Nachbardorf zur Arbeit fuhr. Das sind die nüchternen Daten aus jener Zeit, aber wo sind die Bilder, die Bilder voll mit Leben? Er denkt sich zurück in das kleine Schulgebäude, in die Klasse, in die vierte Klasse damals, und dann tauchen erste Erinnerungen auf, Sportfest und Fußballspiel, eine Flasche Wein im Gebüsch, der erste Rausch und schließlich die Lehrerin, die neu an die Schule gekommen war, mit ihren langen blonden Haaren, die sie meist zu einem Knoten zusammengebunden hatte, und ihren engen Pullovern, unter denen sich das pralle Leben abzeichnete. Landschaften, an denen die Blicke der Jungen hängen blieben wie die Fliegen an den Klebstreifen, die seine Mutter in der Küche aufgehängt hatte. Der Soldat lächelt bei dieser Erinnerung, versucht sich an den Namen der blonden Lehrerin zu erinnern, aber vergeblich. Zwar sieht er sie noch deutlich vor sich, zwar weiß er, dass sie ihn und viele andere oft in ihren Träumen besuchte, aber ihr Name, der ist weg. Der Soldat blickt nachdenklich in die Nacht, fragt sich, wie er zu diesen Erinnerungen gekommen ist, und ihm fallen die Aufzeichnungen seiner Großmutter ein und er findet den Faden, der ihn zu den engen Pullovern seiner Lehrerin geführt hat: seine Großmutter war vierzehn auf diesem Treck und er hatte sich gefragt, wie sein Leben in diesem Alter ausgeschaut hatte. Kopfschüttelnd nimmt er noch einen Zug, schnippt den Zigarettenstummel in die Nacht, nimmt die Taschenlampe und liest weiter.

Der Morgen in Swinemünde – bald nach dem Hellwerden war die Reparatur an der Pontonbrücke beendet – brachte uns zunächst einmal die Befreiung aus unserer misslichen Lage auf dem schwimmenden Objekt über dem Wasser. Dann auch gleich einmal die Gewissheit, dass unser Trecker nicht in die Swine gestürzt war. Als endlich alle Fahrzeuge unseres Trecks am Swinemünder Ufer angekommen waren und sich zur Weiterfahrt formiert hatten, erklärte Frau Koch, damals schon die Witwe unseres Fritzower Schmiedemeisters, hier bei ihrer Schwester bleiben zu wollen. Alles Zureden, doch ja nicht hier zurückzubleiben, half nichts, ihr gerettetes Hab und Gut wurde abgeladen und da stand sie dann mit ihrem Häuflein, den kleinen blonden Jungen an der Hand, und winkte uns nach. Sie sah sehr hilflos und verlassen aus, hatte es aber so gewollt. Dennoch konnte mein Vater sich fünf Stunden später nicht entschließen, ohne einmal nach ihr zu suchen, das Zeichen zur Weiterfahrt zu geben. Wir waren nicht weit gekommen, die Stadt noch in Sichtweite, als die Sirenen heulten, Fliegeralarm. Wir suchten Schutz neben den Gebäuden eines kleinen Ortes, der noch zur Stadt Swinemünde gehörte. Der Schutz war dürftig, die wenigen Bäume hatten ja auch noch keine Blätter. Wir hatten getan, was wir konnten, hatten uns verteilt, als die Katastrophe über Swinemünde hereinbrach. Der Tag war trocken bei leichter Bewölkung oder auch nur Dunst, der ja im Frühjahr morgens oder vormittags öfter vorkam. Die Sicht war aber so gut, dass wir die Bomben so lange fallen sehen konnten, bis Rauch und Detonationswolken sie versperrte. Schon das kam uns in unserer Hilflosigkeit entsetzlich vor, die Erde bebte unvorstellbar unter uns und schutzlos lagen wir auf dem Boden, als Tiefflieger begannen, sinnlos Jagd auf Menschen zu machen und nur blindwütig um sich schossen. Was dann aber meinem Vater und mir begegnete, als wir zurückgingen, um nach Frau Koch zu suchen, hat sich bis heute in mein Gedächtnis und tief in meine Seele eingegraben und ist für immer mit dem Datum 12. März verbunden geblieben. Wir gingen also zu Fuß zurück, auch weil mein Vater glaubte, so am besten noch die Straße erreichen zu können, die die Frau als Adresse ihrer Schwester angegeben hatte. Als sicher muss ich heute annehmen, dass auch mein Vater von dem, was uns in der Stadt begegnen würde, nicht die richtige Vorstellung hatte, sonst hätte er meine Begleitung nicht erbeten. Er war, wie er mir später sagte, noch davon überzeugt, dass der Angriff militärischen Einrichtungen einschließlich der Reede gegolten hatte, auf der Teile der deutschen Kurlandarmee gerade eingetroffen waren, wie er in der Nacht von den Pionieren bei der Brücke gehört hatte. Schon nach einer kurzen Strecke sahen wir am Stadtrand überall zerfetzte Pferde und Treckwagen herumliegen, halb verbrannten Hausrat, viele Tote, Erwachsene und Kinder und schwerstens Verwundete, die furchtbar schrien und denen wir mit unseren leeren Händen nicht helfen konnten. Da lag tot auch unser Grenadier, das Pferd, das mein Vater dem Tischlermeister aus dem Dorf überlassen hatte. Wo waren die Kregels und wo ihr Wagen, nichts war zu sehen außer Fetzen. Und dann sah ich das Mädchen in meinem Alter, tot und ohne Beine, und als ich noch einmal hinsah, erkannte ich sie, sie war aus unserem Dorf. Ich drehte mich in panischem Entsetzen auf dem Absatz um und rannte ohne einen Halt zu unserem Treck zurück. Ich konnte nicht darüber sprechen, nicht einmal mit meinem Vater, und einige Zeit später habe ich die Erlebnisse dem Tagebuch anvertraut. Von Frau Koch und ihrem Kind haben wir nie wieder etwas gehört.

Der Soldat lässt die Taschenlampe sinken. Seine Augen lösen sich von den Aufzeichnungen seiner Großmutter, schweifen ab in die Nacht hinaus, ohne irgendetwas zu finden, woran sie sich festhalten könnten. Er fühlt sich ein paar Momente lang, als ob er zwischen zwei Welten hängen würde, ein unbeteiligter Beobachter, auf der einen Seite eine Straße, auf der anderen Seite ein Turm, auf der einen Seite zerfetzte Körper, auf der anderen Seite eine regnerische Nacht, zwei Bilder, die nichts mit ihm und seinem Leben zu tun haben. Dieses eigenartige Gefühl dauert nicht lange an, dann ist er auf der richtigen Seite, auf seiner Seite, auf dem Turm, in der Nacht, Regen und eine Decke um seinen Oberkörper, Kälte, Müdigkeit. Die letzten Sätze, die er gelesen hat, taumeln durch seinen Kopf, drücken sich in Ecken und Nischen, fast so, als hätten sie Angst, ihre schwere Last abzuladen, die Bilder freizugeben, die sie transportieren, ein Mädchen, tot und ohne Beine. Er versucht sich das vorzustellen und es scheint nicht weiter schwierig zu sein. Viele solcher Bilder hat man schon im Fernsehen gesehen: Menschen sterben dort pausenlos und jeden Abend, zerfetzte Körper, zerschmetterte Schädel, abgerissene Arme, wieso nicht auch ein totes Mädchen ohne Beine? Es ist doch alles unwirklich, denn das Mädchen, das da liegt, unbeweglich, das Gesicht verzerrt, die blutigen Stümpfe ihrer Beine auf dem Asphalt, rot von Blut, ist viereckig eingerahmt, ein Flachbildschirm, der die Wirklichkeit trennt von diesen Bildern, und gleich, gleich wird das tote Mädchen ohne Beine anfangen zu grinsen und zu lachen, laut zu lachen und mit ihrer Hand etwas verscheuchen von ihrem Gesicht, »diese verdammte Fliege, das kitzelt so«, und da und dort wird ein Lachen aufsteigen, die Crew wird sich entspannen, der Kameramann den Rücken durchdrücken und der Regisseur, gut gelaunt heute, wird nach hinten schreien: »Den Kammerjäger, aber schnell!«

Solche Bilder ist man gewohnt, man weiß ihre Schrecken zu schätzen, denn sie sind gut dosiert und in einem anderen Universum, ungefährlich für das eigene Leben. Wie sonst könnte man es aushalten, jeden Tag diesem flimmernden Töten, Leiden und Sterben auf dem Bildschirm zuzuschauen, Abend für Abend, Nacht für Nacht? Vielleicht, so denkt sich der Soldat, haben wir verlernt die Wirklichkeit zu sehen, weil wir längst alle möglichen Bilder schon sicher eingerahmt auf einem Bildschirm gesehen haben, gemütlich auf der Couch, die Beine auf dem Tisch, mit Chips und Bier.

Seine Großmutter damals 1945, sie hatte all das noch nicht gehabt, noch nicht gesehen, sie war einfach auf der Straße gestanden, vor diesem toten Mädchen ohne Beine, hat noch einmal hingeschaut, gemerkt, dass sie dieses Wesen ohne Beine kannte, ein Mädchen aus ihrem Dorf, vielleicht kannte sie ihren Namen, ihre Wünsche, ihre Hoffnungen für die Zukunft, vielleicht wusste sie, was sie einmal werden wollte, vielleicht wusste sie, wie der Junge hieß, bei dessen Anblick ihr Herz immer etwas schneller schlug, vielleicht. Der Soldat versucht, sich dieses Bild vorzustellen, dieses Mädchen auf der Straße. Er nimmt an, dass es irgendwie auf dem Rücken gelegen ist, denn seine Großmutter konnte ihr Gesicht erkennen. Wie sah dieses Gesicht aus? Friedlich mit einem sanften Lächeln, das den Toten nach ein paar Stunden in ihrem neuen Zustand oft ins Gesicht geschrieben ist, so als ob jetzt, Stunden nach dem Sterben, eine Art Versöhnung stattgefunden hat, was vielleicht viel eher nur eine Entspannung der Gesichtsmuskulatur ist. Aber das Gesicht dieses Mädchens? Wohl eher noch verzerrt vom Schrecken ihres Sterbens. War sie gleich tot gewesen? Schneller, als das Erschrecken und der Schmerz in ihrem Hirn ankamen? Oder war sie auf den Boden gestürzt und hatte instinktiv versucht aufzuspringen, und dann der nicht verstehende Blick nach vorne, dort, wo Beine sein hätten müssen, wo sie immer gewesen waren. Wie lange konnte der Schock die Gedanken, die Schmerzen zurückhalten? Der Soldat springt auf, er hat die Zähne aufeinandergepresst, die Decke rutscht von seinen Schultern, er spürt es nicht, steht vorne an der Brüstung, die Hände krallen sich an dem Metall fest, bis die Knöchel weiß sind. Aber das sieht der Soldat nicht, zu dunkel die Nacht, das spürt er nicht, zu schwer die Bilder in seinem Inneren. Da ist das Gefühl von Enge auf diesem Turm, da ist das Gefühl von Zorn, mit der Hand schlägt er auf das Geländer ein, zuerst mit der flachen Hand, dann mit der Faust, hilflose Attacken gegen diese ungeheure Ohnmacht, die er empfindet, diese Ohnmacht gegenüber dieser Welt, die kleine Buben in den Swimmingpool lockt, Mädchen die Beine wegreißt und auch, und bei diesem Gedanken an sie, an diese Frau, an seine Frau schreit er auf, ihren Körper in dem Autowrack bis zur Unkenntlichkeit verbrennen ließ, nachdem seine Worte zu Geschossen geworden waren. Diese Ohnmacht gegenüber dieser so gleichgültigen, unverständlichen, grausamen Welt, und die Soldaten und Rekruten stehen im Innenhof, schwere Sonne im Nacken und singen: »Großer Gott, wir loben dich«, während der Kommandant mit straff durchgestrecktem Rücken da steht und der Pfarrer die Arme ausgebreitet hat wie zum Flug, um seine Jünger beladen mit Gewehren und Schießbefehlen zu den Türmen zu entsenden. Der Turm ist zu eng, zu klein, um all das aufzunehmen, die Gedanken, Erinnerungen, dieses Leben, diese Welt. Er spielt mit dem Gedanken, hinunterzusteigen, auf das Feld, ein paar Schritte zu gehen, nur ein paar Schritte, aber er verbietet es sich, zu frisch die Erinnerung, als er am Zaun stand und Lichtkeile ihm den Schatten zeigten. Er tastet nach seinem Rucksack, greift in die Außentasche, Zigarettenpäckchen und Schnapsflasche, er nimmt einen Schluck, spürt, wie gut das Brennen im Hals tut, überlegt kurz, nimmt noch einen Schluck, »auf den Kommandanten!«, ruft er, während ein Grinsen über sein Gesicht läuft, und dann hebt er die kleine Blechflasche ein drittes Mal an den Mund, noch einen Schluck, »auf den Pfarrer!«, schreit er in die Nacht, »das Blut Christi!« Er wischt sich die Mundwinkel mit der flachen Hand ab, lacht und steckt sich eine Zigarette in den Mund. In einem Anflug von Übermut nimmt er eine zweite Zigarette, steckt sie in den anderen Mundwinkel, gibt sich zweimal Feuer und merkt, dass das guttut, verdammt gut, einfach etwas Verrücktes zu tun. Vielleicht ist das viel vernünftiger als das sogenannte Normale, wo doch das Leben selber schon längst verrückt geworden ist. So steht er an der Brüstung, zwei Zigaretten im Mund, greift nach dem Gewehr, legt an und zielt in die Dunkelheit und er spürt plötzlich den Wunsch abzudrücken, endlich zu schießen, dafür ist er schließlich hier, Schießbefehl.

Die beiden Zigaretten im Mund, gar nicht einfach, zwei Zigaretten gleichzeitig zu rauchen, ohne sie aus dem Mund zu nehmen, denn die Hände kann er dafür nicht zu Hilfe nehmen, die Hände braucht er, für seinen Auftrag, Gewehr und Schießbefehl. Seine Augen suchen die Nacht ab, immer noch nichts, was eine Andeutung von Kontur wäre, was das Wort »sehen« rechtfertigen würde, alles schwarz. Der Soldat ist enttäuscht, er hätte gern sein Gewehr auf ein Ziel gerichtet und überlegt für einen Moment, einfach so in die Nacht zu schießen, auf gut Glück, Bäcker sei vorsichtig. Er beherrscht sich mühsam, der Schuss wäre weithin zu hören, zu weit, das Funkgerät würde wieder zum Leben erwachen, und was dann? »Schüsse? Nein, Donner manchmal, das ja …« Er schüttelt den Kopf, nimmt vorsichtig und langsam den Finger vom Abzug und stellt das Gewehr neben sich auf den Boden. Immer noch hat er die zwei Zigaretten im Mund, aber jetzt können die Hände danach greifen, sie rausnehmen, sie reinstecken in den Mund und ziehen und ausblasen, ein Soldat mit zwei Zigaretten und einem Turm. Er schüttelt ungläubig den Kopf über sich selber, über diese absurden Gedanken, stößt in der Dunkelheit mit dem Knie an das Gewehr, das scheppernd zu Boden fällt. Es ist ihm egal, soll es dort bleiben, besser als in der Nähe seines Zeigefingers. Schließlich wirft er die beiden Stummel in die Nacht, kleine Sternschnuppen dem Regen ausgeliefert.

Schlagartig wird ihm bewusst, wie kalt ihm ist, er greift auf dem Boden nach der Decke, wickelt sich ein und setzt sich auf die Bank. Ein Blick auf die Uhr, noch zweieinhalb Stunden, er muss aufpassen auf sich, ruhig bleiben, gelassen. Neben sich auf der Bank ertastet er die Aufzeichnungen seiner Großmutter und die kleine Taschenlampe, nimmt das Heft und verstaut es im Rucksack, die kleine Taschenlampe aber schaltet er ein und lässt ihren Strahl hierhin und dahin gleiten, ein hilfloser Lichtpunkt gegen die Übermacht der Nacht. Er ist müde, erschöpft, das rechte Augenlid zuckt, er greift mit der Hand nach oben, beginnt sein Auge zu reiben, und als der Strahl der kleinen Lampe, den er mit der anderen Hand in großen Bewegungen hin und her jagt, plötzlich von unten in sein Gesicht fällt, sieht er wie einen riesigen Schatten seinen Zeigefinger vor seinem Auge stehen. Das Bild beunruhigt ihn, er starrt seinen Finger an, seinen eigenen Finger, und verspürt eine ungeheure Fremdheit vor diesem seltsamen Teil, der vor wenigen Minuten noch am Abzug des Gewehrs lag, nur Millimeter entfernt von dem Druckpunkt, der eine Kugel in die Nacht gejagt hätte. Kann er ihm vertrauen? Auch wenn es nur um wenige Millimeter geht? Oder hat der Finger da seinen eigenen Spielraum, seine eigene Entscheidungsmöglichkeit? Kann er überhaupt seinem eigenen Körper trauen? Der Soldat ist erschrocken über diese Gedanken, will sich schon ein Lächeln aufzwingen, den Kopf schütteln, sich damit beruhigen, dass er seit fast zehn Stunden alleine auf diesem Turm sitzt und die Grenze bewacht, aber der Gedanke ist hartnäckig, der Gedanke, ob man seinem Körper überhaupt bedingungslos trauen kann, denn dieser Finger ist ja nur ein Teil seiner Hand und diese Hand nur ein Teil seines Armes, seines rechten Armes, und dieser Arm hat vor wenigen Wochen eine Fackel geworfen, fast, wie es in seiner Erinnerung ist, automatisch, ohne sein Zutun.

Er springt erregt auf, wieder rutscht die Decke von seinen Schultern, wieder steht er vorne am Geländer, gejagt von seinen Erinnerungen, eingesperrt auf diesem Turm, gefangen in seinem Leben. Ein Griff neben sich, aber das Gewehr ist nicht da, ist umgestürzt, er geht in die Hocke, tastet den Boden ab, findet die Waffe, stellt sich an die Brüstung und zielt in die Dunkelheit hinein. Langsam nähert sich der Zeigefinger dem Abzug, nur noch Millimeter trennen ihn von dem kleinen Metallbügel. Er steht da, gebückt, schwer atmend, das Gewehr ohne ein Ziel in das Schwarz der Nacht gerichtet, den Finger vor dem Abzug, vielleicht schon am Abzug, vielleicht nur mehr einen Hauch entfernt von der Detonation. Die Zeit scheint stillzustehen, Regen, Regen, Nacht und Regen und er wartet auf ein Zittern seines Fingers, spürt den Drang, abzudrücken, einfach abzudrücken, ein Loch schießen in diese Welt, einfach abdrücken, abdrücken … Der Knall zerreißt die Nacht, erschrocken lässt sich der Soldat zu Boden fallen, hinter die Brüstung, entsetzt wirft er das Gewehr von sich, presst die Hände vor die Augen, versucht, seinen Atem zu beruhigen, versucht, nicht mehr zu atmen, kein Geräusch zu machen, er will nichts hören außer dem Prasseln des Regens, das hoffentlich alle anderen auch hören, die hier auf den Türmen stehen, das hoffentlich diesen Schuss übertönt hat. Er sitzt da, minutenlang, wartet in der Finsternis, wartet auf das Funkgerät, aber das bleibt ruhig, still. Auch keinen Schrei hat er gehört nach dem Schuss, nichts passiert, beruhigt er sich, auch wenn er im nächsten Moment daran denkt, dass mancher, der von einer Kugel getroffen ist, vielleicht gar keine Möglichkeit mehr hat zu schreien. Er überlegt kurz, den Scheinwerfer einzuschalten, die Gegend abzusuchen, die Gegend hinter dem Zaun, auf der Suche nach einem Schatten, der vielleicht auf dem Boden liegt, aber er beherrscht sich, nicht mehr auffallen, nicht mit Licht, nicht mit Schüssen, sich einwickeln in die Nacht, verschwinden. Immer noch nichts, immer noch rührt sich das Funkgerät nicht, er scheint Glück gehabt zu haben, der Regen hat den Knall verschluckt, übertönt.

Aber was hat er getan? Dieses Spiel mit dem Zeigefinger, dieses Spiel mit der Möglichkeit. Wie sinnlos ist das alles? Wie sinnlos ist ein Gewehr, das nur Menschen töten kann, wo die Ziele doch ganz andere sein müssten: Gerüchte, Hass, flüsternde Stimmen, die alles vergiften, das wären lohnenswerte Ziele, redet man nicht schon lange von intelligenten Waffen?

Ein solches Gewehr möchte er haben, mit dem hätte er diese Stimmen erschossen, die vor wenigen Wochen am frühen Morgen im Dorf die Runde gemacht haben, diese Hast-schon-gehört-Stimmen, flüsternd im Sonnenaufgang, lautstark im Wirtshaus, voller Entsetzen bei den einen, triumphierend bei denen, die es immer schon gewusst haben wollen, diese Stimmen, die durch nichts aufzuhalten waren, nicht durch Gartenzäune, nicht durch geschlossene Fenster, nicht durch andere Worte und Sätze. Zu stark waren sie, diese Stimmen, zu stark ihre Worte, Worte wie Vergewaltigung, Nacht, Männer, Windrad. Und die Stimmen hatten auch schon einen Namen und dieser Name elektrisierte sie alle im Dorf. Es war die Kellnerin vom Gasthaus, diese immer fröhliche, kleine blonde Frau, die zwar nicht verheiratet war, aber auf keinerlei Avancen der Wirtshausbesucher einging, diese Frau, die jeder im Dorf kannte, jeder mochte und Vergewaltigung und Nacht und Männer und Windrad.

Nachdem diese erste Schockwelle durch das Dorf gerast war, wurden die Stimmen genauer, präziser. In einer zweiten Welle redeten sie von versuchter Vergewaltigung, sprachen von zerrissener Kleidung, Kratzspuren, Männern im Dunkel der Nacht, nicht erkannt, aber wahrscheinlich nicht aus dem Dorf. Nichts war diesen Nachrichten gewachsen, kein Gewehr der Welt hätte das aufhalten können, was dann ins Rollen kam.

Schon am Abend die ersten Fernsehberichte von dem Feuerwehrfest in dem Nachbardorf, das die Frau besucht hatte. Danach, so weiß es ein Sprecher in dem Bericht, sei sie losgegangen, ungefähr um Mitternacht, um über die Felder nach Hause in ihr Dorf zu gehen, und dabei sei es passiert: eine Gruppe von Männern, in der Nacht, alles dunkel, niemanden erkannt, niemand aus dem Dorf. Dann ist ein Polizist im Bild, bestätigt, dass er mit mehreren anderen Beamten immer wieder im Zelt gewesen sei, es gab Betrunkene und Schlägereien, »das Übliche halt bei so einem Fest«, wie der Polizist achselzuckend sagt, von einer Bedrohung sei aber nichts zu spüren gewesen, aber natürlich könne man seine Augen nicht überall haben. Im Bild erscheint der Feuerwehrkommandant, er ist offenbar Kameras nicht gewohnt, steht stocksteif in voller Montur da und redet, bemüht, seinen Dialekt zu vermeiden, auf Hochdeutsch in die Kamera: »Also, hier im Zelt, da kann ich garantieren, da war keiner drin von denen, alles nur Leute aus dem Dorf und aus den Dörfern ringsum, die kennt man alle, also im Zelt … aber da draußen, wir können natürlich nicht alles im Auge haben, kann natürlich schon sein, wenn die da warten und unsere Frauen abpassen …« Der Feuerwehrkommandant wird an dieser Stelle abgeschnitten, sein Satz hängt wie eine Peitsche in der Luft, die Kamera schwenkt über die Felder, ein Haus kommt ins Bild, das Haus der kleinen blonden Frau, die aber, weiß der Sprecher, nichts sagen will. Schließlich hat die Kamera das Windrad im Visier, aus ein paar offenen Fenstern schauen Menschen mit neugierigen Gesichtern, die Kamera zoomt auf eines dieser Gesichter, dunkel, so wie alles dunkel war in der Nacht, und schließlich der Dorfpolizist, sichtlich nervös, und sein Stammeln von jeder Spur, die verfolgt wird, und so etwas darf in unserem Dorf keinen Platz haben, die Menschen müssen sich sicher fühlen. Während er sagt, dass so etwas in unserem Dorf keinen Platz haben darf, kommt noch einmal das Windrad ins Bild, in den Fenstern hängen Gesichter wie seltsam aufgehängte Lampions. Zurück im Studio eine Nachrichtensprecherin, offenbar fast überrascht, dass der Bericht schon zu Ende ist, gerade noch rechtzeitig rückt sie ihr Lächeln ins Offizielle und erzählt von einer Schulklasse, die ein halbes Jahr lang auf ihre Jause verzichtet hat und das Geld nun nach Afrika schickt.

Sie waren alle zu Hause gewesen, als dieser Bericht lief, alle vor dem Fernseher. Als Erste hatte sich die Großmutter erhoben, fast zeitgleich die Mutter, und beide verließen schweigend den Raum. Er nahm an, dass seine Mutter in ihre Kapelle ging, dass die Großmutter in irgendwelchen Schatten verschwinden würde. Der Vater stand auf, ging langsam zum Fenster, hob die Ecke des Vorhangs etwas nach oben und spähte hinaus. »Regen«, sagte er mit einer leisen und belegten Stimme, »sieht nach Regen aus heute Nacht.« Dann kehrte er zurück, setzte sich, starrte unentwegt auf den Bildschirm, auf dem irgendeine Show lief und sich Kandidaten zum Affen machen ließen.

Er weiß das, er erinnert sich gut daran, denn er blieb sitzen an diesem Abend, stumm, wie festgenagelt in seinem Stuhl, unfähig, aufzustehen und rauszugehen, seinen Vater alleine zu lassen, wieder einmal unfähig, wie er bitter dachte, sein Leben in die eigenen Hände zu nehmen. Auch als der Vater schließlich aufstand, den Fernseher ohne ein Wort ausschaltete, so als sei völlig klar, dass es keinen Grund mehr für den Fernseher gibt, zu laufen, wenn er das Zimmer verlassen hat, auch als der Vater mit einem schwachen Nicken an ihm vorbei und zur Tür hinaus ging, auch da blieb er sitzen, regungslos, hilflos.

Der Vater hatte recht behalten: Es hatte geregnet in der Nacht, ein kurzes Gewitter, mit kurzen, heftigen Regengüssen, die ihr Lied auf die Dächer trommelten. Normalerweise liebte er die Morgen nach solchen nächtlichen Gewittern, an denen alles frisch war, alles sauber abgewaschen, die Welt etwas Jungfräuliches hatte, doch an diesem Morgen war es nicht so. Eine ungeheure Spannung schien über dem ganzen Dorf zu liegen, das sich, so sein absurder Eindruck, als er in Richtung der Felder ging, noch mehr als sonst in diese flache Landschaft hineindrängte, die kaum Schutz bot vor Wind und Wetter und was sonst noch alles hereinbrechen konnte in diesen Tagen. Der Druck in seinem Inneren nahm zu und am späten Nachmittag wusste er wieso. Der Platz vor dem Windrad hatte sich zu füllen begonnen. Überall im Dorf standen Busse, standen fremde Autos, gingen fremde Menschen in Gruppen in das Dorfzentrum, Menschen mit Fahnen in den Händen, Fahnen mit Botschaften, mit Worten wie Heimat und Schutz und Wehrt euch!

Die Dorfbewohner hielten sich abseits, standen auf den Gehsteigen, schauten dem Aufmarsch zu, der den Dorfplatz vor dem Windrad bald füllte mit einer Menschenmasse, mit einem Fahnenmeer. Zu Beginn schauten noch einzelne Bewohner des Windrads aus den Fenstern, aber als die Pfiffe und Schreie zu ihnen emporstiegen wie hungrige Vögel, da verschwanden die Köpfe, da wurden die Fenster geschlossen, Vorhänge vorgezogen. Zwischen den Demonstranten und dem Windrad standen ein paar Polizisten, er erkannte den Dorfpolizisten, und obwohl er viel zu weit weg war, um das zu sehen, stellte er sich vor, dass er erbärmlich schwitzte in seiner Uniform. Später kamen noch mehr Einsatzwagen, Polizisten mit Helmen und Schildern stiegen aus, bahnten sich einen Weg von der Seite vor das Windrad und stellten sich vor die Demonstranten. Sie wurden von einem Pfeifkonzert begrüßt, Beschimpfungen und Fäuste kreisten in der Luft, die Dämmerung umhüllte das Dorf, die Nacht versammelte sich auf den Feldern, bereit für den Einmarsch.

Er stand mitten unter den Dorfbewohnern am Gehsteig, manche klatschten, manche hoben den Daumen, manche klopften den Demonstranten auf die Schulter, aber die meisten, so hatte er das Gefühl, waren einfach gebannt, auf eine seltsame Art fasziniert, wie viel von der großen Welt da draußen plötzlich in ihr kleines Dorf eingebrochen war. Er wusste nicht mehr und er weiß es bis heute nicht, ein Gedanke, der ihn immer quält, auch jetzt auf seinem Turm, wie er dahingekommen ist, unter all die Dorfbewohner, unter all die Applaudierer, unter all die Gaffer, aber auch unter all die Erschrockenen, er wusste es nicht mehr, er weiß es nicht mehr. Er wünscht sich, dass er auf einem seiner Spaziergänge gewesen wäre, in Gedanken weit weg von allem und dass er nur zufällig vorbeigekommen und stehen geblieben, nur zufällig in diese Situation geraten war. Er wünscht sich das, aber ist es die Wahrheit? War er vielleicht so wie viele andere von zu Hause losgegangen, ganz gezielt hierher, um zu schauen? Der Gedanke erschreckt ihn, immer, wenn er ihn denkt, so wie jetzt auf seinem Turm, kurz vor dem Ende der Nacht. Er nimmt eine Zigarette heraus, zündet sie an, zieht sich die Decke enger um den Hals, mit der rechten Hand, mit dieser Hand, von der er nicht weiß, ob er ihr noch trauen kann. Der Zeigefinger hat abgedrückt vor einigen Minuten und die Hand hat die Fackel gehalten, die sein Arm durch die Nacht geschleudert hatte. Welchem Teil von sich kann er überhaupt noch trauen? Seinem Mund, der diese Worte in die Küche jagte, die sie verwundeten, tödlich verwundeten. Seiner Erinnerung, die nicht einmal mehr weiß, wie er an diesem Tag auf den Gehsteig mitten unter die Dorfbewohner gelangt ist, die ihm auch nicht mehr sagen kann, ob irgendwann die Dorfbewohner und damit auch er die Lücken und die Reihen zwischen den Demonstranten und sich geschlossen haben oder ob die Menge immer größer wurde und die Dorfbewohner am Rand irgendwann verschluckte, sie mehr und mehr wie in einem Sog in das Innere dieser Menschenmasse zog.

Das alles weiß er nicht, aber er weiß, dass irgendwann in diesen Gesängen und Schreien brennende Fackeln ausgeteilt wurden, er weiß, dass er plötzlich selber eine in der Hand hatte und er erinnert sich, wer sie ihm gegeben hat: der Rechtsanwalt, der damals bei ihnen gesessen ist, als der Kleine aus dem Pool nicht mehr zurückgekommen ist.

Der Rechtsanwalt nickte anerkennend, klopfte ihm auf die Schulter und reichte ihm die Fackel. »Gut, dass du da bist. Wir müssen zusammenhalten, immer!« Dann verschwand er aus seinem Gesichtsfeld, wurde verschluckt von der Menge, so wie ihn die Menge verschluckte, ihn sich einverleibte.

Inzwischen hatte die Nacht sich zu den Demonstranten gestellt, das Feuer der Fackeln zauberte unnatürliche Schatten auf die Gesichter rund um ihn. Die meisten kannte er nicht, aber da und dort streifte er über Gesichter aus dem Dorf. Schnell wurden die Augen abgewandt, nach vorne gerichtet, dorthin, wo im Schein einer Straßenlaterne das Windrad stand, die meisten Fenster erleuchtet. Die Masse hatte sich vorangetastet, die vordersten Reihen standen nur etwa zwei Meter vor dem Kordon der Polizisten, die Gesichter und Angst hinter Helm und Schild verbargen. Irgendwo schnitt eine Stimme in die Nacht, in dem charakteristischen Ton, den eine Stimme annimmt, wenn sie durch ein Megafon gejagt wird, eine Stimme, die zur Besonnenheit aufrief, die die Menge aufforderte, weiter zurückzubleiben, aber sie wurde sogleich von wütenden Pfiffen und Schreien zurückgedrängt. Aus all dem Gebrüll formulierte sich ein rhythmischer Sprechgesang, »Unsere Heimat! Wir wehren uns!«, und dieser Gesang, dieses Geschrei, dieses Gebrüll schwoll an. Er hatte längst aufgehört, sich gegen die Menge zu wehren, hatte längst angefangen ihre Bewegungen mitzumachen, war hierhin gestoßen, dahin gedrängt worden und fand sich plötzlich in den vordersten Reihen, nur wenige Meter von den Polizisten entfernt, die unbeweglich dastanden, Schulter an Schulter, dahinter das Windrad. Wieder die Stimme im Megafon, aber nichts war zu verstehen, der Sprechgesang schien auf diese Stimme hin sofort zu explodieren, übertönte alles: »Unsere Heimat! Wir wehren uns!« Er sah die Gesichter neben sich, sah in ihnen eine fiebrige Erregung, darüber in feinen Schattierungen die Unterschiede: Entsetzen, Angst, Hass. Aber in fast allen Gesichtern bewegten sich die Lippen, hatten sich dem Sprechgesang angeschlossen.

Auch hier verweigert ihm seine Erinnerung ein klares Bild, er weiß nicht mehr, ob er selber mitgeschrien hat. Er erinnert sich noch an die ersten Stiefel und Schuhe, die gegen die Schilder der Polizisten krachten, begleitet von Applaus und Geschrei, er erinnert sich noch an die flehende Stimme im Megafon, die keiner mehr hören wollte, hören konnte. Dann kam das Wasser. In einem gewaltigen Strahl brach es von der Seite ein in die Menge, riss Schneisen durch dieses riesige Wesen. Die Gesänge verstummten, für einen Augenblick war es fast leise, ein vielköpfiges Wesen im Schockzustand, bevor ein ungeheures Protestgeheul in die Luft stieg. Er war immer noch weit vorne, ein Wasserstrahl traf ihn an der Schulter, riss ihn herum und knallte ihn auf den Asphalt. Panisch rappelte er sich hoch, erstaunt, dass er die Fackel noch in der Hand hatte, erstaunt, dass sie noch brannte, und plötzlich dieser Zorn, während ein anderer Wasserstrahl ein paar Meter weiter hinten die Menschen zu Boden warf. Das Gebrüll war unglaublich, ein einziges Inferno aus Wasserschwallen und Geschrei, und von vorne gingen die Polizisten auf die Menge zu, begannen die vordersten Demonstranten mit ihren Schilden wegzudrücken. In diesem Augenblick, in dieser unglaublichen Verwirrung, sah er die erste Fackel, die durch die Luft flog, über den Kordon der Sicherheitskräfte hinweg, an die Hausmauer des Windrads klatschte und zu Boden fiel. Ein begeistertes Geschrei folgte, die nächste Fackel flog, und noch eine, während die Einsatzkräfte immer wütender mit ihren Wasserarmen in die Menge griffen, in die tobende Menge, in die johlende Menge, die jede Fackel mit ihren anfeuernden Rufen begleitete und dann das Jubelgeschrei, als eine Fackel ein Fenster durchschlug, als es dahinter grell aufflackerte, weil wahrscheinlich der Vorhang Feuer gefangen hatte. Das war der Moment, als alle Dämme brachen. Die Polizeikräfte stürmten mit Knüppeln in der Hand auf die Demonstranten los, die Menge wurde aufgerissen, schwappte hin und her und mitten unter ihnen, ein Teil dieses vielarmigen Wesens, stand er, außer sich, und sah, wie sich sein Arm hob und die Fackel auf das Windrad schleuderte. Im nächsten Moment riss ihn eine Wasserfaust auf die Seite, er schlug mit dem Kopf auf dem Asphalt auf, spürte sofort den Schmerz in der Nase, erhob sich und hastete ein paar Meter zurück. Mit ungläubigen Augen starrte er auf die Szenerie, sah, wie die Einsatzkräfte hektisch einen der Wasserwerfer auf das Zimmer im Windrad richteten, in dem die Flammen aus dem Fenster schlugen. Auf der Seite wurden Personen aus dem Haus geholt, rasch in große Autos verladen, die in die Nacht hinaus fuhren mit ihrer menschlichen Fracht, die bis heute nicht mehr in das Dorf zurückgekehrt ist. Die Wasserwerfer waren nun alle auf das Windrad gerichtet, zerschmetterten die Fenster des alten Hotels und erstickten die fauchenden Flammen.

Er hetzte zurück durch das aufgewühlte Dorf, überall sammelten sich Menschen, bei den Bussen, bei den Autos, aufgeregte Schreie und Motoren, die gestartet wurden. Ein Taschentuch vor die blutende Nase gehalten, kam er zu Hause an, öffnete das Gartentor, ging zur Tür, riss sie auf und wollte schon hastig die Treppe hinaufsteigen, als er sie sah. Neben der Stiege an der Wand, die kleine alte Frau, die Großmutter. Sie sagte nichts, aber ihre Augen waren aufgerissen und ihr Kopf ging leicht hin und her, so als wollte sie sich selber sagen, dass das nicht wahr sein konnte, was sie sah.

FÜNF UHR

Ein Soldat auf seinem Turm, auf der Bank sitzend, vorgebeugt, das Gesicht in den Händen geborgen, eine Decke nur nachlässig um den nackten Oberkörper gelegt, zitternde Schultern. Ein weinender Soldat, dessen Weinen aber nicht zu hören ist, nur die zuckenden Schultern verraten es. Ein erschöpfter Soldat, der diesen beiden letzten Stunden auf dem Turm nichts mehr entgegenzusetzen hat.

Eine Nacht, die sich verausgabt hat mit dem Spiel ihrer Elemente, mit Regen und Wind, Donner und Blitz. Eine Nacht, die nun ruhiger wird, gelassener, nur mehr einzelne Tropfen zerspringen auf dem Blechdach. Eine Nacht, deren Schwärze an Schwarz verliert, eine Vorahnung von Morgen.

Es ist still geworden auf diesem Turm an der Grenze. Nachdem der Soldat sich etwas beruhigt und sein Gesicht aus der Obhut seiner Hände genommen hat, bemerkt er, dass etwas fehlt, dass sich etwas verändert hat. Er starrt in die Nacht hinaus, sieht erste Strukturen am Himmel, aber das ist es nicht, was ihm aufgefallen ist. Erst nach weiteren ratlosen Sekunden wird es ihm klar: Der Regen hat aufgehört. Erstaunt nimmt er die Stille wahr, die ihm nach dem stundenlangen Gesang des Regens unnatürlich laut vorkommt.

Ein Blick auf die Uhr, noch zwei Stunden, noch zwei lange Stunden. Er greift in die Außentasche des Rucksacks, nimmt sich eine Zigarette, zündet sie an und lehnt sich auf der Bank zurück. Obwohl er die Decke fest um sich gewickelt hat, ist ihm kalt. Die Decke ist zwar einigermaßen trocken, aber klamm, genauso wie seine Hose. Er könnte nachschauen, ob eine seiner beiden Jacken trocken ist, aber er weiß, dass das nicht der Fall ist, nichts ist getrocknet in dieser Nacht, und bevor er sich eine nasse Jacke anzieht, bleibt er lieber so, eingewickelt in die Decke, frierend, aber trocken. Er muss sich auf eine andere Art warm halten, denkt er sich, er könnte ja vom Turm steigen und Gymnastik machen, Morgengymnastik an der Grenze, wichtig, um die Lockerheit zu gewähren, die man braucht, wenn der Finger sich an den Abzug legen muss. Dieser Gedanke amüsiert ihn, er schnippt die fertig gerauchte Zigarette über die Brüstung in die Nacht, tastet nach dem Rucksack, um sich noch eine Zigarette zu gönnen und ergreift dabei die kleine Blechflasche. Noch ein Weg, um sich warm zu halten, grinst er und nimmt einen kräftigen Schluck. Der Schnaps fährt scharf durch seine Kehle, noch einen Schluck und noch einen, es sind ja nur noch zwei Stunden, fast schon Feierabend. Dann noch eine Zigarette und er versucht den Rauch in kleinen Ringen auszublasen, etwas, was er noch nie geschafft hat, aber jetzt ist alles recht, um die Zeit totzuschlagen. Auch diese Zigarette ist fertig, ohne Ringe in der Luft fertig geworden, auch diese Zigarette fliegt in einem Bogen in die Nacht. Er sitzt da, spürt die ungeheure Müdigkeit in sich, die Kälte, und seine Schultern fangen wieder an zu vibrieren, wieder beugt er sich nach vorne, übergibt sein Gesicht dem Schutz seiner Hände, Tränen.

Das Gesicht seiner Großmutter steht vor ihm, riesengroß, die Augen aufgerissen, der Kopf geht langsam hin und her, fast unmerklich, eine ungläubige Bewegung. Er kann sich nicht erinnern, stehen geblieben zu sein, irgendetwas gesagt zu haben, es war nur ein kurzer Moment, aber wohl einer dieser Augenblicke, die jenseits der Gesetze der Zeit liegen. Ein Wimpernschlag vielleicht, eine kleine Ewigkeit vielleicht, es machte keinen Unterschied, denn das Gefühl war sofort da, dieses Gefühl, das jetzt in ihm hochkriecht, auf diesem einsamen Turm, das Gesicht in den Händen verborgen. Er weiß nicht, ob er sich jemals in seinem Leben so geschämt hat wie in diesem Moment, als ihn seine Großmutter in der Tür erwartete, ihn, mit blutender Nase, ihn, mit nasser Kleidung aus dem Aufruhr dieser Nacht kommend. Natürlich, so beruhigte er sich später in seiner Wohnung, so beruhigt er sich jetzt auf seinem Turm, natürlich konnte die Großmutter daraus nicht schließen, dass sich seine Hand in der Menge gehoben, dass er eine Fackel auf das Windrad geworfen hatte. Aber sie schien zu wissen, wo er gewesen war, dass er Teil einer Masse geworden war, die nichts Menschliches mehr an sich hatte, die wie ein riesiger Drache ihr Fauchen, ihr Gebrüll, ihre Flammen auf das alte Hotel geworfen hatte.

Am nächsten Tag begannen im Dorf die Befragungen. Polizisten kamen in jedes Haus, hatten Fragen dabei, mussten aber ohne Antworten wieder gehen. Keiner der Einheimischen war mit dabei gewesen, zugeschaut, ja das schon, am Rande, auf dem Gehsteig, hinter der alten Eiche, ja, da sind wir gestanden, aber in der Menge war keiner von uns und Fackeln schon gar nicht, wir werden ja wohl nicht unser eigenes Dorf anzünden. Die Videos aus dieser Nacht wurden ausgewertet, zum Teil im Fernsehen gespielt, aber die Aufnahmen waren zu dunkel, zu verwackelt, als dass irgendjemand erkannt und zur Rechenschaft gezogen werden hätte können.

Diese Tage erlebte der Soldat in einem ungeheuren Gefühl von Scham. Er sperrte sich in seiner Wohnung ein, kam nur hin und wieder nach unten, meistens, wenn seine Mutter flehentlich an die Tür geklopft hatte und ihn bat, zum Essen zu kommen. Dann ging er die Treppe hinab, setzte sich an den Tisch mit einem knappen Gruß und versuchte möglichst unauffällig an der Konversation seiner Eltern teilzunehmen. Eine Konversation, die immer um Alltägliches kreiste, nie wurden die Vorgänge jener Nacht vor dem Windrad angeschnitten. Die Einzige, die nichts sagte, war seine Großmutter. Er wagte kaum, sie anzuschauen. Erst als sie ein paar Tage später zufällig auf ihn traf, als er die Treppe hinunterging, um zum ersten Mal wieder einen Abendspaziergang zu machen, da blieb sie vor ihm stehen, legte ihm kurz die Hand auf die Schulter und nickte ihm zu, mit einem ernsten, aber verständnisvollen Blick. Sie blieb nicht vor ihm stehen, wandte sich ab und ging weg, ersparte ihm, seine Emotionen verstecken zu müssen. Er stürzte aus der Tür durch den Garten, durch das Dorf hinaus auf die Felder, während ihm die Tränen über das Gesicht liefen. Diese Geste der Großmutter war so etwas wie Erlösung für ihn, und er nahm sich vor, irgendwann mit ihr über all das zu reden.

Das nimmt er sich auch jetzt wieder vor, der einsame Soldat auf seinem einsamen Turm, er will mit seiner Großmutter reden, über all das, über ihre Flucht, über seine Flucht, und bei diesem Gedanken bleibt er hängen: ihre Flucht, seine Flucht, vielleicht sind wir alle auf der Flucht, Flüchtende wir alle, alle flüchtig.

Auch sie war geflüchtet, damals nach diesem Nachmittag am Pool, nach einem spitzen Schrei und einem Handy, das zu Boden fiel, nach Notarzt und Rettung und endlich einer Gewissheit, die nicht zu verstehen war. Sie hatte sich in sich hinein geflüchtet, war mehr und mehr verstummt, war vermutlich Jahre durch ihr Inneres gestolpert, auf der Suche nach einem Platz, der dunkel genug wäre, sämtliche Bilder auszulöschen, der still genug wäre, die Stimmen in ihrem Inneren abzudämpfen, ein Platz, der Ruhe und Erlösung bieten könnte. Wann hatte sie erkannt, dass es diesen Platz auf dieser Welt nicht gab? Wann hatte sie zum ersten Mal an diese letzte Flucht gedacht? Oder war das alles eine spontane Aktion gewesen, an diesem Morgen, an dem seine Worte wie Pfeile aus dem Mund kamen, zielgenau, tödlich? Wann in diesen Jahren hätte es die Möglichkeit gegeben, einen anderen Weg einzuschlagen, sie aus ihrer inneren Verbannung herauszuholen? Was wäre nötig gewesen? Vielleicht hätte es gereicht, einfach nur einmal gemeinsam zu lachen, so wie früher oft, vielleicht wäre das Befreiung genug gewesen. Aber diese Momente schien es nicht mehr zu geben und wenn, dann waren sie nur ein Abklatsch von früher. Vielleicht hätte ein kleiner Ausrutscher genügt, auf einem Spaziergang in irgendeinem nassen Herbst. Er wäre vorangegangen, den Kragen gegen den kühlen Wind hochgeschlagen, schweigend, so wie sie hinter ihm ging, schweigend, so wie sie all diese Spaziergänge gingen, schweigend. Nichts hätte darauf hingedeutet, dass an diesem Tag etwas anders sein könnte. Doch dann wäre er plötzlich ausgerutscht und in einen kleinen schmalen Graben mit Wasser gefallen. In seinem Gesicht wäre ein verdutzter Ausdruck gewesen und das, zusammen mit den Schlammspritzern in seinen Haaren und auf der Nase, hätte dermaßen komisch ausgesehen, dass sie angefangen hätte zu lachen, lachen und lachen, so wie früher, die Hände vor den Mund gepresst, in einem hilflosen Versuch, dieses Lachen, das unaufhaltsam aus ihr drang, zu stoppen. Er hätte sie erstaunt angeschaut, wäre aufgestanden, nicht ohne sich noch mit dem Finger den Schlamm von der Nase zu wischen, was ihr Lachen noch verstärkt hätte. Und dann wären sie voreinander gestanden, er tropfnass und verdreckt, sie überwältigt von ihrem Lachen, Tränen in den Augen, und sie wären sich in den Arm gefallen, hätten gelacht und gelacht und sich umarmt und sich gehalten und irgendwann wären sie zurückgegangen, er den Arm um ihre Schulter gelegt, sie an ihn gedrückt, und sie hätten einander den ganzen Abend nicht mehr losgelassen, nicht in der Dusche, nicht im Bett und auch nicht mehr am nächsten Tag und langsam, langsam wäre das Leben wieder ein Leben, die Welt wieder eine Welt geworden, vielleicht auch wieder mit einem Kind, das »Babab« und »ta« gesagt hätte – vielleicht wäre irgendwo eine solche Abzweigung gewesen, um den Lauf der Dinge abzuändern.

Aber er ist nie ausgerutscht auf einem ihrer vielen stummen Spaziergänge und es hat auch keine andere Situation gegeben, in der er sie gefunden hätte, in der es ihm gelungen wäre, sie wirklich zu berühren, sie wirklich in den Arm zu nehmen. Auch als er sie im Arm hielt, in dieser Nacht, als sie zurückgekehrt war aus dem Wald, sich in ihrer Kleidung und mit den Schuhen neben ihn ins Bett legte, selbst in dieser Nacht hat er vermutlich nur ihren Körper an sich gedrückt, nur ihre Haare gestreichelt, sie war wohl ganz woanders. Vielleicht hätte ihm das klar sein sollen, als er aufwachte und sah, dass sie bereits weg war, aber in ihm war die Erinnerung an ihren warmen Körper an seiner Seite, in ihm war die Hoffnung, dass irgendwo etwas von diesem Eis gebrochen war, dass sich etwas geöffnet hatte. Als er in die Küche kam, saß sie am Tisch an ihrem Platz. Er trat von hinten auf sie zu, fuhr ihr zärtlich mit der Hand über den Kopf und umarmte sie. Doch schon in diesem Moment spürte er, dass seine Hoffnung vergeblich gewesen war. Sie reagierte nicht, saß nur stocksteif da und schien froh zu sein, als er sie losließ und sich auf die andere Seite des Tisches ihr gegenüber setzte.

»Guten Morgen«, sagte er, seine Stimme war brüchig. Sie nickte leicht, aber antwortete nicht. Er spürte die Enttäuschung wie eine gigantische Welle in sich, stützte den Kopf in die Hand und schaute sie an.

»Was ist?« Ihre Stimme leise, tonlos.

»Heute Nacht, du warst bei mir, bist bei mir gelegen.«

Sie antwortete nicht, nahm einen Schluck Kaffee und schaute vor sich auf den Tisch.

»Bei mir«, sagte er noch einmal, »du und ich, wie früher ...«, und er griff mit seiner Hand nach ihrer. Sie schien zu erstarren, blieb einen Moment lang unbeweglich, dann zog sie vorsichtig ihre Hand unter der seinen hervor und nahm noch einen Schluck Kaffee.

»Wir beide ...«, machte er noch einen schwachen Versuch, aber sie antwortete wieder nicht, begann sich stattdessen ein Brot zu streichen, Butter und Marmelade. Sie schien völlig aufzugehen in dieser Tätigkeit, verwendete eine, wie ihm schien, unendlich lange Zeit damit, die Butter komplett glattzustreichen, dann die Marmelade auf dem Brot zu verteilen, gleichmäßig und bis zum äußersten Rand. Als sie fertig war, nahm sie einen Bissen und schob ihm mit der freien Hand den Brotkorb und die Butter zu. Er schob den Brotkorb von sich weg zur Seite, weil es nicht das war, was er suchte, was er wollte, und diese Bewegung war vielleicht etwas zu viel, etwas zu stark, und der Brotkorb rutschte über die Kante des Tisches und fiel auf den Boden.

»Entschuldige«, murmelte er und bückte sich, um das Brot und den Korb aufzuheben. In diesem Augenblick kam der Zorn, der Frust, die Verzweiflung, in diesem Moment schlug alles über ihm zusammen wie eine riesige Welle, und ohne nachzudenken trat er plötzlich mit dem Fuß nach dem Korb und ein weiterer Fußtritt traf das Brot, das durch die Küche rutschte und gegen den Küchenkasten knallte.

»Ich habe keinen Hunger, ich will kein Brot, ich will dich,

verstehst du das?« Seine Fäuste geballt, seine Stimme viel zu laut. Sie war aufgestanden vom Stuhl, drehte sich um, ging zur Tür, aber er war schneller, versperrte ihr den Weg.

»Bitte, bitte red mit mir!«

Sie atmete schwer, schaute ihn mit großen Augen an, versuchte an einer Seite an ihm vorbeizugehen, aber er ließ sie nicht durch.

»Red mit mir!«

Sie schüttelte seine Hände ab, die sich auf ihre Schultern gelegt hatten, und versuchte auf der anderen Seite vorbeizukommen, aber auch das ließ er nicht zu und packte sie erneut an den Schultern.

»Red!«

Sie schüttelte den Kopf, versuchte wieder, seinen Händen zu entkommen, aber die ließen sich nicht ein zweites Mal abschütteln, hatten sie hart im Griff.

»Jetzt red doch endlich, red mit mir, verdammt, red endlich!«

Seine Hände, sein grober Griff, seine immer lauter werdende Stimme. Sie schüttelte den Kopf, hin und her, immer wieder, in einer panischen Bewegung, immer schneller. Ihr Atem ging schwer, sie begann zu weinen, versuchte, die Hände auf ihr Gesicht zu legen, aber das ging nicht, sie kam nicht vorbei an seinen Händen, an seinen groben Händen. Seine Stimme war laut und ihr Weinen heftig und plötzlich begann sie zu schreien. Er ließ sie erschrocken los, sie wich einen Schritt zurück, wischte mit ihren Händen die Tränen aus dem Gesicht und als sie aufblickte, sah er einen Ausdruck in ihrem Gesicht, den er noch nie gesehen hatte und der ihn mehr erschreckte, als es ihr Schreien davor getan hatte.

»Reden soll ich?«, zischte sie, »reden? Über was denn? Wie schön es in der Laube war?« Sie verstummte, aber ihr Gesicht, ihr verzerrtes Gesicht lockerte sich nicht, ihre Augen waren auf ihn gerichtet, flackernd.

»Hat es dir nicht gefallen in der Laube?«

Wieder eine Stille, eine gefährliche Stille. Er hob beschwichtigend die Hände, fand aber keine Worte.

»Und natürlich haben wir das Gartentor geschlossen. Wir sind ja verantwortungsbewusste Eltern.« Er hatte das Gefühl, dass sie jedes Wort aus sich herausspuckte, vielleicht noch mehr, dass sie jedes Wort auf ihn spuckte. Ihre Aggressivität, ihre leisen, gezischten Worte, ihr verzerrtes Gesicht machten ihm Angst.

»Vielleicht sollten wir …«, er suchte nach Worten, seine Hände ruderten hilflos in der Luft, »spazieren …«

»Spazieren?«, rief sie, »du meinst davonlaufen?«

Er schüttelte den Kopf, hilflos.

»Davonlaufen? So wie immer?« Ihre Stimme war scharf wie ein Messer, sie trat einen Schritt auf ihn zu, er stand mit dem Rücken an die Tür gelehnt.

»Davonlaufen, wir waren ja in der Laube, wir haben ja das Gartentor geschlossen …«

»Das war doch nur wegen der Polizei«, antwortete er, »wir beide wissen, dass es anders …«

»Wissen wir das?«, höhnte sie, »wissen wir das wirklich? Dann sag's mir!«

Er schüttelte den Kopf, hob abwehrend die Hände.

»Sag's mir, wie ist es gewesen?« Ihre Stimme war jetzt ruhig, gefährlich ruhig, ihr Blick auf ihn gerichtet.

»Wie ist es gewesen?«

Er atmete schwer auf, legte den Kopf zurück an die Tür, schloss die Augen.

»Wie?« Sie kam ihm noch näher. »Wie?«

»Das bringt doch nichts«, presste er zwischen den Lippen

heraus. Sie schien ihn nicht zu hören, packte ihn mit beiden Händen am Hemd und schrie ihn an: »Wie ist es gewesen?«

Sein schwerer Atem, ihre Finger, die sich in sein Hemd gekrallt hatten, plötzlich spürte er den Zorn, seine Hände rissen ihre Finger weg, stießen sie zurück. Sie standen einander gegenüber und er spürte, dass etwas hochstieg, mehr und mehr.

»Also, noch einmal, wie ist es gewesen?«, zischte sie.

Er schüttelte den Kopf, die Lippen aufeinandergepresst.

»Sind wir in der Laube gewesen?« Sie ließ nicht locker.

»Nein«, sagte er.

»Im Garten?«

Er sagte nichts, nickte nur.

»Du sollst reden«, herrschte sie ihn an, »waren wir im Garten?«

Er schluckte, nickte, ein leises »Ja«.

»Neben dem Pool?«

»Ja.«

»Und bist du dann ins Zimmer gegangen zum Packen?«

»Ja.«

»Und hab ich dann mit dem Kleinen gespielt?«

»Ja, aber das bringt doch …«

»Und was habe ich dann gemacht?« Ihre Stimme nur noch ein Flüstern, ihre Augen wie irr auf ihn gerichtet. Er sagte ihren Namen, flehentlich, die Hände beschwichtigend nach oben gehalten und trat einen Schritt auf sie zu. Sie wich zurück. »Was hab ich dann gemacht?« Nur ein Flüstern, nur ein Hauch.

»Komm«, versuchte er, sie zu beruhigen, »setzen wir uns, ich liebe dich, du …«

Er wird dieses Kreischen nie vergessen, dieses Kreischen, das aus ihrem Mund kam, als sie auf ihn zusprang, als ihre Fingernägel in sein Gesicht fuhren, ihre Fäuste auf ihn einprasselten. Es dauerte nur einen Moment, dann ließ sie ab von ihm, drehte sich zum Küchentisch und schmetterte ihre Kaffeetasse auf den Boden. Er war wie erstarrt, reagierte nicht, stand einfach da, während sie auch seine Tasse zu Boden warf, sich umdrehte, vor ihn hinstellte und mit einer plötzlich ganz ruhigen Stimme weiterredete.

»Ich war mit dem Kleinen im Garten. Ich habe gespielt mit ihm. Und was hab ich dann gemacht?«

Stille zwischen ihnen, eine ungeheure Stille. Er schaute sie an, starr, sagte nichts.

»Was hab ich dann gemacht?«

Er antwortete nicht.

»Bin ich aufgestanden, weil mein Handy geklingelt hat?«

Er zuckte mit den Schultern, unfähig etwas zu sagen.

»Hat mein Handy im Garten geklingelt?«

Wieder sein Schulterzucken.

»Oder im Hausgang?«

Er schaute, er wartete, die Stille, ihre Augen. Langsam nickte er.

»Im Hausgang?«, fragte sie noch einmal.

Er nickte.

»Und der Kleine? Habe ich ihn mitgenommen oder ist er im Garten geblieben?«

Er rührte sich nicht.

»Im Garten?«

Er nickte.

»Alleine? Beim Pool?«

Nicken.

»Und was habe ich gemacht?« Ihre Stimme war so leise, dass er sie kaum mehr hören konnte.

»Was hab ich gemacht?«

Stille zwischen ihnen, Stille. Dann ein plötzlicher Schrei, ihre Fäuste schlugen auf ihn ein, wieder und immer wieder.

Er versuchte die Hände hochzuhalten, um sich zu schützen, vor ihren Fäusten, vor ihren Schreien: »Was habe ich gemacht? Was habe ich gemacht? Was habe ich gemacht? Was habe ich gemacht?«

Ihr Schreien wurde greller, ihre Schläge wütender. Seine Hände konnten ihre Fäuste nicht aufhalten, viel weniger noch ihre Schreie, und irgendwann konnte nichts mehr das aufhalten, was in ihm hochstieg, Zorn, ein ungeheurer Zorn, der sich plötzlich entlud. Er packte ihre Handgelenke, drückte unbarmherzig zu, riss sie herum und drückte sie an die Tür.

»Was willst du hören?«, schrie er ihr ins Gesicht, »dass du telefoniert hast? Telefoniert und telefoniert und telefoniert, deine endlose Telefoniererei. Geschwatzt hast du mit deiner Freundin, während der Kleine ersoffen ist. Willst du das hören? Das? Das? Das?« Mit jedem »Das« knallte er sie gegen die Tür, bis sein Zorn schwächer wurde, bis er verpuffte. Es war still in der Küche, er lockerte seinen Griff um ihre Handgelenke, stand noch einen Moment regungslos vor ihr, Tränen in den Augen. Kraftlos drehte er sich um, setzte sich auf einen Stuhl am Tisch. Nur das Ticken der Uhr war zu hören, minutenlang.

Ihre Stimme kam von der Tür, leise, kaum zu hören. »Ja, ich habe telefoniert … geschwatzt mit meiner Freundin.« Er reagierte nicht, hatte keine Kraft mehr, saß da am Tisch, ihr den Rücken zugedreht, hörte nur das Ticken der Uhr, hörte nur die Tür, die sich öffnete, hörte ihre Schritte auf der Stiege, hörte die Haustür, das Auto, das sich entfernte und wieder die Stille und wieder das Ticken der Uhr.

Er kann sich nicht erinnern, wie lange er da saß, wie lange es dauerte, bis er aufstand, zum Fenster ging, hinausschaute, dort seine Eltern und die Großmutter sah, die in ihr Auto stiegen und wegfuhren. Er rief sie an, aber ihr Handy klingelte neben ihm auf dem Küchentisch. Er rief sie trotzdem noch einmal an und noch einmal und noch einmal. Irgendwann ging er nach unten, begann von einem Fenster zum anderen zu gehen, immer die Straße beobachtend, immer in Erwartung, dass sie endlich zurückkommen würde, dass er endlich die Tür für sie aufmachen könnte, vor der dann aber die beiden Polizisten standen und Worte mitbrachten, wohlüberlegte Worte, ruhig ausgesprochene Worte, Worte wie Unfall, scharfe Kurve, viel zu schnell, Auto ausgebrannt und keine Bremsspur …

Ein Schluchzen dringt aus der Brust des Soldaten, er presst die Zähne zusammen, greift neben sich, schaltet die kleine Taschenlampe ein, richtet den Strahl auf den Rucksack, auf die Außentasche, auf das kleine Foto, das er herauszieht. Feucht ist es und etwas gewellt, aber das macht nichts, denn das Lachen ist noch da, der Kleine lacht und er wird immer weiterlachen und lachen und lachen. Die Hand des Soldaten, die die Taschenlampe hält, zittert, sein Atem geht schwer, sein Blick ist starr auf das Foto gerichtet.

»Bist nicht mehr lang allein«, flüstert er, »ich werde noch ein Foto von Mama suchen und dann immer mitnehmen, euch beide im Rucksack, dann bist nicht mehr allein …« Wieder ein Schluchzen, er unterdrückt es mühsam, legt das Foto in die Außentasche zurück, behutsam, als könnte es zerbrechen.

Seine Hände zittern, aber er hat das Gefühl, dass es nicht nur seine Hände sind, dass alles an ihm, alles in ihm zittert. Die Kälte, die Müdigkeit, die Verzweiflung. Davonrennen, immer davonrennen hat sie ihm gesagt, hat sie ihm vorgeworfen, und er weiß, dass sie recht hatte. Er greift zum Rucksack, eine Zigarette, die Blechflasche, er gibt sich Feuer und steht auf von der Bank. Die Decke rutscht von seiner Schulter, aber es ist ihm egal, er hebt die kleine Blechflasche, schüttelt sie, hört auf den Klang und weiß, dass da noch einiges drin ist. »Zum Wohle, Soldat«, ruft er, hält die Flasche in die Höhe, so als ob er jemandem zuprosten würde. Dann setzt er die Flasche an und trinkt, setzt nicht ab, bis nichts mehr kommt. Der Schnaps brennt in seiner Kehle, treibt ihm die Tränen in die Augen. Er beugt sich vor, hustet, ringt nach Atem und beruhigt sich nur langsam.

»Teufelszeug«, sagt er, schüttelt die Flasche noch einmal, aber da ist nichts mehr zu hören, sie ist leer. Spontan schleudert er sie vom Turm in die Dunkelheit, nimmt einen Zug von seiner Zigarette, holt das Gewehr und zielt in die Nacht. Wieder ist die Lust da, abzudrücken, einfach in die Nacht hineinzuschießen, aber er zögert. Vielleicht weil die Nacht nicht mehr dieselbe Nacht ist, weil die Wolken schon Konturen zeigen, vielleicht weil alles eine Spur heller zu werden scheint. Er denkt an den Bäcker und nimmt vorsichtig den Finger vom Abzug, hält das Gewehr aber weiterhin in die Nacht gerichtet. Ihr Gesicht steht plötzlich vor ihm, bis ins Unkenntliche verzerrt an diesem letzten Morgen in der Küche. Bild auf Bild bestürmt ihn, er schließt gequält die Augen, so als wäre das ein Schutz gegen Bilder, die auf seiner inneren Leinwand entstehen und wie hässliche Schemen vor ihm auf und ab tanzen.

»Davonrennen«, murmelt er, »hast schon recht gehabt, wir sind immer davongerannt, abgehauen, geflüchtet …«, und dieses Wort erinnert ihn an den Bäcker. Er richtet sich auf, hält das Gewehr in beiden Händen quer vor sich.

»He, Bäcker!« Seine Stimme ein einsamer Vogel in der Nacht. »Bäcker, bist du da?« Er wartet, aber nichts rührt sich, alles ist ruhig.

»Bäcker!« Seine Stimme jetzt lauter, fordernder. »Brauchst keine Angst … ich tue dir nichts! Bin auch einer von euch! Auch Flüchtling! Du verstehst? Davonrennen. Ich auch!« Er lacht auf, als ob das ein guter Witz wäre. »Ich auch Flüchtling. Du verstehen, Bäcker! Musst nicht haben Angst, ich nichts machen mit Gewehr, ich auch rennen, muss rennen, immer muss rennen.« Er beginnt zu kichern, »hab Schnaps getrunken, alles aus, nichts mehr haben für dich, aber dir egal, Allah mag keinen Schnaps …« Das Kichern wird stärker, er nimmt das Gewehr in die linke und schlägt mit der rechten Hand mehrmals auf das Geländer. »Allah mag keinen Schnaps! Allah mag keinen Schnaps! Allah mag keinen Schnaps!« Im Rhythmus seiner Schläge schreit er in die Dunkelheit. »Hörst du, Bäcker?« Er stoppt mit seinen Schlägen, er stoppt mit seinem Lachen, steht unbeweglich da, lauscht in die Nacht, aber die hat keine Antwort für ihn. Plötzlich fühlt er sich ratlos, allein, und dann ist Zorn da, schlagartig, wie aus dem Nichts. »Bäcker!«, schreit er in die Dunkelheit. »Antworte!« Er legt das Gewehr an seine Schulter, zielt in die Nacht hinein und noch einmal: »Antworte!« Wieder der Gedanke, abzudrücken, einmal, noch einmal und noch einmal und noch einmal, bis das Magazin leer ist, die Nacht durchlöchern, in irgendeines dieser Löcher wird der Bäcker schon fallen und »Peng!« und »Peng!« und »Peng!«, schreit er hinaus, bis sein Schreien leiser wird und leiser, Stille. Erschöpft lässt er das Gewehr sinken, stellt es neben sich, stützt die beiden Ellbogen auf der Brüstung ab und legt sein Gesicht in die Hände.

Minuten reihen sich an Minuten, in das Schwarz der Nacht mischen sich hellere Nuancen, der Soldat scheint erstarrt. Irgendwann hebt er den Kopf, schlägt die Arme um seinen nackten Oberkörper, presst die Zähne aufeinander und tastet am Boden nach der Decke. Er wickelt sich ein, so gut es geht, geht vor an die Brüstung und schaut in die Nacht.

»Bäcker«, seine Stimme ist ruhig, »Bäcker, ich war bei euch, in der Stadt am Bahnhof. Kannst dich erinnern?« Er verstummt, die Stille irritiert ihn nicht, er erwartet keine Antwort mehr. Langsam setzt er sich auf den Boden der Plattform, auf den kalten Boden aus Metall, aber das nimmt er kaum wahr. Den Rücken lehnt er an eine Metallstrebe des Geländers, dass das Drahtgitter dazwischen nur noch an einer Seite lose in die Nacht hinaushängt, losgetreten von seinen wütenden Tritten, sieht er nicht. Er zieht die Decke am Kinn zusammen, so gut es geht, überlegt sich, eine Zigarette zu holen, aber die Energie dafür fehlt ihm, er bleibt sitzen. Lange verharrt er so, ruhig, dann beginnen sich seine Lippen zu bewegen, ein fast lautloses Gemurmel.

»Weißt, Bäcker, kein Krieg bei uns, aber brauchst keinen Krieg zum Sterben. Reicht schon ein Pool und ein Handy … ja ja, hast richtig gehört … oder ein Auto und ein Baum … Wumms! Alles vorbei, die Wohnung leer … weiß, du kannst dir das vorstellen. Dein Haus ist ja auch leer, jetzt, Geisterhaus, ein Geisterhaus, ja … du weißt, was ich mein … und mit meiner Großmutter müsstest einmal … der ist auch die Heimat nicht geblieben … hat sie gesagt, so gesagt … schön gesagt, findest nicht?«

Der Soldat verstummt, denkt an eine Zigarette, aber er steht nicht auf, bleibt sitzen, regungslos. Schlafen wäre schön, denkt er sich, sollen sie ihn wecken, wenn sie kommen in einer guten Stunde. Er schließt die Augen, aber da ist ein Reigen von Bildern vor seinen Augen, er sieht die erschrocken aufgerissenen Augen des Schattens auf der anderen Seite des Zauns, ein Schnappschuss von Blitz und Donner aufgenommen.

»Bäcker, so ist das. Die Wohnung leer, kannst nicht bleiben, verstehst doch? Da musst immer gehen, immer weg, davonlaufen hat sie gesagt. Bist ja auch davongelaufen, aber deine Geister, die sind halt echt …« Er verstummt, ein teilnahmsloser Schatten in einer grau und grauer werdenden Nacht, kalt.

»War bei euch, Bäcker, war auch Flüchtling, so richtig mit Suppe und so …« Der Soldat lacht heiser auf, schüttelt den

Kopf, als könnte er dieser Erinnerung nicht über den Weg trauen, dieser Erinnerung, die ihn in die Hauptstadt führt, so wie ihn damals der Zug in die Hauptstadt geführt hatte, auf einer seiner vielen Fluchten, ein Versuch mehr, einem seiner freien Tage etwas Sinnvolles abzutrotzen. Ein Jahr ist es her, vielleicht etwas länger, er weiß es nicht mehr, er weiß nur noch, dass er aufgestanden ist im Zug, als er sich dem Bahnhof in der Hauptstadt näherte und dass er ausstieg auf den Bahnsteig, auf den er so oft schon ausgestiegen war und der jetzt plötzlich so fremd wirkte, so als wäre er an einem Bahnhof in einem ganz anderen Land ausgestiegen, in einem Land, in dem man sofort in einem Getümmel von Menschen steht und einen Worte und Sätze in einer fremden Sprache umschwirren. Verwirrt blieb er stehen, sah all die Menschen mit der braunen Haut und den dunklen Haaren, die Hände voll mit Taschen und Säcken. Sein Blick flüchtete über die Menschenmassen auf der Suche nach etwas Bekanntem, blieb hängen an einer Anzeigetafel, die den nächsten Zug ankündigte, blieb hängen an dem Namen der Hauptstadt und dieses bekannte Schriftbild beruhigte ihn etwas. Trotzdem war er wie gefangen zwischen all diesen fremden Menschen, zwischen all diesen fremden Gerüchen und fremden Lauten. Der Zug in seinem Rücken setzte sich in Bewegung, fuhr ab. Er wartete, schließlich setzte sich die Menge in Bewegung, er mitten unter all den Menschen, eine Treppe hinunter in die Unterführung, dann in die Bahnhofshalle. Dort waren noch mehr Menschen mit fremden Gesichtern und Taschen und Säcken. Er erinnerte sich, dass er diese Bilder schon gesehen hatte, daheim im Fernsehen, diese Bilder von all diesen Menschen, die von zu Hause geflohen waren und hier strandeten, von Sonderzügen ausgespuckt wurden auf die Marmorböden der Bahnhofshallen. Unschlüssig stand er da, übermannt von all diesen Eindrücken, ging vorsichtig ein paar

Schritte, ohne zu wissen, warum er diese Richtung wählte, ging zwischen all diesen Menschen hindurch, blieb schließlich an einer Säule stehen, den Rücken an den kalten Stein gelehnt. Lange stand er so da, unfähig etwas zu tun, schließlich sank er langsam zu Boden, setzte sich, den Rücken an der Säule. Ihm gegenüber saßen zwei Frauen mit Kopftüchern, eine alt, eine jung, daneben ein Mann mit dunklen Haaren und einem Bart, schwarz und voll. So wie er an der Säule hatte der Mann den Rücken an der Wand hinter sich angelehnt, die Augen geschlossen. Was ihn aber am meisten fesselte, war der kleine Junge, der zwischen den Beinen des Mannes saß und mit einem Spielzeugauto spielte. Er fuhr mit dem Auto auf dem linken Schenkel seines Vaters hin und her, langsam und bedächtig, einmal in diese, einmal in die andere Richtung. Er hatte wirre dunkle Haare und dunkle Augen, die er auf die jüngere Frau richtete, hob den Arm mit dem Auto und zeigte ihr das Auto. Sie lächelte und nickte unmerklich, aber das Lächeln war schwach und teilnahmslos. Der kleine Junge war damit nicht zufrieden, er schaute hinauf zum Gesicht seines Vaters, der aber die Augen geschlossen hatte. Enttäuscht wendete er sich ab, hielt das Auto wieder vor das Gesicht der jüngeren Frau, aber die hatte den Kopf abgewandt, schaute stumm vor sich auf den Boden. Der Kleine blickte noch einmal zu seinem Vater, zu seiner Mutter und dann drehte er den Kopf und schaute genau zu ihm. Der Soldat hielt den Atem an, nahm plötzlich nichts mehr wahr, nichts von dem Stimmengewirr, nichts von dem Lärm, nichts von der Kälte, die vom Boden her in ihn eindrang. Da war nur dieser kleine Junge, da waren nur seine Augen, die auf ihn gerichtet waren, und sein Arm, der in seine Richtung schwenkte und ihm das kleine Spielzeugauto zeigte. Dieser Moment traf den Soldaten tief in seinem Inneren, er schluckte, nickte, zeigte auf das Auto und sagte: »Ta!«

Der Bub reagierte nicht, blickte stattdessen zurück zu seinem Vater, der aber die Augen immer noch geschlossen hatte. Noch einen Augenblick schien der kleine Junge zu überlegen, dann rappelte er sich auf und stapfte mit ungelenken Schritten auf den Soldaten zu, hielt ihm das Auto vor das Gesicht. Langsam hob der Soldat seinen Arm, nahm das Auto und begann damit am Boden hin und her zu fahren. Der Junge stand neben ihm, lehnte sich an seine Schulter und schaute zu, während er am Boden immer wildere Kreise mit dem Auto zog und mit dem Mund begann, Fahrgeräusche zu imitieren. Der Junge jauchzte auf, setzte sich auf seinen Schenkel und in diesem Moment sah er, dass der Vater des Jungen die Augen geöffnet hatte und ebenso wie die beiden Frauen zu ihm herschaute. Der Vater lächelte freundlich, nickte, lehnte sich wieder zurück und schloss die Augen. Der Soldat ließ das Auto weiter seine Kreise ziehen, begann vom Boden weg auf die Beine des kleinen Jungen zu fahren, hinauf über den Oberkörper auf die Schulter, weiter auf der einen Seite des Kopfes hinauf, durch die Haare und auf der anderen Seite hinunter. Der Junge zog den Kopf zwischen die Schultern, kicherte, offenbar kitzelte ihn das Auto. Der Soldat hörte ein Lachen und eine Stimme von gegenüber, die beiden Frauen hatten die Szene beobachtet.

Plötzlich wurden sie unterbrochen. Zwei Frauen mit roten Jacken waren vor ihnen stehen geblieben, beide hielten ein Tablett, auf dem Teller standen. Sie reichten diese Teller, aus denen heißer Dampf aufstieg, an die Menschen auf dem Boden, zusammen mit Plastiklöffeln und einem Stück Brot, sie reichten sie den beiden Frauen, dem Vater, der jetzt die Augen geöffnet hatte und mit einem dankbaren Nicken den Teller in Empfang nahm. Der kleine Junge war aufgestanden, ging zu seinem Vater, der schon mit dem Plastiklöffel begann, die Suppe umzurühren.

Der Soldat verspürte eine Traurigkeit, dass der Junge weg war, aber er konnte den Gedanken nicht weiterverfolgen. Plötzlich war auch vor seinem Gesicht ein Teller voll mit Suppe und als er aufblickte, lächelte ihn eine der Frauen in der roten Uniformjacke freundlich an. Er zögerte, aber sie nickte ermunternd und so nahm er den Teller, den Löffel, das Stück Brot, nickte dankend und sah, wie die beiden Frauen sich durch die Menge entfernten. Ein paar Meter weiter standen andere Frauen und Männer, auch sie mit roten Jacken, auch sie mit Tabletts voll mit Tellern und Suppe, Löffeln und Brot.

Er blickte zu dem kleinen Jungen, aber dessen Aufmerksamkeit war ganz der Suppe gewidmet. Der Vater hob einen vollen Löffel vor seinen Mund, blies sorgfältig auf die heiße Suppe, ehe er sie dem Jungen gab. Der Soldat begann selber zu essen. Die Suppe war einfach, aber heiß und gut. Als er fertig war, stellte er den Teller neben sich, und als er aufschaute, sah er den kleinen Jungen vor sich stehen, die Hand ausgestreckt, die ihm ein Stück Brot entgegenstreckte. Das Bild gefror vor den Augen des Soldaten: der kleine Junge, die wirren Haare, die aufgerissenen Augen, die ausgestreckte Hand und »ta« und »Babab« tönte es in seinem Kopf und seine Augen füllten sich mit Tränen. Er versuchte, sie zurückzuhalten, merkte aber, dass es hoffnungslos war, legte die Hände vors Gesicht, während seine Schultern zu zucken begannen und er losschluchzte. Der Junge trat einen Schritt zurück, sichtlich verstört, drehte sich um und ging zu der jüngeren Frau, deren Arme sich für ihn schon geöffnet hatten.

Der Soldat spürte eine Haltlosigkeit in sich, spürte die Tränen aufsteigen, die er nicht zurückhalten konnte und plötzlich war eine Hand auf seiner Schulter. Er blickte auf, sah den Mann vor sich in der Hocke, den Mann mit den dunklen Haaren und dem schwarzen Bart, der sein Gesicht in beide Hände nahm, die Stirn auf die seine legte und leise irgendwelche Worte flüsterte. Der Soldat ließ alles mit sich geschehen, spürte die warmen Hände an seinen Wangen, die Stirn des Mannes an seiner Stirn, während seine Tränen ungebremst über sein Gesicht liefen. Der Mann nahm seinen Kopf etwas zurück, blickte ihm in die Augen und der Soldat sah, dass auch in seinen Augen Tränen waren, Tränen, die ihren Weg nach unten suchten und in dem dichten Vollbart hängen blieben. Die Lippen des Mannes bewegten sich, schickten Worte flüsternd auf die Reise, die der Soldat nicht verstand, er spürte nur den Atem des Mannes auf seinem Gesicht und nickte. Schließlich nahm der Mann die Hände von seinen Wangen, packte ihn rechts und links an der Schulter, sagte etwas Unverständliches, aber es war warm und wohltuend. Dann stand er auf, ging zurück zu seinem Platz, setzte sich und nahm seinen Jungen, der ihm die Arme entgegenhielt, zu sich auf den Schoß.

Der Soldat wischte sich die Tränen aus dem Gesicht, erhob sich, und mit einem leichten Nicken zu dem Mann und dem kleinen Jungen setzte er sich in Bewegung, ging durch die Masse an Menschen, erreichte irgendwo das Ende der Halle, stürzte durch die riesige Tür ins Freie, rannte hinaus in den Abend der Hauptstadt, der den Regen wie silbrige Schnüre zwischen Himmel und Erde gespannt hatte. Verstört folgte er den Straßen, ohne auf eine Richtung zu achten, schwarz glänzender Asphalt, die Lichter der Großstadt verschwammen in den Pfützen wie ein zu nasses Aquarell. Menschen mit Schirmen hasteten an ihm vorbei und dazwischen seine Schritte, die keine Richtung hatten, die einfach nur gingen und gingen und gingen, bis sie von einem »Na, hast Zeit?« gestoppt wurden. Er blieb überrascht stehen, sah die Frau vor sich, mit dem Rücken an die Wand gelehnt, sah ihre schwarzen Stiefel, die bis über das Knie reichten und unten mit dem schwarzen Asphalt verschwammen. Sah ihr Gesicht, den etwas zu stark geschminkten Mund, der aber freundlich lächelte und »Lai la lai, lai la lai lai lai lai lai …«

SECHS UHR

»Lai la lai, lai la lai lai lai lai lai …« Der Soldat summt leise die Melodie, die Augen geschlossen, Rücken und Kopf an dem kalten Metall angelehnt, müde, erschöpft. Die Kälte kriecht durch ihn hindurch, die Decke, wieder etwas von seiner Schulter gerutscht, kann sie nicht aufhalten. In seinem Kopf rauscht der Alkohol, eine Zigarette wäre gut, aber dafür müsste er aufstehen und warum soll er das und warum soll er überhaupt etwas und »Lai la lai, lai la lai lai lai lai lai …«

Mühsam öffnet er die Augen, ein Blick auf die Uhr, die letzte Stunde auf diesem Turm, in dieser Nacht, und dieser Gedanke »die letzte Stunde« lässt ihn grinsen, »meine letzte Stunde« denkt er sich, fängt an zu lachen und ruft es hinaus in die Nacht, »meine letzte Stunde hat geschlagen, Bäcker, meine letzte Stunde auf diesem Turm, fertig …« Er kann nicht weiterreden, ein Hustenanfall, unterbrochen von seinem Lachen, der Gedanke an die letzte Stunde amüsiert ihn. Plötzlich fällt ihm ein, dass sie in einer knappen Stunde hier sein werden, hier bei ihm, auf diesem Turm, sie werden das losgetretene Metallgitter sehen, vielleicht die kleine Blechflasche, die er in die Nacht geworfen hat, sie werden aber vor allem merken, dass er nicht nüchtern ist, dass er kaum gerade stehen und gerade gehen kann, und das werden sie auch im Pritschenwagen merken und viel schlimmer noch in der Kaserne, beim

Morgenappell, wenn sie der diensthabende Offizier nach der Nachtwache empfangen wird.

Der Gedanke sollte ihn beunruhigen, aber er tut es nicht, er findet es plötzlich urkomisch, stellt sich vor, wie alle in einer Reihe stehen, stramm, und dazwischen er mit nacktem Oberkörper, leicht schwankend. Der Offizier, der die Reihe abschreiten wird, wird stehen bleiben vor ihm, ihm streng ins Gesicht schauen, eine Stille wird sich ausbreiten in dem Innenhof und dann sein großer Auftritt: Er wird die Hacken zusammenschlagen, die Hand zackig salutierend an die Stirn legen und laut und in militärisch strengem Ton sagen: »Herr Hauptmann, ich bitte um eine unehrenhafte Entlassung aus der Armee!« Der Gedanke erheitert ihn ungemein, er stellt sich das ratlose Gesicht des Offiziers vor, die Mundwinkel, die anfangen zu zucken, weil sie nicht wissen, was sie in so einer Situation sagen sollen.

Ein Lachen steigt aus seiner Kehle, auf seinem Turm in der heller werdenden Nacht, und sie fällt ihm ein, sie hätte so eine Aktion sicher wunderbar gefunden, hätte in die Hände geklatscht, wenn er heimgekommen und es ihr erzählt hätte, sie hätte nachgefragt, ob das wirklich wahr wäre, ob er jetzt kein Soldat mehr wäre, kein Soldat mit einem Schießgewehr? Und er hätte genickt und sie wäre ihm um den Hals gefallen, hätte gelacht und ihn geküsst, hätte ihm Löcher in den Bauch gefragt, wie das gewesen sei, wie das Gesicht des Offiziers ausgeschaut hätte und hätte wieder begeistert gelacht. Vielleicht wäre der Kleine in seinem Stuhl gesessen, mit aufgerissenen Augen dieses seltsame Schauspiel verfolgend und hätte irgendwann »ta« und »Babab« gerufen und ihr Körper und sein Körper und ihr Lachen und sein Lachen und Leben und Wir. Vielleicht wäre sie dann ernst geworden, hätte ihn angeschaut, kopfschüttelnd, und gesagt: »Ich hab Petitionen unterschrieben, Demonstrationen organisiert, alles habe ich gemacht, um die Armee abzuschaffen. Alles vergeblich. Aber einen Soldaten habe ich doch dazu gebracht.« Sie hätte eine kurze Pause gemacht, ihr Gesicht hätte sich zu einem Grinsen verzogen und mit einem theatralischen Ton hätte sie gesagt: »Jetzt kann ich beruhigt sterben!«

Ein Lächeln liegt auf dem Gesicht des Soldaten, immer noch auf dem Boden sitzend, aber jetzt spürt er die Kälte nicht, spürt die Müdigkeit nicht, sieht nur ihr Gesicht vor sich, ahnt ihre Lippen auf seinen Lippen, ihre Hände auf seinen Wangen und Zunge an Zunge und es ist keine kalte Nacht, es ist ein warmer Tag und es ist kein Turm und kein Zaun und keine Grenze, es ist alles offen und weit und sonnig, das Leben rennt über eine Wiese und sie versuchen Schritt zu halten, lachend, außer Atem, Leben, einfach leben. Er sieht ihr Gesicht vor sich, über die Klippe hängend, Meer und Gischt und die Vögel, er sieht ihr Gesicht, in dem dunklen Wald, Herbst und Silbermond und sein Röhren und er sieht ihr Gesicht in dem Lokal in der großen nördlichen Stadt, während sie ihn auf die Tanzfläche zieht, ihre Arme um ihn schlingt und »You're just my poor boy …« und ihr Mund und sein Mund und ihre Lippen und seine Lippen und »Lai la lai, lai la lai lai lai lai lai …«

Und er sieht ihr Gesicht vor sich, damals vor vielen, vor so vielen Jahren, als er sie zum ersten Mal gesehen hat, nach seinem Sturz in die Nacht, nach seinem Sturz in dein Glück, wie sie es später immer nannte, den Sturz unter diesem großen südlichen Himmel, Sternenmeer. Er war dem Weg gefolgt, der ihn die Küste entlang und in den Abend geführt hatte, er war singend durch die Nacht zurückgegangen, bis zu jenem Augenblick, als sein Fuß wegrutschte, als er selber begann abzurutschen, als seine Finger in den Boden gekrallt nur loses Geröll zu fassen bekamen, als er mehr und mehr nach unten rutschte und dann dieser Moment des Entsetzens, als nichts mehr unter ihm war, nur noch Nacht, nur noch Finsternis, in die er stürzte, gefolgt von seinem Schrei. Ein anderes Element empfing ihn, fing seinen Sturz ab, brüllte in seinen Ohren und eine riesige Hand aus Wasser hob ihn empor und schleuderte ihn gegen einen Felsen. Er spürte einen scharfen Schmerz in seinem Bein und versuchte in panischer Angst, sich irgendwo festzuhalten. Aber der Felsen war nass, war im Bunde mit der riesigen Hand aus Wasser, die wieder nach ihm griff und ihn zurückzog ins Meer. Er wollte schreien, aber da war nur Wasser, das er schluckte, und Wellen, die ihn gegen die Felsen warfen. Er schnappte nach Luft, er schrie, er schluckte Wasser, er versuchte zu schwimmen, aber es waren lächerliche Versuche angesichts der Gewalt des Wassers, die ihn immer wieder hochhob und gegen die Felsen schleuderte. All das ist in seiner Erinnerung ein unendlicher Albtraum, chancenlos diesem gigantischen Element ausgeliefert, das ihn minutenlang nicht losließ. In Wirklichkeit waren es wohl nur ein paar Sekunden gewesen, wie sie ihm später erzählte.

Sie war am Abend hinausgegangen, den Strand entlang, bis zu dieser Stelle, an der die Felsen bis zum Wasser reichen. Sie war ein paar Meter in den Felsen nach oben geklettert, hatte sich dort in den letzten Sonnenstrahlen hingesetzt und der Sonne zugeschaut, die wie eine riesige Orange im Meer versank. Die Dunkelheit war schnell hereingebrochen, aber es war warm, sie genoss diesen Abend, das gleichmäßige Rauschen des Meeres, bis zu diesem Moment, als in ihren Augenwinkeln etwas Dunkles ins Wasser stürzte, begleitet von etwas, was sie erst ein paar Sekunden später als Schrei registrierte. Sie sprang auf, starrte in das wogende, dunkle Wasser und sah dieses schwarze Etwas, das gegen die Felswand geschleudert wurde, einmal, noch einmal, und während ihr bewusst wurde, dass das nur ein Mensch sein konnte, riss ihn eine Welle etwas mehr zur Seite, hob ihn hoch und schob ihn auf einen flachen Felsen, auf dem er liegen blieb, obwohl die nachstürzenden Wogen an ihm rissen und zogen. Er robbte stöhnend weiter, in Panik weg von diesem brüllenden Wesen, das nach ihm griff und mit nassen Händen versuchte, ihn ins Wasser zu ziehen. Dann gab es kein Weiterkommen, die Felswand ragte vor ihm auf in die Nacht. Er lehnte sich mit dem Rücken an den Felsen, zog die Beine an, alles so weit es ging weg vom Wasser. Das war der Moment, als sie ihm von der Seite kommend die Hand auf die Schulter legte. Erschrocken wandte er sich um, sah undeutlich ein Gesicht, das Gesicht einer Frau, die Augen im Dunkeln. Ihre Lippen bewegten sich, sagten irgendetwas in einer Sprache, die er nicht verstand. Er schüttelte den Kopf, zum Zeichen, dass er sie nicht verstand. Dann kamen Worte aus ihrem Mund, Worte in seiner Sprache und er nickte, sagte »Ja« und »Geht schon«. Sie reichte ihm die Hand, half ihm auf, aber als er auf den rechten Fuß stieg, verspürte er einen ungeheuren Schmerz und schrie auf. Sie sagte etwas, aber es ging im Gebrüll einer Welle unter, die über ihnen zusammenschlug. Mit Mühe konnten sie sich auf dem Felsen halten. Sie nahm seine Hand, legte sie um ihre Schulter und versuchte ihn abzustützen, sodass er sein verletztes Bein schonen konnte. Er hatte keine Ahnung, wie sie es letztlich schafften, von diesem Felsen die paar Meter hinüberzuklettern, wo sich schließlich die Zunge eines Sandstrands zwischen Fels und Wasser drängte und ihnen einen sicheren Boden anbot.

Sie sanken hin, saßen im Sand und plötzlich war da ein Licht in seinem Gesicht. Er kniff die Augen zusammen, sah, dass sie eine kleine Taschenlampe in der Hand hielt und sein Gesicht ableuchtete. »Das schaut nicht gut aus«, hörte er sie sagen und sie wischte mit einem Tuch Blut aus seinem Gesicht. Er nahm alles nur am Rande wahr, dass sie sein Gesicht sauber machte, seinen Fuß untersuchte, dass sie immer wieder etwas zu ihm sagte, vielleicht um ihn zu beruhigen, er wusste es nicht, zu stark die Eindrücke der letzten Minuten, das Entsetzen während des Sturzes, die Panik in den Wellen, das immer noch andauernde Gebrüll des Meeres. Er rappelte sich auf, stieß ihre Hände, die ihn stützen, halten, begleiten wollten, weg und hinkte auf dem Sand dahin mit dem einzigen Ziel, wegzukommen vom Meer, von diesem brüllenden Wesen, das ihn beinahe verschlungen hätte. Sie ging neben ihm, packte seinen Unterarm, und er ließ es geschehen und blieb trotz der Schmerzen erst stehen, als sie hinter einer Düne waren und das Meer nur mehr abgedämpft zu hören war. Er setzte sich stöhnend auf den Boden, sie nahm ihm den Rucksack ab, an den er gar nicht mehr gedacht hatte, und setzte sich neben ihn.

»Geht's?« Ihre Stimme ohne das Brüllen des Meeres jetzt ganz nah. Er nickte.

»Schmerzen?«

Er nickte wieder, deutete auf den Fuß. Sie leuchtete mit der Taschenlampe. »Nur eine Wunde, nicht so schlimm, glaub ich zumindest«, sagte sie, »ich denke, du hast verdammtes Glück gehabt!«

Er drehte den Kopf, schaute sie an, sah ihre Augen, die neugierig auf ihn gerichtet waren.

»Das waren … zehn Meter, mindestens …«

Er hatte immer noch den Blick auf sie gerichtet, hörte ihre Stimme und bemerkte das Zittern in seinem Inneren, das mehr wurde und mehr und er wollte etwas sagen, aber seine Lippen gehorchten ihm nicht mehr und er spürte, wie sein Atem schneller ging und wie da etwas war, was er nicht kontrollieren konnte, was seinen ganzen Körper erfasste und Tränen aus seinen Augen drückte. Sie legte ihren Arm um seine Schultern, er wollte ihn abschütteln, aber das war nur ein hilfloser Versuch, und dann brach er zusammen, hielt die Hände vors Gesicht und weinte.

Sie hielt ihn fest, streichelte beruhigend mit der Hand über seinen Kopf, er hörte Worte wie »ganz ruhig«, »ganz normal«, »Schock«. Hinter der Düne brüllte das Meer, über ihnen spannte sich ein samtener Himmel, eine warme Brise trocknete ihre Kleider und ihre geflüsterten Worte waren sanfte Vögel in der Nacht. Irgendwann war er ruhig, sein Kopf lag in ihrem Schoß, ihre Hand in seinen Haaren. Er hielt die Augen geschlossen, war erschöpft und ruhig und wäre am liebsten für immer da gelegen in diesem warmen Sand unter dem Sternenmeer und ihre Finger in seinen Haaren. Aber irgendwann begann der Sand kühl zu werden, auch der Wind verlor die letzte Tageshitze, ihre Hand verließ seinen Kopf.

»Es wird kalt, geht's? Sind nur ein paar Meter bis zu meinem Hotel.«

Er setzte sich auf, nickte und als sie beide standen, direkt vor einander standen und einander ansahen, sagte er leise: »Danke!«

Sie schüttelte den Kopf. »Hab ja nichts gemacht, nichts Besonderes.« Und plötzlich fing sie an zu grinsen, »ganz im Gegensatz zu dir!«

Sie schauten einander an und plötzlich war da ein Lachen in ihrem Gesicht und sie konnte nicht mehr an sich halten, presste noch ein »Entschuldigung« aus ihrem Mund, bevor sie einen ihrer Lachanfälle bekam, die er in all den Jahren danach so lieben lernte. Damals stand er nur verblüfft vor ihr, aber ihre Heiterkeit war so ansteckend, dass er ebenfalls anfing zu lachen. Schließlich saßen sie wieder nebeneinander im Sand, minutenlang lachend, bis sie sich beruhigten.

»Entschuldige«, sagte sie noch einmal und wischte sich die Tränen aus den Augen.

»Schon in Ordnung«, grinste er.

»Du bist nicht vielleicht …« Sie schaute ihn an, über ihr Gesicht huschte schon wieder ein Lächeln, »… Turmspringer?« Und wieder ging es los und wieder bestand die Welt aus nichts anderem als Nacht und Sand und Leichtigkeit und Lachen. Als sie sich endlich beruhigt hatten, dehnte sich eine Stille zwischen ihnen aus, aber es war eine wunderbare Stille, nicht zu vergleichen mit dieser Wortlosigkeit, die sie in ihren letzten Jahren gefangen hielt, nachdem ein Handy zu Boden gefallen und die Welt untergegangen war. Damals war es eine Stille, in der alles gesagt war, was es zu sagen gab, eine Stille, die nicht gefangen nahm, sondern befreite und die jederzeit den Platz und die Möglichkeit bot, sie zu unterbrechen, mit Worten und Gesten anzureichern.

»Im Ernst«, sagte sie, »das waren verdammte zehn Meter.« Sie schüttelte den Kopf, so als könnte sie das alles nicht glauben. Er zuckte mit den Achseln, sagte nichts.

»Warum denn?« Sie schaute ihn an, »wie ist das passiert?«

Er dachte zurück an seinen Weg in der Nacht, an den stärker werdenden Wind, an seinen Gesang und an dieses Entsetzen, als kein Boden mehr unter seinen Füßen war.

»Ausgerutscht«, sagte er.

»Ausgerutscht? Einfach so?«

»Einfach so, ja, einfach so«, bestätigte er.

»Ich kann's gar nicht glauben«, sagte sie leise und schaute ihn an. Sie saßen direkt nebeneinander in dieser Nacht, die kälter geworden war, und schauten sich an. Keiner nahm seinen Blick weg vom anderen, und er hatte keine Ahnung, ob es nur Sekunden dauerte oder Minuten, aber das war letztlich auch völlig unwichtig. Es war diese Begegnung mit ihren Augen, die etwas machte mit dieser Nacht, mit dem Sand und dem Wind, die etwas machte mit dem Brüllen des großen Meeres, das nun sanfter klang, besänftigt, friedlich. Es war diese Begegnung mit ihren Augen, die ihre Hände zueinander führten, sodass sie danach schweigend, einander an der Hand haltend, über den Sand gingen, über die kleine Straße, langsam, denn er konnte den einen Fuß kaum belasten. Sie erreichten einen kleinen Ort, ein kleines Hotel, sie fasste ihn unter und trat mit ihm ein. Hinter der Rezeption hob eine ältere Frau ihren Kopf und ihr Blick verdüsterte sich, als sie die beiden sah.

Sie blieben stehen, immer noch hatte sie ihn untergefasst, stützte er sich auf ihren Schultern ab. Sie sagte etwas in dieser unverständlichen Sprache zu der Rezeptionistin und er hatte das Gefühl, dass sie einen ironischen Ton anschlug. Das täuschte ihn nicht, denn die alte Frau stieß ein Lachen aus, antwortete etwas, was er auch nicht verstand, und gleich darauf waren sie vorbei, stiegen mühsam eine Treppe hinauf.

»Was hast du ihr gesagt?«, fragte er.

»Nur etwas von Frau zu Frau«, antwortete sie, während sie den oberen Teil der Treppe erreichten und sie ihn einen Gang entlang führte. Er blieb stehen, nahm den Arm von ihren Schultern.

»Von Frau zu Frau?«

Sie kicherte los: »Ich habe ihr erzählt, dass du mein Mann bist und wieder einmal zu viel getrunken hast. Da hatte sie gleich Verständnis …«

Sie standen in dem dunklen Gang, bemüht, das Lachen zurückzuhalten. Schließlich packte sie entschlossen seine Hand, zog ihn, ohne auf seinen Fuß Rücksicht zu nehmen, den Gang entlang und in ein Zimmer. Erst als er ausgezogen im Bett lag, mit einem trockenen T-Shirt von ihr, das ihm zu klein war, merkte er, wie durchgefroren er war. Sie lagen sich gegenüber und es brauchte keine Worte mehr, langsam übernahmen andere Sinne das Kommando, gaben Hände die Richtung vor, legten sich zwei Münder aufeinander, die sich jahrelang nicht mehr loslassen würden …

Der Soldat hat die Augen geschlossen, versucht diese Bilder festzuhalten, versucht ihren Mund auf seinem Mund festzuhalten, aber es ist nicht einfach, zu kalt alles um ihn, zu erschöpft er selber und der Alkohol spielt sein eigenes Spiel. Er öffnet die Augen, zieht die Decke am Hals zusammen und steht auf. Die Nacht hat sich verändert, ist immer noch dunkel, verbirgt immer noch viel, aber der Morgen hat begonnen, ihr die ersten Konturen, die ersten Schatten zu entreißen, die Welt vor den Vorhang zu holen. Er greift in die Außentasche des Rucksacks, des gleichen Rucksackes, der damals dabei war, damals, als er in diesem großen Süden in die Nacht gestürzt war, damals, als er mit ihr im Sand gesessen ist, damals, als im Bett eine andere Sprache erwachte, eine Sprache ohne Worte. Er war immer dabei gewesen, dieser Rucksack, immer, war auch im Gang gestanden, als die Polizisten klingelten und später die Gartentür hinter einer völlig veränderten Welt schlossen.

»Du bist geblieben«, flüstert der Soldat, nachdem er sich eine Zigarette herausgezogen hat, »du bist bei mir geblieben.« Mit einer fast zärtlichen Bewegung streift er mit der Hand über den Rucksack, nimmt einen tiefen Zug und bläst den Rauch in die blasser werdende Nacht. Vor sich sieht er das Gewehr, nimmt es auf und fährt mit dem Finger langsam den Lauf entlang. »Und du auch«, seine Stimme ein heiseres Flüstern, »du bist auch geblieben.« Nachdenklich schaut er auf die Waffe und dann hat er einen Gedanken, der ihn amüsiert. »Wenigstens eine Braut ist mir geblieben …« Er springt auf, ohne auf die Decke zu achten, die von seinen Schultern rutscht, drückt das Gewehr an sich, den Lauf nach oben, schlingt die Arme um die Waffe und kichert: »Meine Braut! Meine Braut!« Er beginnt sich zu bewegen, wiegt sich hin und her, schmiegt den Kopf an den kalten Stahl des Laufes, an den kalten Hals seiner Braut. Leise fängt er an zu summen, fährt mit der Hand den Lauf auf und ab, die Augen geschlossen. »Du bist bei mir geblieben.« Er tanzt, bis die Zigarette in seinem Mund abgebrannt ist, spuckt den Stummel in die Nacht, tanzt weiter, jetzt, ohne Zigarette im Mund, kann er nicht nur summen sondern auch singen und »Lai la lai, lai la lai lai lai lai lai ...«.

Sein Singen ist leise, sanft, so wie seine Hand sanft das Gewehr in seinen Armen streichelt, so wie seine Hüften sich in einem imaginären Takt bewegen, sanft, so wie seine Füße auf der Plattform tanzen, sanft. Er weiß plötzlich, dass es ein Abschiedstanz ist, ein Abschiedstanz von seiner Braut, dass er gehen wird, aus dieser Kaserne, aus diesem Dorf, aus diesem Leben, dass er diesmal wirklich ernst machen wird, weg von allem. Er weiß nicht wohin, aber das spielt keine Rolle, nicht für ihn in diesem Moment, wichtig ist nur der Gedanke, aufzubrechen, endlich wegzugehen. Raus durch die Tür, am Gartentor noch einmal zurückschauen, wo sie stehen werden, Mutter, Vater und die Großmutter, mit winkenden Händen, mit Tränen in den Augen, aber vielleicht tief in ihrem Inneren, ohne dass sie es sich selbst eingestehen könnten, froh, dass er endlich geht, in der Hoffnung, dass er endlich all diese Bilder, die sie mit ihm verbinden, mitnimmt, diese Bilder vom Swimmingpool, diese Bilder von dem Kleinen, von ihr, Bilder von Notarzt und Polizei, vielleicht, vielleicht ist die Traurigkeit über sein Weggehen weit weniger schlimm als das ständige Erinnertwerden an all das Schreckliche, das ihn umgibt.

Vielleicht werden sie im Dorf verstohlen aus den Fenstern schauen, weil es sich herumgesprochen hat, dass er gehen wird, vielleicht für immer fortgehen wird. Vielleicht wird er kurz stehen bleiben beim Windrad, die Brandschäden anschauen, die niemand beseitigen will, weil sie garantieren, dass das Haus so leer bleibt, vielleicht wird er über die Felder gehen, durch die kleinen Waldstücke, bis die Kaserne schwarz und drohend vor ihm steht und ihm den Weg versperren will. Er wird sich lächelnd in die Büsche schlagen, an der Kaserne vorbei in das Land hinaus ziehen, in die Welt hinaus, immer weiter, immer weiter, jeden Tag gehen und gehen und gehen, jeden Tag neue Eindrücke, die so bunt sind, dass all die Erinnerungen dagegen keine Chance haben und verblassen werden, mehr und mehr, bis sie kaum mehr zu erkennen sein und nur mehr als ein unwirklicher Traum in seinem Inneren weiterleben werden. Er wird Wüsten durchqueren, ewiges Eis, er wird dem Singen des nächtlichen Dschungels lauschen, er wird dem Rauschen der Meere zuhören, er wird leben, er wird gehen, leben und gehen, leben ist gehen, gehen ist leben, Leben.

Der Soldat dreht sich auf seinem Turm sanft und sacht im Kreis, sein Gewehr innig umarmt, leise singend, er spürt nicht die Kälte, sieht nicht die Morgendämmerung, die sich langsam auf die Felder legt, mehr und mehr Bilder der Nacht entreißt. Er dreht sich und dreht sich, sein Singen ist zu einem unhörbaren Summen geworden, ist verstummt, die ganze Welt ist verstummt, da ist nur ein Soldat auf einem Turm, der Abschied feiert von seiner Braut. Irgendwann werden seine Bewegungen langsamer, irgendwann stoppt er ab, bleibt stehen, unbeweglich. Ein seltsames Standbild in der verschwindenden Nacht, ein einsamer Soldat ohne Jacke, der sein Gewehr an sich presst, langsam den Kopf dreht und dem Lauf einen Kuss gibt. Vorsichtig stellt er das Gewehr auf den Boden, dreht sich um zum Rucksack, der Griff in die Außentasche, längst kein tastender Griff mehr, längst können die Augen den Weg weisen, er findet noch eine Zigarette, zündet sie an, geht vor an die Brüstung. Mit einer Hand greift er nach dem Gewehr, hält es vor sein Gesicht, so als ob er es noch nie gesehen hätte.

»So ist das eben, meine Braut, Zeit, uns zu verabschieden.« Plötzlich kommt ihm eine Idee, er kichert, stellt das Gewehr mit dem Kolben auf den Boden und steckt die Zigarette oben in den Lauf. »Magst sicher auch einen Zug«, sagt er, beginnt zu lachen, nimmt die Zigarette aus dem Lauf des Gewehrs und führt sie zum Mund.

Dann hört er es. Ein feines metallisches Geräusch, das er nicht einordnen kann, aber das nicht in diese Nacht, in diesen Morgen gehört. Die Hand bleibt in der Luft hängen, zusammen mit der Zigarette, nur Zentimeter von seinem Mund entfernt. Er lauscht angestrengt in die Morgendämmerung, aber er hört nichts mehr und er merkt, wie schwer es ihm fällt, sich zu konzentrieren und er weiß, dass das am Alkohol liegt. Einen kurzen Moment fällt ihm der Morgenappell ein, der Offizier, der ihre Reihen abschreiten und vor dem Soldaten stehen bleiben wird, der mit nacktem Oberkörper schwankend dastehen wird. Der Gedanke amüsiert ihn erneut, doch da ist wieder dieses Geräusch, ein metallisches Geräusch, er kann es nicht einordnen, was? Immer noch steht er völlig unbeweglich, immer noch schwebt die Hand mit der Zigarette vor seinem Mund, immer noch ist da etwas, aber was? Endlich rührt er sich, steckt sich die Zigarette in den Mund, nimmt das Gewehr auf, stützt sich auf der Brüstung ab und zielt in die Dämmerung. Er kneift die Augenbrauen zusammen, zwinkert mehrmals, um besser sehen zu können, aber das ist alles nur eine verschwommene, verwackelte Welt, eingetaucht in Schwarz- und Grautöne, und seine Konzentration reicht nur für kurze Blicke, dann schweifen seine Augen ab, zu einem nächsten Schatten, zu einem nächsten Was. Sein Gewehr folgt seinen Blicken, sein Atem geht schwer. Dann ist es wieder da, dieses Geräusch, es kommt von vorne, metallisch, es muss der Zaun sein, es kann nichts anderes sein. Er starrt in die Dämmerung, aber den Zaun kann er nicht sehen, noch ist der Morgen zu schwach, noch verteidigt die Nacht trotzig die letzten Nischen. Er hält den Atem an, glaubt, so besser hören zu können, aber da ist nichts. Minutenlang starrt er auf die Felder, kneift die Augen zusammen, weil die Bilder verschwimmen, und dann ist es wieder da, das Geräusch, metallisch. Der Zaun, denkt er, der Zaun, da ist etwas am Zaun. Er versucht, die Dunkelheit mit seinen Blicken zu durchdringen, aber das gelingt ihm nicht. Wieder das Geräusch. Er atmet hektisch, blickt auf die Uhr, noch zwanzig Minuten, bis sie kommen werden mit dem Pritschenwagen über den Feldweg, noch zwanzig Minuten ist er Soldat mit Gewehr und Schießbefehl. Er überlegt kurz, das Funkgerät zu nehmen, einen Notruf abzusetzen, aber der Gedanke entgleitet ihm, bevor er auch nur eine Hand in Richtung Funkgerät ausstrecken konnte. Wieder das Geräusch. »… damit du dich erinnerst, wenn sie kommen …« Wer hat das gesagt? Die Großmutter, die Großmutter hat das gesagt, aber wer kommt …, fragt er sich, während er erstaunt zur Kenntnis nimmt, dass er oben auf der Metallleiter steht, das Gewehr in einer Hand, die andere Hand sichernd am Geländer und vorsichtig nach unten steigt. Plötzlich rutscht sein Fuß weg, er kann sich mit der Hand abfangen, findet mit dem Fuß Halt. »Hoppala«, sagt er halblaut und dieses Wort erheitert ihn. Er beginnt zu kichern, unsicher auf dieser Metallleiter stehend. Irgendwo in seinem Inneren ist das Bewusstsein da, dass er sich zusammenreißen muss, da ist doch dieses Geräusch, metallisch, und da ist es wieder und da wieder und wieder. Er atmet tief durch, steigt die letzten Stufen der Metallleiter nach unten und legt kurz den Kopf an das Geländer. »Reiß dich zusammen, Soldat«, murmelt er zwischen seinen zusammengepressten Lippen hervor. Wieder das Geräusch. Er hebt den Kopf, nimmt das Gewehr in beide Hände, entsichert es und geht langsam in die Dämmerung hinein. Schon nach wenigen Schritten taucht aus dem Dunkel der Zaun auf. Das Geräusch ist jetzt lauter. Er greift mit einer Hand an den Zaun, spürt die Schwingungen, hört das Geräusch. Langsam geht er ein paar Schritte zurück vom Zaun und nach links, ohne nachzudenken, warum er diese Richtung einschlägt, aber es ist wohl so, dass ihm dieses metallische Geräusch von dieser Seite entgegenkommt. Nichts, was er bewusst denkt. Er geht einfach, das Gewehr in der Hand, entsichert, ein Krieger mit nacktem Oberkörper, eingewickelt in die Nacht. Schritt für Schritt und Schritt für Schritt. Das Geräusch wird lauter, die Bewegungen des Zaunes heftiger. Dunkel ahnt er, dass da vorne etwas ist, nein, nicht etwas, dass da vorne jemand ist. Seine Ahnung ist nur etwas schneller, dann wissen es auch seine Augen, kehren zurück von ihrem Erkundungsgang und zeigen ihm den Schatten im Schatten. Er bleibt stehen, erschrocken, sein Atem geht heftig, seine Hände umklammern das Gewehr, sein Zeigefinger am Abzug. Wieder das Geräusch, laut jetzt, und hinter dem Schatten in der Dunkelheit, mehr Ahnung als Gewissheit, da sind mehrere Schatten, viele Schatten, da scheint der Zaun hin und her zu schwingen, so als wäre er aufgeschnitten, so als würde sich etwas durch die Lücke zwängen, etwas Großes, Schatten, Menschen.

Er hält das Gewehr auf den Schatten gerichtet, der ihm, das sieht er jetzt, den Rücken zudreht. Was soll er machen, was macht man als Soldat in so einer Situation? Schreien? Schießen? Er schließt die Augen, öffnet sie wieder, dasselbe Bild, ein Schatten und dahinter die Nacht, die kaum mehr all das Leben verbergen kann, das sich dort rührt. Er weiß nicht, wie lange er so dasteht, immer wieder verschwimmt sein Blick, immer wieder muss er sich konzentrieren, müssen sich seine Augen festklammern an diesem Schatten im Schatten, der nun plötzlich anders ist und er versteht nicht und dann versteht er doch, der Schatten hat sich umgedreht, hat ihn gesehen, schaut ihn an. Er hebt den Gewehrlauf etwas an, der Zeigefinger ist am Abzug, er sieht, wie der Schatten eine Hand hebt, abwehrend, beschwichtigend, wie ein seltsames Wort auf ihn zukommt, das er nicht versteht und er merkt, dass das Geräusch verschwunden ist, dass es still geworden ist hinten am Zaun, dass sich das Leben dort duckt, verbirgt in den letzten Nischen der Nacht. Wieder ein seltsames Wort, der Schatten, die Hand flehentlich ausgestreckt, kommt vorsichtig einen Schritt auf ihn zu. Der Soldat hält das Gewehr unvermittelt weiter auf diesen Schatten gerichtet, der vielleicht noch zwanzig Meter entfernt ist, vielleicht ein wenig mehr, vielleicht auch weniger, der aber einen Schritt macht und noch einen, langsam, unendlich langsam, nur seine Worte eilen ihm voraus, seltsame Worte, unverständliche Worte, aber der Soldat hört die Angst. Plötzlich sieht er, dass der Schatten etwas im Arm hält, ein Kind, wird ihm klar, und er weiß nun auch, dass der Schatten ein Mann ist, die Augen bringen ihm diese Botschaft, ein Mann mit Kind, der Schritt für Schritt aus der Nacht heraustritt und auf ihn zugeht.

»Stehen bleiben! Bleib stehen!« Seine Stimme stellt sich dem Fremden in den Weg. Der Mann stoppt ab, vielleicht noch zehn Meter vor ihm, vielleicht mehr, vielleicht weniger, der Soldat weiß es nicht, er weiß nur, dass da in seiner Hand sein Gewehr ist, entsichert, dass sein Zeigefinger am Abzug liegt und dass er Befehle hat. Er ist Soldat, noch eine Viertelstunde, er hat einen Auftrag, er hat einen Schießbefehl. Dieses letzte Wort hat er laut ausgesprochen, »Schießbefehl, Bäcker, ich habe einen Schießbefehl.« Seine Brust hebt und senkt sich, der Mann vor ihm, die Hand immer noch abwehrend ihm entgegengestreckt, eine Geste, die ihm plötzlich lächerlich vorkommt, so als ob dieser Mann versuchen würde, mit der bloßen Hand Kugeln abzuwehren. Der Blick des Soldaten verschwimmt, er spuckt zornig aus, konzentriert sich auf den Mann, der noch einen Schritt gewagt hat, noch einen Schritt auf ihn zu, während unablässig Worte aus seinem Mund kommen, Worte, die der Soldat nicht versteht. Wieder das Geräusch, Leben in der Nacht, Schritte, die wegrennen. »Stopp!«, schreit er und der Lauf seiner Waffe fährt unruhig hin und her. Der Mann vor ihm hat sich halb umgedreht, ruft etwas in die Nacht, die sich wieder beruhigt, wieder sucht das Lebendige die Schatten. Langsam dreht sich der Mann zum Soldaten um, die Hand nicht mehr nach vorne gestreckt, die Hand hat sich auf den Kopf des Kindes gelegt und er macht wieder einen Schritt. »Stopp!«, schreit der Soldat, der Lauf seines Gewehres fährt hoch, ist genau auf das Gesicht des Mannes gerichtet, der nur noch wenige Meter vor ihm steht, das Gesicht nun von der Morgendämmerung freigelegt, dunkle Haare, ein dunkler Bart. Die Hand löst sich vom Kopf des Kindes, streckt sich ihm entgegen und der Soldat sieht das kleine Kind, Mund und Augen aufgerissen, auf ihn gerichtet. Er schüttelt den Kopf, immer wieder, immer wieder, er will das nicht sehen, »zurück, geh zurück«. Doch der Mann macht noch einen Schritt, während sein Mund unablässig Worte flüstert, Worte, die der Soldat nicht verstehen kann. »Zurück!«, schreit der Soldat und noch einmal »Zurück!« und »Zurück!« und »Zurück!«. Wieder das Geräusch, ein metallisches Geräusch irgendwo in der Nacht, die wieder zum Leben erwacht, unterdrückte Stimmen, Schritte, die verzweifelten Rufe des Mannes vor ihm, der sich wieder umgewandt hat. »Zurück!«, schreit der Soldat. Der Mann dreht sich wieder um, seine Augen sind aufgerissen, seine Stimme flehentlich, Worte umschwirren den Soldaten, Worte, die er nicht versteht. Der Mann vor ihm, dahinter all das Leben in der Dämmerung, hektische Rufe, Schritte, die sich hastig entfernen, der Zaun, der sich bewegt, das metallische Geräusch und der Mann, der noch einen Schritt auf ihn zu macht, nun fast vor ihm steht, vor dem Lauf des Gewehrs, entsichert. Der Soldat schüttelt verzweifelt den Kopf, Schießbefehl hämmert es in ihm, die Grenzen, unsere Heimat, das Recht uns zu verteidigen, noch ein »Zurück!«, aber es ist nicht mehr laut, es ist eine Bitte an diesen Mann vor ihm, der ihn nicht verstehen kann, diesen Mann, den er nicht verstehen kann, dessen aufgerissene Augen auf ihn gerichtet sind, genauso wie das Kind, den Kopf an die Brust seines Vaters gelehnt, die Augen groß und rund auf ihn gerichtet hat. Der Soldat weiß, dass er diese Augen nie vergessen wird, nie, sein Blick verschwimmt und plötzlich flattern Vögel auf, als hätte sie ein Schuss erschreckt …

Noch ein Wort: Alle Personen in diesem Roman sind fiktiv, auch die Großmutter, nicht aber ihre Erinnerungen. Die vierzehnjährige Dietlinde Bonnlander musste 1945 unter dramatischen Umständen aus ihrer Heimat in Hinterpommern fliehen. Die Geschichte ihrer Flucht wird auch in einem längeren Dokumentarfilm von David Grissemann nachgezeichnet, dieser soll im Herbst 2018 fertiggestellt werden. Wer mehr über die wunderschönen Malereien, die Schriften, vor allem aber über das großartige Engagement von Dietlinde für Kinder im Krieg erfahren will, kann dies auf ihrer Homepage www.bonnlander.at tun.